스즈미야 하루히의 경악 (후)

스즈미야 하루히 시리즈

어떻게 된 거람.

초능력자.

미래에서 온 사람,

신종 우주인,

아무래도 야스미 녀석은 얕볼 수 없는 IT 기술을 갖고 있나 보다.

"MIKURU 폴더 발견!"

스즈미야 하루히의 경악 후

타니가와 나가루 | 지음

이덕주 | 옮김

CONTENTS

제7장

α-10

이튿날, 목요일.

아침부터 저녁까지 평범하고 일상적인 수업을 받는 시간이 온종일이란 녀석의 땅바닥 기어가기처럼 축 처진 채 이어졌고, 종례가 끝났음을 알리는 신호로 마침내 나와 하루히는 5반 교실에서 자유의 몸이 되었다.

하루히의 나에 대한 개인수업도 어제까지였는지 청소 당번들의 뭐라 형용할 수 없는, 괴기현상을 바라보는 것만 같은 따뜻한 시선을 받아야 했던 특별강좌도 끝이 났고, 나와 하루히는 쏜살같이 교실을 뛰어나갔다. 미리 말해두겠는데 나는 어디까지나 단장님에게 팔을 잡혀 강제연행을 당하는 형색에 가까웠다고. 그 부분만큼은 착각하지 말아주기 바란다. 물론 이제 하루히 강사의 보충수업을 안 받아도 된다는 기쁨에는 가득 차 있었지만 말이다.

그렇게 하루히와 나란히 문예부실까지 가는 여정도 평소와 같았고 학교 내의 봄 분위기도 평소와 똑같았다. 4월도 중반에 접어드니 완전히 봄이라는 계절에 길들여지게 된다. 과연 사계라니까. 부탁하지도 않았는데 성실하게 매년 찾아와 영구한 역사 속에서 계속해서 지구상의 생물을 조종하는 것도 장난이 아닐 텐데 말이야.

하지만 무상하게 찾아오는 세월의 흐름에는 거역할 수 없지. 1년 전 봄부터 순 억지 기세로 나가는 중인 SOS단에도 무시할 수 없는 변화가 찾아오고 있는 것도 분명한 사실이다.

그런 현상을 재판소에 제출해도 아무 문제없이 증거물로 삼을 수 있을 만한 존재가 우리들을 기다리고 있었다.

나와 하루히가 문을 열까 말까 한 타이밍에 철제의자에서 벌떡 일어나더니,

"기다리고 있었어요, 선배!"

둥지로 돌아온 어미 새에게 대답하는 제비 새끼 같은 음계로 소리친 것은 하루히의 반복되는 불합리하고 난관으로 가득 찬 입단시험을 홀로 통과한, 기운 넘치는 신입생 소녀였다. 파마에 실패한 것처럼 자유분방한 방향성을 가진 헤어 스타일에 스마일 마크 장식을 흔들거리며 크리스마스 조명 장식처럼 반짝반짝 빛나는 눈동자로 우리를 기다리고 있던 여자애는,

"오늘부터 저는 SOS단 일원입니다! 잘 부탁드리겠습니다!"

깊이 고개를 숙여 인사를 했다.

와타하시 야스미. 약간 혀가 짧은 발음이긴 하지만 합창부라도 들어가는 게 낫지 않을까 싶을 만큼 큰 성량

에, 표정은 새벽녘의 금성처럼 눈부시게 빛나고 있었다. 적어도 기운과 체력만큼은 하루히와 나란히 끝없이 달릴 수 있을 정도의 에너지를 내재했다고 단언해도 좋을 것이다.

"음…, 뭐냐…, 그냥저냥 잘 해봐라."

맥 빠지는 내 대답을 야스미는 전혀 개의치 않는지 고개를 불쑥 들고서,

"네! 잘 해보겠습니다! 아주 그냥저냥요!"

그 감정을 훤히 드러내는 시선에서 하전립자포(주1)와 같은 에너지를 간파하고, 이대로 생명력이 흘러넘치는 미소를 보다간 두 눈의 수정체가 수용능력 초과로 터져버릴 것 같아 은근슬쩍 시선을 돌려 동아리방 안에서 도움의 손길을 찾았다.

평소의 멤버가 모두 모여 있었다. 주전자를 불에 올리는 아사히나 선배는 이미 메이드 복장이었고, 코이즈미는 긴 탁자 위에 장기도, 바둑도 아닌 기묘하게 생긴 판을 놓고서 동그란 말을 만지작거리고 있었다. 나가토는 어떻게 하고 있느냐면 하드커버 책의 한 페이지에 시선을 떨어뜨리고서 삼라만상에 대해 철저하게 무시하는 자세를 유지하고 있었다.

하루히는 별 의미도 없이 만족스러운 얼굴로 단장석에 털썩 앉으며,

"그럼."

카노사 성에서 신성 로마제국의 하인리히 4세를 만나

주) 하전립자포: 전자·양자·중이온·중성자 등의 입자를 포로 쏘는 무기. 원리적으로는 현대기술로도 실현 가능하나 가속기의 소형화 문제로 현재까지는 공상과학 속의 가공의 무기로만 존재한다.

준 교황 그레고리우스 7세와 같은 위엄으로 가득 찬 미소를 지으며 말했다.

"다들 알고 있겠지만 다시 한번 소개할게. 이 애가 엄정하며 공평한 심사를 통해 고르고 고른 신입단원 와타하시 야스미다. 다들 우리 SOS단이 이 1년 동안 얻은 모든 교훈과 실적을 철저하게 주입시켜주도록. 때로는 엄격하게, 때로는 아이에게 솜사탕을 주듯이 말이지. 차기 SOS단을 받쳐줄 기초가 되도록 따끔하게 단련해주는 거야!"

"따끔… 하게요?"

아사히나 선배는 야스미를 보고 그 다음으로 자신의 관할구역인 차 세트가 있는 곳을 둘러보고선 촌에서 온 무장에게 어디에서부터 다도의 진수를 가르쳐줘야 좋을지 고민에 빠진 센소우에키(주2)와 같은 표정을 지었다. 다도부도 아닌데 엽차나 전차를 타는 순서에 그리 기교적인 요소가 필요할 것 같지는 않지만 하루히가 적당히 타주는 재탕삼탕한 차보다 아사히나 선배의 손길이 닿은 차가 감로라는 점을 생각하면 다음 대에 남겨야 할 기술로서 아사히나 유파 다도술의 비법을 이 신입단원에게 알려줬으면 하는 바이기도 하다.

참고로 하루히한테도 지도를 해주지 않으려나. 그 녀석이 내는 차는 맛도 알 수 없을 만큼 색만 좀 나는 뜨거운 물이거든.

"네! 차, 차 탈게요! 따를게요, 아사히나 선배. 학식이 부족한 이 저에게, 와타하시 야스미에게 차 따르기에 관

주2) 센소우에키: 千宗易. 일본 다도에서 다성(茶聖)이라 불리는 다도인 센노 리큐(千利休)의 법명.

련된 비법을 전수해주세요! 꼭, 꼭이요!"

야스미는 아사히나 선배를 스승으로 곧바로 판단했는지 너무나도 쉽게 아사히나 선배의 영역으로 침입해 들어갔다. 잠시 당황한 기색을 보이던 아사히나 선배는 그래도 야스미의 결의가 진짜라고 느꼈나보다.

"아아, 이게 스즈미야 씨의 찻잔이고, 이게 콘 거예요. 아, 그리고 다들 좋아하는 물 온도가 다르니까 조심해야 해요. 저 선반에 있는 게 차 잎이고요. 그날의 기온과 습도에 따라 선택하죠. 지금 제가 연구하고 있는 게 이 잎인데―."

말끝마다 고개를 끄덕이는 야스미의 반짝거리는 눈은 아사히나 선배의 일거수일투족을 1초도 놓치지 않겠다는 듯이 망원 카메라 렌즈처럼 움직였다.

"그리고 저도 메이드복 입고 싶어요! 아, 간호사도요! 시켜주세요, 할게요, 꼭꼭꼭이요!"

10만 마력의 로봇도 과연 저럴까 하는 생각이 절로 들게 만드는 야스미의 저 에너지원은 과연 뭘까. 핵융합이나 태양에너지, 설마 광합성이라도 하고 있는 건 아니겠지, 이 후배 녀석. 게다가 그런 신입단원에게 최초로 가르치는 게 차 따르기라니, 무슨 기업 일반직 사원이냐.

하지만 괜한 말참견은 할 필요 없을 것 같다. 실제로 달리 가르칠 일이란 게 이 단에는 거의 없으니까.

나는 가방을 바닥에 내려놓고 코이즈미의 맞은편에 앉았다.

"한 판 두실래요?"

야스미를 재미있다는 듯이 눈으로 좇던 코이즈미가 갑자기 시선을 돌려 탁자 위의 판을 내 쪽으로 밀었다.

"이게 뭔데?"

독특한 판에 동그란 돌. 말 위에 새겨진 한자는 '수(帥)'니 '상(象)'이니 '포(砲)'니, 어떻게 움직여야 좋을지 짐작도 안 가는 차이니스 미스터리어스한 양상을 보여주고 있었다. 오셀로에서도, 바둑에서도 그리고 군인장기에서도 연전연패인 코이즈미 녀석, 이번에야말로 자기가 이길 수 있을 법한 보드게임을 반입한 건가.

"중국의 장기예요. 샹치(象棋)라고도 불리죠. 규칙만 알면 누구라도 쉽게 즐길 수 있답니다. 별로 어렵지 않아요. 적어도 대장기(주3)보다는 금방 끝날걸요."

그 '규칙만'이라는 부분이 문제인 거지. 그걸 외울 때까지 나는 연전연패의 고배를 마실 게 뻔하잖아. 차라리 화투 어때? 오이쵸카부(주4)든 코이코이(주5) 같은 건 외가집에 갔을 때 살짝 잡아본 경험이 있긴 한데.

"화투는 맹점이었군요. 언젠가 가져오겠습니다. 아무튼 이 샹치 말입니다만, 체스나 바둑장기처럼 제로섬 게임이라는 것만 이해하면 그걸로 충분해요. 당신이라면 금방 규칙을 익히실 수 있을걸요. 대국을 중단한 바둑판을 보고 바로 승패를 간파할 수 있는 실력이 있다면 확실합니다. 이것도 보드게임치고는 운의 요소가 거의 없기 때문에 당신에게는 잘 맞을 것 같군요."

주3) 대장기: 大將棋. 장기의 일종으로 각각 29개의 말을 갖고 둔다.
주4) 오이쵸카부: 일본 화투놀이의 일종. 트럼프의 바카라나 블랙잭과 비슷하다.
주5) 코이코이: 둘이서 즐기는 일본 화투놀이의 일종.

여유로운 미소를 짓는다.

"그럼 처음에는 연습 삼아 둬보지요. 첫판은 승패를 무시하고 갑시다. 우선 이 '병(兵)'이라는 말을 어떻게 움직이냐 하면요—."

가볍게 설명을 시작하는군. 이 녀석은 야스미에 대해 뭐 생각하는 게 없나? 하루히의 말을 빌리자면 초난관인 입단시험을 비교적 큰 어려움 없이 돌파한 재원이잖아. 세대교체를 어떻게 하느냐에 따라 걔가 차기 부장이 될지도 모르는데. 하루히의 눈이 단춧구멍 수준이 아니라는 건 분명하다 치고, 그럼 코이즈미 너는 어떠냐? 얼굴에 달라붙어 있는 두 눈알은 라피스라줄리로 만들어진 건 아니겠지.

코이즈미는 말을 깔며 능글맞은 웃음을 짓고 있었다. 에잇, 기분 나빠. 마치 배후의 두목에게 혹사당하는 중견 정규간부 같은 여유가 느껴지는 건지 아닌 건지 알 수 없는 애매한 미소다.

내 말을 까는 척하며 코이즈미는 슬쩍 머리를 가까이 가져와 작은 목소리로 속삭였다.

"저는 아무것도 걱정하지 않습니다. 오히려 안도하고 있습니다만. 앞으로 무슨 일이 일어난다 해도 저희에게 나쁜 일이 되지는 않을 겁니다. 당신도 그렇게 생각하시고 느긋한 태도를 보이시는 게 어떻겠습니까?"

확신이 없다는 게 내 반골정신을 형성하는 이유다. 지금까지 새로운 등장인물이 나타났다가 그대로 아무 일도 안 하고 퇴장한 예가 있었냐? 그렇지 않아도 사사키에 타치바나에 쿠요우, 익명을 희망하는 미래인과 같은 규격외 부대가 의미심장하게 튀어나왔다고. 그 녀석들 쪽도 현재까지는 아무것도 안 하고 있는 것 같긴 하다만 그건 그 나름대로 불가사의한 일이고, 그렇다면 왜 나타났느냐는 거다. 복선을 까는 것치고는 너무 엉성하잖아. 그 녀석들은 인사만 하고선 다른 데로 가버렸으니까 말이야.

그런 게 미스터리 소설의 복선이라면 나는 다 읽기는커녕 탐정이 추리를 개시한 시점에서 책을 벽에 던져버렸을 거다.

"너무 거치시네요. 독서는 좀 더 느긋한 마음으로 즐겨야죠. 아무리 졸작이라 해도 분명히 나중에 양식이 될 겁니다. 뛰어난 교사는 반면교사라는 격언도 있잖아요."

처음 듣는 말인데.

"그렇겠죠. 지금 제가 순간적으로 떠올린 격언이니까요. 하지만 그렇게 틀린 말은 아닐 겁니다."

"…헤겔은 위대하구나."

내 속삭임에 코이즈미는 씩 웃었다.

"바로 그렇습니다. 인간의 사회생활에 대해 가장 유익한 충고를 남긴 철학자라 할 수 있겠죠. 어떤 인간이라도 실천 가능하니까요."

하지만 헤겔적 변증법이 이 중화풍 장기의 승패에 어떻게든 관련되어 있을 거라고는 생각하기 어렵다.

나는 코이즈미가 가르쳐준 대로 말을 놓고 각각의 움직

임을 파악하기 시작했다. 장기에 가깝지만 자잘한 부분은 많이 달랐다. 뭐, 체스나 오셀로에도 질린 참이니 새로운 보드게임을 익히는 것도 나쁘지는 않겠지.

코이즈미와 샹치에 집중하는 동안에도 나는 다른 단원들의 모습을 힐끔거리며 살폈다.

나가토는 책을 읽고 있다. 묵묵히 읽고 있다. 새로운 단원이 늘어나봤자 그건 문예부의 새 전력이 아니라고 달관한 건지 1년 전부터 이 방에서 보이는 태도는 아이슬란드의 영구동토처럼 변한 게 없었다. 무릎에 내려놓은 단행본은 약간 갈색인데 어쩌면 고서점에서 발굴해낸 희귀본인지도 모르겠다. 이 녀석의 행동범위도 시립도서관을 넘어 넓어지고 있는 건가. 한적한 고서점을 휘청휘청 돌아다니며 이 책장에서 저 책장으로 이동하는 나가토의 모습을 상상하자 내 정신은 어딘지 모르게 안정을 찾았다.

나와 코이즈미가 반상의 투쟁을 슬슬 시작해볼까 하는 그때.

"오래 기다리셨습니다!"

피콜로 선율처럼 밝은 음색으로 말하며 쟁반에 찻잔을 얹은 야스미가 시야 한쪽으로 난입해 들어왔다. 그녀의 뒤에서 메이드인 아사히나 선배가 불안한 표정을 감추지 못하고서 우리들에게 눈길을 주고 있었다.

"루이보스 차래요! 카페인 제로에 변비도 없어지고 영양가도 충분하답니다. 꼭 한번 드셔보세요!"

예비 메이드복이 없었나. 야스미는 헐렁한 교복 차림

그대로 김이 나는 찻잔을 나와 코이즈미 앞의 탁자에 조심스레 내려놓았다.

하루히가 힘찬 붓놀림이 역력한 글씨로 각각 '콘'과 '코이즈미'라고 적은 찻잔이다. 기성품에 굵직한 매직으로 적은 게 전부라 정취나 아취라고는 전혀 느낄 수 없는 다기지만 다도에 대한 소양이 없는 내게는 아무래도 좋은 일이다.

야스미의 반짝반짝거리는 눈동자를 최대한 보지 않으려 노력하며 나는 다갈색 액체를 한 모금 마신 뒤 같은 행동을 취한 코이즈미와 몇 초 후에 눈을 마주쳤다.

"…독특한 맛이군요."

가벼운 쓴웃음과 함께 감상을 말한 코이즈미에게 완전히, 완벽하게 동감했다. 절대로 맛이 없는 건 아니다. 그렇다고 괄목할 만한 맛이 있는 것도 아니다. 오히려 입에는 맞지 않는 묘한 풍미가 났다. 이럴 바에는 차라리 센차나 보리차가 아무 거리낌 없이 들이켤 수 있겠지만, 솔직하게 혀의 상태를 보고하기에 나는 너무나 소심했다.

"음…, 뭐랄까…, 지금까지 없었던 차구나. 아아, 몸에 좋을 것 같다는 건 아주 잘 알겠네. 건강해질 것 같은 느낌이야."

"와우" 하고 야스미는 기쁘다는 듯이 소리를 지르더니 경쾌한 몸짓으로 이동해 나가토의 앞에도 전용 찻잔을 내밀었다.

"……."

나가토는 흘낏 '유키'라고 적힌, 하루히가 멋대로 정한 자신의 찻잔을 냉철하게 내려다보더니,

"......."

마치 물로 돌아가기 전의 건조 미역을 본 것 같은 아무 반응 없는 상태로 다시 독서 행위로 돌아갔다.

이건 평소와 똑같았기 때문에 우리는 별로 신경 쓰지 않았지만 야스미는 어떨까 싶어 쳐다보니, 이 녀석도 전혀 동요한 기색 없이 깡충거리며 아사히나 선배에게로 돌아갔다.

"이봐, 이봐."

거친 목소리로 말한 것은 이 공간에서 절대적이자 근원적인 궁극지배자였다.

"내 차는?"

하루히는 모니터 옆으로 불만에 찬 얼굴을 불쑥 내밀었다.

"이런 건 먼저 단장한테 제공해야 하는 거 아냐? 내가 뒤로 밀리다니 어떻게 된 거지? 미쿠루, 똑바로 교육하지 않으면 안 되잖아."

"아…, 죄송해요."

황급히 두 손을 파닥거리며 당황하는 아사히나 선배 옆에서 야스미가 쿡쿡 웃었다.

"죄송해요. 잊었어요. 너무 긴장해서 그런 건지도 모르겠네요. 지금 비장의 차를 내올 테니 잠시만 기다려주세요."

하루히의 도끼눈에도 동요한 기색이 없었다. 야스미는 날개가 달린 요정처럼 경쾌하게 움직이더니 뜨거운 차를 단장석에 재빨리 제공했다. 평소처럼 하루히는 열탕에 가까워 보이는 차를 단숨에 들이켜고선 한동안 눈을 희번덕거리고 혀를 훅훅거리며 개처럼 숨을 내쉬었다.

"똑똑히 기억해둬라. 이 부분은 굉장히 중요한 규칙이니까. 미쿠루는 교육 담당이니까 후배한테 엄격하게 대해야 해."

언제 아사히나 선배가 야스미의 교육 담당이 된 거지.

"음, 차는 이 정도로 해두지."

하루히의 전환도 빨랐다. 차를 맛볼 틈도 없었을 테지.

"와타하시 야스미라고 했지. 너, 컴퓨터는 잘 아니?"

"조금, 아주 조금이지만요, 할 줄 알아요, 할 줄 압니다!"

"그래? 그럼."

단장석에 자리 잡은 컴퓨터 연구부 표식이 붙은 컴퓨터 화면에는 예의 SOS단 웹사이트가 예전에 내가 만든 상태 그대로 떠 있었다. 물론 초라한 레이아웃에 싸구려 콘텐츠, 그리고 의미 있는 문자열이라고는 메일 주소밖에 없는, 요즘처럼 일진월보 진화하는 인터넷 세계에서 매우 시대에 뒤떨어진 홈페이지라고 하지 않을 수 없었다. 블로그? 그게 뭔데? 이런 분위기의 디지털 디바이드인 것이다.

조만간 리뉴얼을 해야 한다는 하루히의 기세 하나만큼

은 대단했지만 그 일은 오로지 내게만 맡겨져 있었고, 그런 건 전혀 할 마음이 없었던 나는 이런저런 이유를 대며 뒤로 미뤄왔다. 사실 SOS단의 이름이 네트워크에 유출된다면 누구 하나 행복한 결과가 나올 것 같지 않다는 건 작년 컴퓨터 연구부장 건으로도 밝혀진 일이기 때문에 하루히가 적당히 잊어주길 바랐지만, 접속이 팍팍 늘어나 인터넷 내의 지명도를 높이겠다는 야망을 아직까지 버리지 못했나보다. 물론 하루히는 나가토가 로고 마크에 손을 댄 걸 모르고, 알아차리지도 못한 상태다.

"이목을 끌 만한 걸로 사이트를 바꾸고 싶은데 할 수 있겠어?"

하루히는 내내 켜둔 컴퓨터 모니터를 가리켰다.

"SOS단의 메인 사이트야. 이 만든 상태 그대로의 살풍경하고 도움도 안 되는 물건이지. 무엇보다 아름답지가 않아. 세상에는 좀 더 스타일리시하고 정보가 가득 찬 사이트가 많은데 이래서는 월드와이드웹의 이름이 운다니까."

미안하구나.

"그러니까 야스미, 컴퓨터를 차자작 만져서 보기 좋은 걸로 확 바꿔줄 수 없을까? 아, 이건 신입 연수의 일환인 거야. 입단시험이 그걸로 끝난 줄 안다면 큰 착각이다. 정단원으로 가는 길은 험하다고."

"네! 할게요, 할게요. 시켜주세요."

하루히가 한 말의 무게를 이해했는지 어떤지 야스미는

재빨리 대답했다.

"해보고 싶어요. 해볼게요. 하라면 하겠습니다, 꼭꼭꼭 요!"

말이 떨어지기가 무섭게 대답을 하는 이 명확한 포지티브 리액션에는 나도 조금 놀랐다. 그래서 그만.

"야, 너. 사이트 만들어본 적 있나?"

"없는데요."

왜 그렇게 동물장기를 받은 내 동생 같은 미소는 보여주고 그러니.

"하지만, 하지만요! 할 수 있을 것 같아요! 저는 여러분에게 도움이 되고 싶어요! 그러려면 컴퓨터 한 대 정도야 깨끗하게 조련해내겠어요!"

컴퓨터란 단순히 계산을 할 수 있는 상자이지 아무리 조련을 한다 해도 사냥개처럼 말을 들어주는 만능 도구가 아닌데….

하지만 내가 말릴 새도 없이 야스미는 앉아 있던 하루히를 밀치고는 키보드를 끌어당기고 무선 마우스를 쥐고서 바로 다다다다다닥, 사무실 고참 여사원처럼 작업을 개시했다. 키보드를 두드리는 손놀림은 제법 좋아 보였다.

한바탕 하드디스크 안의 데이터를 참조한 뒤.

"아, 툴은 대충 모여 있네요. 그런데 어? 이런 어플리케이션이 있으면 처음부터 더 화려한 사이트를 만들 수 있었을 텐데요. 이 쓸데없는 태그투성이인 사이트, 어, 누가 만든 건가요? 우왓. 이거 완전 오래된 텍스트 사이트군요. 테이블 지정도 끔찍하고…. 아, 소스 표시…, 어라, 우와, 너무하다. 이 폰트 태그 떼거리에 대체 무슨 의미가…. 우와아, 스타일 시트도 안 썼잖아요. 이 정도라면 요즘에 인터넷 좀마 아는 중학생이라면 더 괜찮게 만들 수 있어요, 선배.”

내가 만들었다고 하루히가 아까 밝히지 않았냐. 아주 무례한 감상을 말하는 후배로군. 와타시 야스미라. 이름은 기억했다.

“그럼 잠깐 좀 만져볼게요!”

밝고 즐거운 목소리로 선언한 뒤 야스미는 경쾌하게 컴퓨터를 조작하기 시작했다. 마치 콧노래라도 부를 만큼 편한 모습이었는데, 정말로 콧노래를 흥얼거리고 있었다. 어디선가 들었던 곡이다 싶었더니 작년 문화제에서 하루히가 급조 보컬로 참가한 경음악부에서 노래한 곡이었다. 신입생인 야스미는 그 무렵에 당연히 중학생이었을 테니 우연히 보러 왔나보다.

뭐, 그때 하루히가 눈부셔 보였던 건 아무리 나라도 부정할 수 없는 일이지. 하지만 그 다음에 밴드 활동에 눈을 뜬 하루히 때문에 우리가 안 해도 될 고생과 뜻하지 않은 사태가 일어났던 건 오산이었지만 말이야.

하루히는 야스미 뒤에 자리를 잡고서 두 잔째 차를 손에 들고 만족스러운 분위기를 자아내고 있었다. 마침내 찾아낸 유능한 부하의 활약에 만족스러워하는 관리직과 같은 표정이다. 앞으로 잡일과 자잘한 작업은 모두 야스미에게 떠넘겨버리자는 결의가 표정에서 균류의 포자처럼 퍼져 나오고 있었다.

나도 겨우 잡일꾼에서 해임되는 건가 하는 달콤한 미래를 잠시 상상해봤지만, 고집 세고 억지스러운 결정에 대해서는 누구에게도 뒤지지 않는 하루히다. 야스미 이하의 대우가 기다리고 있을 게 고작일 거다. 후배에게 단 하루만에 추월을 당하다니 내 존재의의는 더더욱 희박해질 것 같다. 별로 슬프지는 않지만 말이다.

마주보고 두던 나와 코이즈미의 중국 장기가 끝을 맞이했을 때 마침 야스미가 갖고 온 찻잔도 비게 되었다. 당연히 내가 승리를 차지했는데 별로 이긴 것 같은 기분이 들지 않는데다 익숙하지 않은 게임이어서 그런지 조금 지쳤다.

"한 판 더 두실래요?"

복수의 유혹을 던지는 코이즈미를 무시하고 크게 하품을 했을 때 아무 생각 없이 던진 내 눈길에 종이상자가 들어왔다.

그때까지 SOS단이 모은 전리품이 던져져 선반 위에 방치되어왔던, 나름대로 단의 비품이라 할 수 있는 물체.

그 상자 밖으로 삐죽 나와 있는 건 작년 아마추어 야구대회 때 사용한 배트와 글러브였다.

약간 답답함을 느꼈던 건 처음으로 후배가 생겼다는 이질감과, 신입단원 와타하시 야스미에게 느끼는 희미한 경

계심―아무래도 그 전화가 있었으니까―을 느꼈기 때문일까. 나도 모르게,

"야, 코이즈미. 가끔은 캐치볼이라도 해보는 게 어때?"

내가 생각해도 이해가 안 되는 발언을 했다.

"호오?"

코이즈미는 1초 가량 내 눈을 바라보더니 곧 환하게 웃었다.

"좋네요. 몸을 움직이지 않으면 아무래도 둔해지고, 적당한 운동은 건강과 창조적 사고에 도움이 되니까요."

일단 정하고 나니 코이즈미의 행동은 빨랐다. 별로 발돋움을 하지도 않고 종이상자를 선반에서 내리더니 너덜너덜한 글러브 두 개와 테니스공을 꺼냈다. 안에는 연식용 공과 경식용 공도 있을 텐데 코이즈미는 역시 내 의도를 미리 읽었구나.

지금까지 SOS단은 1년 가까이 다섯 명에서 지내왔다. 우리가 진급해 공백이 생긴 1학년 영역에 들어온 첫 후배 야스미에게 별 감정은 없다 해도 다섯 명이 한 팀을 이뤄 다양한 오컬틱하고 사이언티픽한 사건에 분주하게 뛰어다녔던 탓인지 펜타그램이 헥사그램이 된 덕에 기묘하게 불안정한 느낌이 내 마음속에 생겨나고 있는 것 같다고 자기분석을 할 수 있었다.

간단하게 말하자면 나는 야스미를 이 안정된 방에 갑자기 나타난 이물적인 존재라고 은근슬쩍 느끼고 있는 중일 거다. 앞으로 야스미가 SOS단 내에서 어떤 역할을 하게

될 건지, 하루히는 이걸로 좋다고 생각하는 건지, 도무지 시원스럽고 완전하게 납득을 하기 힘들었다.

내가 목욕할 때 야스미가 걸어온 전화도 마음에 걸린다. 그게 입단을 희망하는 과한 욕심이 부른 실수였다 하더라도 왜 하필 나한테? 하긴 나가토나 아사히나 선배, 코이즈미한테 걸어봤자 의미는 없었을지도 모르지. 그 세 사람은 특별한 배경 사정을 갖고 있으니까 말이다. 하지만 상대가 나라도 딱히 별 의미는 없을 텐데. 실제로 그때 야스미는 변변한 자기소개도 하지 않고 끊지 않았던가. 정말 하루히 못지않게 의도를 읽을 수 없는 후배가 다 있구나.

그러니까 나는 어딘지 모르게 야스미가 있는 이 방에서 소극적으로 도망치고 싶다는 생각을 하고 있었고, 그 적절한 구실이 바로 캐치볼이었다는 거지. 이것만큼은 실내에서는 할 수 없으니까.

"그러니까."

나는 야스미의 컴퓨터 작업을 지켜보는 하루히와 새 차에 대해 연구를 시작하고 있는 아사히나 선배, 독서에 전념하고 있는 나가토에게 말했다.

"잠깐 밖에 나갔다 온다. 나와 코이즈미가 있어봤자 가르쳐줄 것도 없을 것 같고. 오히려 방해만 될 거잖아. 신입단원 초기교육은 맡길게."

코이즈미는 이미 두 사람이 쓸 야구 글러브를 들고 누구에게랄 것도 없이 미소를 지었다.

"그렇군요. 이럴 때에는 여성진들만 있는 편이 원활하고 거리낌 없이 활동을 하실 수 있겠죠. 방해꾼밖에 안 되는 저희 남성진은 잠시 물러나 있겠습니다."

지원 사격 하나는 천하일품인 부단장이었다.

하루히는 우리를 시침바늘 같은 시선으로 쳐다보더니.

"괜찮지 않아? 그래, 콘이 지금까지 한 단원 활동도 야스미한테 가르쳐두고 싶으니까. 알았니, 야스미? 이 남자가 우리 단에서 유일한 평단원인 이유에 대해 말해줄게. 정말 못 말릴 게 이루 말할 수가 없다니까. 반면교사로 삼으면 좋을 거야. 우리 단은 완전 공헌주의니까 콘쯤은 순식간에 제칠 수 있을걸."

네에, 네, 그러십니까요. 뭐, 네가 그런 인식을 갖고 있는 동안은 나도 안심이지. 꼭 이대로 괴상한 직무를 떠맡지 않고 평온하게 졸업을 맞이하고 싶은 바다.

나는 코이즈미에게 눈짓을 보냈다. 코이즈미도 정확하게 내 아이스 온리 커뮤니케이트를 받아들였는지 너덜너덜한 글러브를 던지더니.

"그럼 잠시 실례하겠습니다. 질리면 돌아오도록 하죠."

딱 소리가 나지 않는 게 신기할 정도로 두툼한 윙크를 날리고서 내 등에 손을 올렸다.

"우리는 우리끼리 오랜만에 남자들만의 시간을 즐기도록 하죠."

방을 나오기 전에 뒤를 돌아보니 나가토는 평소처럼 몰두 독서술을 계속하고 있었고, 아사히나 선배는 "이 차는 다른 거하고 섞는 게 좋을까?" 등등 차 타기에 대한 고찰을 진지한 얼굴로 하고 있었고, 하루히는 컴퓨터를 능수능란하게 만지는 야스미의 뒤에서 다 안다는 듯하지만 전혀 이해하지 못하고 있을, 미묘하게 복잡한 표정으로 입을 반쯤 벌린 채 모니터를 지켜보고 있었다.

이 방도 1학년 신입단원이 추가된 것만으로도 상당히 분위기가 바뀌는구나.

동아리 건물에서 나온 나와 코이즈미는 안마당에서 캐치볼을 개시했다.

어디를 살펴봐도 시간이 남아도는 남학생 두 명의 시간 때우는 모습 이외로는 보이지 않을 거다.

교실 건물과 동아리 건물 사이에 있는 잔디 깔린 안마당은 3층에 있는 문예부실의 활짝 열린 창을 통해 쉽게 내려다볼 수 있는 위치에 있다. 밑에서도 올려다볼 수 있기 때문에 동아리방에서 누가 고개를 내밀면 바로 알 수 있는 거리다.

"여자가 한 명 늘어난 것만으로도 상당히 화사해지네요."

그렇게 말하며 코이즈미가 던진 공은 완만한 곡선을 그렸다.

"뭐야, 남자가 더 좋았냐?"

코이즈미는 오버스로로 되던진 테니스공을 잡았다.

"밸런스죠. 남자는 저희 둘밖에 없는데 여자가 네 명이 되면 아무래도 열세인 상황이 된 것 같지 않나요? 그렇지 않아도 저희들의 발언권은 그리 크지 않은데 말입니다."

한심한 이야기지만 진실이군. 정확하게는 하루히의 발언력이 베이스용 라우드 스피커 못지않을 만큼 시끄럽다는 게 문제이긴 하다만.

"그 소녀도 만만찮을 것 같아요."

코이즈미의 투구는 약간 속도를 높여갔다.

"야스미한테도 무슨 기괴한 배후관계가 있는 거야?"

내 글러브에 팡 소리를 내며 형광색 공이 들어온다.

"아니요."

코이즈미는 알 수 없는 미소를 지었다.

"그건 안심하세요. 그녀에게는 어떤 조직의 배후도 없습니다. 순수한 개인이에요. 어디에도 속하지 않았고 누구의 지시도 받지 않는, 단 한 가지 의식만을 가진 존재일 뿐이죠. 그렇기 때문에 매우 흥미로운 겁니다."

나는 공을 쥐고 마치 갓 딴 레몬이라도 되는 양 노려보았다.

"너무 빙빙 돌리고 있잖아, 코이즈미. 알고 있는 게 있다면 어서 말을 해. 와타하시 야스미는 무엇 때문에 SOS 단에 잠입한 거지?"

"목적은 모르겠어요."

코이즈미는 항복 자세를 취했다.

"제가 아는, 혹은 추측하고 있는 건 단 하나뿐이니까

요."

와인드업 모션으로 되던진 공을 코이즈미는 별것 아니라는 듯이 잡았다.

"스즈미야 씨가 바란 겁니다."

또 그런 이유냐.

"와타하시 야스미의 존재를 SOS단의 일원으로 삼아야 한다는 결정. 그걸 스즈미야 씨가 바랐고, 선택한 겁니다. 필요한 인재라고 확신하고서 신입단원으로 채용을 한 거겠죠. 아마 무의식에 의한 현실조작일 겁니다."

그보다도—코이즈미는 내게 시선을 던지며 물었다.

"왜 갑자기 캐치볼을 하자는 발상이 떠오른 거죠? 당신이 저한테 이런 권유를 한 적이 과연 지금까지 몇 번이나 있었을까요?"

난들 아냐. 왠지는 몰라도 이 타이밍에 야구도구를 사용해야만 한다는 예감이 들었다고. 너무 내팽개쳐뒀다가 글러브와 공이 츠쿠모가미(주6)라도 되면 무섭잖아.

"그런가요."

코이즈미는 바로 이해했다는 듯이 말했다.

"동아리방의 기물이 의지를 가지게 된다면 이공간화에도 박차가 가해지긴 하죠. 하지만 당신의 심정에는 찬성할 수 있습니다. 왜냐하면 저도 왠지 모르게 캐치볼을 하고 싶다, 아니, 그건 아니군요. 해야만 한다는 묘한 강박관념에 사로잡혀 있었거든요."

코이즈미가 던진 공은 코앞에서 변화를 일으켜 뚝 떨어

주6) 츠쿠모가미: 付喪神. 일본 민간신앙에서 오랜 세월을 써서 낡거나 방치해둔 물건 등에 신이나 영혼이 깃든 것. 이를 막기 위해 봄이면 가재도구를 꺼내 햇볕에 말리는 풍습이 있다.

졌다. 그걸 건져 올리며 말했다.

"무슨 의미야?"

"모르겠어요. 하지만 필연적인 행위일 가능성이 있습니다. 저희는 이곳에서 캐치볼을 하도록 의무를 부여받은 게 아닐까 싶은 거예요. 미래인이 한 말을 빌리자면 기정사실이란 거죠."

모르겠네. 그렇다면 아사히나 선배든 아사히나 선배(대)든 둘 중 하나가 빙빙 돌린 애매모호한 메시지를 보내왔을 텐데 그런 건 없었다고. 무엇보다 너와 야구 놀이를 하는 게 미래의 무슨 복선이 되는 건데.

"아사히나 씨에게 물어봐도 되겠지만…."

코이즈미는 3층에 있는 동아리방 창을 올려다보며 가벼운 한숨을 내쉬었다.

"저 상태를 봐서는 아무것도 모르는 것 같고 이건 저희들의 자발적 행위잖아요. 아무래도 괜한 의심병에 걸렸을 가능성이 더 높을 거예요. 이런 것까지 의심하다 보면 점점 미래인이 생각하는 대로 될 겁니다. 과거인으로서 미래인의 의도에 지고 싶지는 않군요. 초능력도, '기관'도 아무 상관이 없어요. 현대를 살아가는 자로서 개인적인 자존심인 거죠."

이 녀석치고는 꽤나 진심 어린 어조였다. 내가 의외라고 느끼고 있는데.

"깔보셔도 좋습니다. 상대는 우리보다 조직도, 힘도 강대해요. 하지만 저는 무시당하는 채로 체념하는 건 개인적으로 마음에 들지 않습니다. 적이 강하면 강할수록 어떤 수단을 써서라도 깜짝 놀라게 할 역전극을 펼치는 건 동서고금을 통틀어 왕도라 부를 수 있는 것 아닙니까?"

주간만화 잡지에 나오는 배틀 히어로 같구나. 인스턴트 수행이나 숨겨진 능력의 각성으로 쿠요우를 일망타진해 준다면 내가 나설 자리는 없어질 텐데.

"그 역할은."

코이즈미는 체인지업을 던졌다.

"당신이 적임이겠죠. 당신의 배후에는 스즈미야 씨가, 스즈미야 씨의 배후에는 당신이 있어요. 당신들 두 분이 못 할 일은 이 우주에 아무것도 존재하지 않습니다."

그리고 씨익 웃는다.

"전에도 말한 거지만 아예 아담과 이브에서 시작하면 되는 겁니다. 일본적으로 이자나기, 이자나미라고 하는 게 더 나을까요? 낳고 늘리는 일을 계속하다 보면 조만간 지구는 당신과 스즈미야 씨 같은 인간으로 넘쳐나게 되겠죠. 아주 초현실적이고 유쾌한 광경이지 않습니까."

거기까지 가면 부조리 개그 영역이지. 나는 이 지적하는 체질을 굳이 자손한테까지 남길 생각은 없어. 게다가 상대가 모두 하루히를 기원으로 하는 인류라면 노아의 방주까지 역사가 계속될 것 같지가 않다. 제대로 된 판단을 가진 선장이라면 승선 거부는 각오하지 않으면 안 될걸.

고고역사학회를 위해서도 이런 제안은 기각이야, 기각. 어디 열심히 아라랏산을 동토 바닥까지 파보라지. 목조 우주선이 나올지도 모를 일이니까.

"아쉬운 일이지만."

코이즈미는 공을 쥔 손을 풍차처럼 휘둘렀다.

"안도하고 있습니다. 저는 당신들을 조금 더 지켜보고 싶어요. 나가토 씨와 아사히나 씨도요. 지구상의 생물 가운데 유일하게 상상력과 지적 호기심을 갖고 태어난 인간의 한 사람으로서 최후까지 지켜보고 싶다는 것도 본심입니다."

그러더니 코이즈미는 갑자기 화제를 바꾸었다.

"스즈미야 씨와의 방과 후 학습은 잘 되고 있습니까?"

알고 있었냐. 나는 애써 평정을 유지했다.

"덕분에 그럭저럭 잘 되고 있다. 배운다기보다 그 녀석이 가르치는 즐거움을 만끽하는 것뿐인 듯하기도 하다만."

"좋은 경향이에요. 당신도, 스즈미야 씨도 모두 진학 코스죠? 가능하다면 같은 대학에 그대로 올라가주신다면 저희로서도 고마울 일이죠. 대학입시까지 전력을 다해주시기 바랍니다."

됐다니까. 내 진로에 안절부절못하는 건 우리 어머니만으로 충분하다. 다행히 시간은 아직 2년 가까이 있으니까 지금부터 서둘러 문제집을 좌우명의 서적으로 삼을 일은 없을 거야. 나한테는 좀 더 뭐랄까, 해야 할 일이 있다고.

"호오, 그게 뭔가요?"

…예를 들어 아직 구입 못 한 신작 게임이라든가, 하다

말고 쌓아둔 인기 있는 게임이라든가 말이지.

코이즈미는 희미하게 웃을 뿐이었다. 여유를 부리는 동급생의 기가 막혀하는 미소란 건 왜 이렇게 신경을 건드리는 걸까. 제기랄. 나도 가끔은 이런 웃음으로 주위를 속이고 싶다.

"그럼 다음 구종은 뭐가 좋으세요? 커트, 너클, 각종 구종은 웬만큼 갖추고 있습니다만."

내가 캐치할 수 있는 범위의 공으로 부탁하마. 아쉽게도 포수를 해본 경험이 없거든. 영원한 세컨드 플레이어라 불러다오.

다음으로 코이즈미가 던진 것은 한가운데로 날아오는 직구였다. 어떤 의사 표현이었는지도 모르겠다. 그만큼 평소의 코이즈미의 실력으로는 상상할 수 없는 구위였다. 이만한 투구술을 갖고 있었다면 작년 아마추어 야구대회에서는 네가 구원투수로 마운드에 섰어야 했는데. 그 밖에 숨겨둔 매의 발톱이 있다면 슬슬 꺼내놓지 그러냐.

잠시 코이즈미를 상대로 무언의 캐치볼이 이어졌다. 딱히 야구에 관심도 없고 슬슬 질린다 생각하는데,

"어라?"

제일 먼저 코이즈미가 고개를 들고 덩달아 나노 녀석의 시선을 따라갔다.

종이비행기.

대충 접었다는 느낌의 단순하고 조잡한 종이비행기가 안마당 상공을 선회하고 있었다. 바람도 거의 안 불어서

살랑살랑 떨어진 비행기는 착지에 실패한 높이뛰기 선수와 같은 궤도를 그리며 내 발치에 꽂혔다. 가만히 보니 동아리방에 있던 복사용지가 제작재료로 쓰인 것 같았다.

주워보았다.

날개 위에 사인펜으로 서둘러 쓴 듯한 글씨가 춤추고 있었다. 바로.

『OPEN!』

코이즈미가 다가오기 전에 재빨리 접힌 종이비행기를 평범한 종이로 되돌린 나는 약간의 시간 동안 그대로 굳어버렸다. 같은 사인펜과 필치로 시커멓게 적힌 문자는 지극히 짧았지만 적잖은 충격을 받기에 충분했다.

『MIKURU 폴더 발견!』

반사적으로 올려다본 방향은 당연히 동아리방이었다.

창가에 선 인물이 누구냐에 따라 이제부터 시작될 탄핵재판을 각오해야겠다고 내심 움찔움찔 떨었는데―.

활짝 열린 3층 창에서 아래를 내려다보고 있는 건 와타하시 야스미의 작은 몸집이 분명했다. 야스미는 내가 원시적인 비행편의 메시지를 확인했다고 확신했는지 검지를 세워 입술에 댄 뒤 무대 옆으로 피하는 여배우처럼 경쾌하게 창가에서 모습을 감췄다.

아무래도 야스미 녀석은 얕볼 수 없는 IT 기술을 갖고 있나보다. 기계치인 아사히나 선배와 정밀기계라 해도 난잡하게만 다루는 하루히에게 익숙해져 완전히 방심하고 있었다고나 할까. 나가토한테는 들켰을지 몰라도 그 녀석

입이 무거운 거야 강철석 수준이니 문제없다.

그런데 용케 그 암호를 걸어둔 비밀 폴더를 열었네. 이건 보안을 강화할 필요성이 있겠는걸. 조만간 컴퓨터 연구부장에게라도 상담을 해볼까.

"왜 그러세요? 거기에 대체 무슨 말이—."

코이즈미가 갖고 싶다는 얼굴로 내 손에 들린 종이비행기였던 물체를 보았지만.

"신경 쓰지 마라. 나와 아사히나 선배의 사소한 비밀이니까. 네 인생에 아무 영향도 주지 않을 무익한 정보야."

미소를 지은 코이즈미는 대답도 하지 않고 어깨를 한번 으쓱한 뒤 다 안다는 표정을 지었지만 나는 무시했다.

그리고 다시 한번 동아리방을 올려다보았다. 옆으로 밀어둔 커튼이 봄바람에 팔락거리는 바람에 내부의 모습을 확인할 수는 없었다.

얼마 전부터 생각했던 거지만 다시 한번 야스미에 대한 감상을 말하도록 하겠다.

"이상한 여자야."

그 뒤 얼마 지나 동아리방으로 돌아오니 하루히가 컴퓨터 앞에서 무척이나 기뻐하고 있었다.

"이것 봐, 쿈! 이 아름답고 화려한 화면을!"

나는 야구도구를 코이즈미에게 맡기고 아기 고양이가 흔들리는 끈에 달라붙듯이 마우스를 휘두르고 있는 하루히 옆으로 이동했다.

"오오?"

모니터에 비치는 것을 본 내 입에서 알 수 없는 감탄사가 새어나왔다.

"이게 SOS단 사이트야?"

"보면 모르겠어? 짜잔, 커다랗게 적혀 있잖아."

확실히 로고 마크는 그렇긴 하네. 그런데 예전에 내가 대충 뚝딱거려 만든 홈페이지 비스무리한 녀석의 흔적이 전혀 남아 있질 않잖아. 벽지에서부터 폰트는 물론 인덱스까지 모든 게 새로 싹 바뀐데다 문자 일부가 반짝반짝 빛나며 움직이고 있질 않나, 화면 색감도 심하게 화려해. 내가 만든 초기 사이트가 아담스키형(주7)이라면 이건 완전 샹들리에형(주8) UFO다. 그런데 장식이 좀 과한 거 아냐?

"이런 건 이목을 끄는 게 제일이라고."

하루히는 자신의 공이라도 되는 양 의기양양하게 말했다.

"그리고 인터넷 세계는 도그 이어(주9)라고. 모처럼 갖고 있는 기술인데 안 쓰면 어쩌니. 야스미한테는 가진 모든 소재를 다 쓰게 했어. 자, 여길 클릭하면 말이지—."

공짜 소재를 있는 대로 다 갖다 쓴 거 아니냐 싶은 음악이 흘러나왔다. 솔직히 시끄러웠다.

나는 해서는 안 되는 사이트 제작의 전형적인 예와 같

주7) 아담스키형: 조지 아담스키가 최초로 촬영해 명명한 UFO의 형태.
주8) 샹들리에형: 영화 「미지와의 조우」에서 나온 UFO와 같은 형태로 샹들리에를 닮아서 이런 이름이 붙었다.
주9) 도그 이어: dog year. 정보화 사회의 변천의 빠름을 비유한 말. 개의 수명은 1년이 인간의 7년에 해당한다는 연구 결과에서 나온 용어.

은 화면을 노려보며 말했다.

"콘텐츠는 뭐가 있는데?"

"메일 폼."

그게 다야?

"어쩔 수 없잖아."

하루히는 입술을 삐죽거렸다.

"활동 보고에 사진을 왕창 올리고 싶었는데 네가 반대했잖아."

아아, 아사히나 선배의 그거 말이군. 이 자식, 잘도 기억하고 있네.

"하지만 이런 거라면 있지."

마우스 커서를 슬슬 움직여 게임이라 표시된 부분에 세웠다. 클릭음과 함께 영상이 바뀌었다. 별이 뜬 밤하늘을 배경으로 한 게임 메뉴 화면으로 보인다. 쓸데없이 공들인 서체로 적힌 제목을 읽어보니.

"더 데이 오브 사지타리우스… 5?"

"컴퓨터 연구부에서 받아 온 거야."

태연히 말하네.

"전에 한 게임의 인터넷 온라인 대응 개량판이래. 세계 어디에서든 누구하고나 대전할 수 있다더라. 잘은 모르겠지만 이 정도는 있는 게 좋잖아? 물론 무료로 플레이할 수 있어."

누가 돈을 내겠냐. 그런데 버전 5까지 오다니 그 녀석들한테는 꽤나 집착이 가는 게임인가보군. 그만큼 우리에게 패배한 게 여파가 컸을 거야. 뭐, 그거야 자업자득이라고도 할 수 있지만 말이다.

"그리고 컴퓨터 연구부에는 또 다른 게임 개발을 의뢰해놨어. 이래선 별로 SOS단다워 보이지 않잖아. 나는 좀 더 다른 뽕뽕이를 갖고 싶다고."

명령했다를 잘못 말한 거 아냐? SOS단다운 게임을 만들라는 말을 듣고 컴퓨터 연구부가 얼마나 난처해했을지 대신 음미하고 있다가 문득 깨달았다.

"그런데 그 녀석은 어디 있어?"

동아리방에 와타하시 야스미가 보이지 않았다. 방에는 한쪽에서 독서 중인 나가토와 글러브와 공을 정리하고 자기 자리에 앉은 코이즈미, 그리고 마침 찻잔에 차를 따르고 있는 아사히나 선배뿐이었다. 그 아사히나 선배가 쟁반에 얹은 찻잔을 내밀며 말했다.

"돌아갔어요. 방금 전에요."

"뭐어?"

본격 입단 첫날부터 조퇴야?

"꼭 빠질 수 없는 일이 있다고 몇 번이나 사과하며 달려가버렸어요."

나한테 찻잔을 건넨 아사히나 선배는 어딘지 모르게 평소보다 배는 더 환한 미소를 짓고 있었다. 그 이유를 묻자,

"굉장히 귀여워요오—."

이렇게 녹아내리는 목소리로 말했다.

"목소리도 그렇고, 말투도 그렇고, 몸짓도 그렇고, 표정도 그렇고, 인사하는 법도 그렇고, 정말이지 너무나도 귀여워요, 진짜로요."

쟁반을 끌어안고 몸을 비비 꼬는 아사히나 선배도 상당한 수준이지만 이렇게 짧은 시간 내에 이 사랑스러운 선배의 마음을 사로잡다니, 와타하시 야스미, 무서운 녀석이구나.

"음, 나한테는 딱히 느낌이 안 오지만 말이야."

하루히는 아사히나 선배의 모습을 반쯤 기가 막힌다는 얼굴로 지켜보다가 말했다.

"진심으로 서두르는 모습은 삐약삐약거리는 게 꼭 병아리 같던데. 하지만 미쿠루의 마음에 든 것 같으니 다행이네. 여러모로 끌어낼 게 많아 보이는 애니까 한동안은 따분하지 않겠어. 아직 첫날이지만 재능의 일부를 느끼기에는 충분한 시간을 보냈다."

여전히 몸을 꼬고 있던 아사히나 선배가,

"나가토 씨도 잘 따르던데요. 그 아이는 사람들과 친해지는 재능이 있어요."

겨우 정신을 차렸는지, 아니면 아무것도 없는 탁자 위를 여봐란 듯이 보고 있는 코이즈미를 알아보았는지 다시 주전자를 들고 부단장 전용 찻잔을 찾았고, 나는 나가토에게 시선을 옮겨 대체 이 녀석과 순식간에 신뢰관계를 쌓는 방법이 어떤 게 있을지 상상해보려 노력했다.

나가토는 내 사고를 정확하게 판독했는지 문자의 바다

에서 고개를 스윽 들더니,

"책을 빌려줬다."

지나치게 억제한 목소리로 조용히 속삭이고선 그 직후에 보충 설명을 할 필요성을 느낀 걸까.

"빌려달라는 의뢰를 받았다."

이렇게 덧붙인 걸로 만족했는지 다시 시선을 내렸다.

"꼭 무슨 위성이나 그리스 신화에 나오는 캐릭터 같은 이름의 책이었어."

별것 아니라는 듯이 하루히가 말했다. 드라이아이스를 마신 것처럼 차가운 초조감이 내 목을 타고 넘어간다. 하지만 나가토가 반응하지 않았기에 나도 가까스로 포커페이스를 유지했다.

고맙게도 하루히에게는 그게 정말로 별일이 아니었나 보다. 나가토 문고에 대한 언급은 그걸로 끝이 났고, 그대로 마우스를 달각거리며 브라우저를 닫고 컴퓨터를 껐다. 이제 오늘의 동아리 활동도 끝이 났다는 선언과 같았다.

"유망한 신입이 온 건 새해 벽두부터 좋은 전조야. SOS단은 차세대 육성도 게을리 해서는 안 되지. 만약 이 학교가 부서진다 해도 SOS단만큼은 남을 거라는 기개 정도는 보여줘야 해. 우리는 그 초석이 되는 거고. 아니, 되어야 한다."

나는 선 채로 차를 홀짝이면서,

"네가 말하면 그렇게 되겠지."

건성으로 대답하며 야스미의 얼굴을 떠올렸다. 내 전용

아사히나 선배 폴더에 대해 입을 다물어준 것에 대해선 크게 감사하는 바이지만, 아무래도 자꾸 마음에 걸렸다. 곁눈으로 보니 나가토는 평소와 변함없는 태도로 하드커버 책에서 고개도 들지 않고 있었고, 코이즈미에게 차를 따르는 중인 아사히나 선배는 앞에서 말한 바와 같다. 하지만 하루히가 선택한 유일한 신입생이 정상적인 애일 리가 없다. 도저히 그렇게 보이지는 않지만 그래도 뭔가가 있을 거다.

내가 목욕할 때 걸어온 전화도 그렇고, 며칠 전부터 떨쳐지질 않는 기묘한 위화감도 그렇고, 뭔가가 걸린 것처럼 답답해서 미치겠다. 뭐, 그건 사사키와 쿠요우, 이름을 밝히지 않는 미래인과 타치바나 쿄코 등의 현안 사항이 여전히 아무것도 정리가 안 됐기 때문이라 치더라도 야스미 본인에 대해 감각적인 설렘이 느껴지는 건 왜일까. 그것도 딱히 구분하자면 낙관적인 방향으로 설레는 거다.

야스미는 적이니 아군이니 하는 애매모호한 존재가 아니다.

그 소녀에게서 받은 인상은 나가토와 아사히나 선배, 쿠요우나 타치바나 쿄코와는 다르다. 굳이 말하자면—

나는 콧노래를 섞어가며 집에 갈 준비를 하고 있는 하루히의 옆얼굴을 힐끔 쳐다보았다.

우주인과도, 초능력자와도, 미래인과도 다르다. 와타하시 야스미에게서 느껴지는 분위기는, 그렇다, 하루히나 사사키에 가까웠다.

하지만 왜 그런지는 알 수 없었다.

이렇게 치쿠와(주10)인 줄 잘못 알고 치쿠와부(주11)를 입에 넣어버린 직후와 같은 정체를 알 수 없는 감각, 말하자면 밝은 설렘이라고도 표현할 수 있는 기분을 안은 채 집에 돌아온 나는 내 방문을 열자마자 깜짝 놀라게 된다.

"콘, 어서 와—."

매우 애교 많은 고양이처럼 웃으며 그렇게 말한 동생과 이상하게 무뚝뚝한 인간 같은 표정으로 침대에 누워 있는 샤미센이 나를 기다리고 있었던 건 충분히 예상 가능한, 아니, 평소와 다를 게 없는 일이었기 때문에 놀랄 일도 아니었다.

입이 쩍 벌어진다는 표현을 등에 지고 싶을 만큼 내 입을 벌어지게 만든 건 그 녀석들 외에 본 지 얼마 안 된 얼굴의 인간을 발견했기 때문이었고 그 녀석은 동생 앞에 정좌를 하고 있는가 싶더니 펜슬로켓 발사 직후라 여겨질 만큼 빠른 기세로 일어나,

"어서 오세요, 선배! 먼저 실례하고 있었습니다!"

시원시원하며 맑고 높은 목소리로 그렇게 외치더니 깊숙이 머리를 숙였다. 참으로 예의바르게도 말이다.

"아…."

어떻게 된 건지, 무슨 영문인지 도통 이해가 안 되는데

주10) 치쿠와: 어묵의 일종으로 으깬 생선살을 가는 대나 놋쇠 등 금속의 막대에 감듯이 발라서 굽거나 찐 식품. 대나무처럼 가운데에 구멍이 나 있다.
주11) 치쿠와부: 밀가루를 반죽해 막대기 등에 감아서 찐 음식. 가운데에 구멍이 나 있다.

….

와타하시 야스미가 내 방에 있었다. 그 소녀의 모습이 내 환각이라고 믿기에는 너무나도 어려운 사건이었다. 억지스러운 면이 지나치게 많았다.

급한 일이 있어 먼저 갔다는 야스미가 무슨 볼일, 어떤 이유로 여기에 있는 거지?

아니, 잠깐만. 냉정하게 대처하자. 난 지금까지 지겹도록 예상치 못한 이벤트에 휘말려들었고, 마지못해 하면서도 어쩔 수 없이 익숙해졌다. 하루히가 사라지기도 하고, 여러 차례 타임 슬립을 했던 것에 비교하면 기껏해야 신입부원이 내 방에서 내가 돌아오길 기다렸다는 것 정도야 일상의 범주에 들어갈 수준밖에 안 된다. 범인의 범행동기가 마지막까지 설명되지 않은 본격 미스터리 소설과 같다고도 할 수 있을 것이다. 좋아, 나는 냉정해. 상황 진술을 하려면 먼저 가까운 사람부터 시작해야겠지.

야스미는 가슴 앞에 두 손을 꼬고 눈을 반짝반짝 빛내며,

"사실은 어제 오고 싶었어요. 하지만 예정보다 연기되어서요. 역시 망설이면 안 된다니까요."

이렇게 이해할 수 없는 말을 했다. 예정? 망설여? 그게 무슨 소리야? 그래, 알았다. 그건 나중에 생각하도록 하지. 나는 언제나 방긋방긋 웃으며 고민이라고는 전혀 모르는 동생의 목덜미를 잡았다.

"네가 집 안에 들였냐?"

"그게 말이지—."

동생은 간지럽다는 듯이 몸을 꼼지락거렸다.

"콘 친구라고—."

너무 순진한 것도 고민을 해봐야 할 일이다. 아는 사람이라면 몰라도 얼굴도 모르는 사람을 이렇게 쉽게 믿어선 안 된다고 교육을 해야겠어. 뭐랄까, 그래, 오빠로서 말이다.

내가 설교의 초고를 잡는 것보다 야스미가 도움의 손길을 내민 것이 더 빨랐다.

"현관에서 만나자마자 선배 동생이라는 걸 알았어요. 후훗, 좋은 아이네요! 저도 이런 동생이 갖고 싶었죠. 꼭 안고 자고 싶을 정도라니까요. 그리고 저 고양이! 아주 훌륭한 얼룩고양이네요! 굉장히 영리해 보이고요. 전 감탄했다니까요."

빠르게 말을 마친 뒤 야스미는 살짝 풀이 죽었다.

"하지만 애완동물은 이제 키울 수가 없어요. 그게 아쉬운데…. 하지만! 이렇게 남의 집 애완동물하고 노는 건 정말 좋아해요."

그 기세 좋은 말투에 약간 물리적으로 압도되는 것을 느끼며 나는 살짝 몸을 뒤로 젖혔다.

"너…. 볼일이 있어서 일찍 돌아간 거잖아. 설마 그 볼일이란 게…."

"네. 한번 이렇게 와보고 싶었어요. 선배네 집에요. 후훗."

태연히 대답하는 야스미의 얼굴과 말투 어느 한구석에도 수상쩍은 구석은 완벽한 제로 그래비티였다. 특징적인 머리핀이 고개를 숙이자 함께 달랑거린다.

"저기, 있잖아ㅡ."

동생이 야스미의 소매를 잡아당겼다.

"아까 하던 얘기 말이야. 그 머리핀 갖고 싶은데. 이제 안 팔지? 나 줘."

"미안하네요."

야스미는 몸을 숙여 동생과 눈높이를 맞추고서 동그란 두 눈동자를 마주했다.

"이건 내가 어릴 적부터 아끼던 보물이에요. 지금은 안 돼요. 하지만 조만간 네게 가게 될지도 모르겠군요. 우리는 세계의 흐름에 올라탄 작은 배랍니다. 언젠가 또다시 이곳으로 돌아올지도 몰라요. 이 머리핀만이라도. 조만간, 언젠가."

스마일 마크를 닮은 머리핀은 새집 같은 머리를 정리한다기보다 마치 신분증명을 하듯 달라붙어 있는 것 같았지만 그런 데에 일일이 신경 쓰기에는 너무 사사로운 일이었다. 좀 더 신경을 써야 할 건 뭘까 생각하는 사이 야스미는 내 방을 이리저리 돌아다니고 침대 밑을 훔쳐보고 샤미센의 귀를 잡아당기다가,

"당첨이네요. 이 고양이. 대박이에요."

이런 말을 하는가 싶더니 동생에게 달려들어 끌어안았

다가 또다시 내 눈앞에 직립부동한 자세로 돌아왔다. 그 입에서 튀어나온 것은 확고한 의사 표시.

"돌아가겠습니다."

아아, 그러냐 하는 대답밖에 못 한 내 자신이 참 초라하게 느껴진다. 그보다는 좀 나은 어휘를 내장했다고 생각했었는데 말이야. 하고 싶은 말이 있는데 말로 나오지 않는 건 참 안타까운 일이다.

야스미는 정면 약간 아래에서 나를 쏘아보는 듯한 시선으로 쳐다보더니 갑자기 짧은 반생을 그리워하는 듯 표정을 바꾸었다.

"새로운 학교에 들어오면 분명히 재미있는 동아리가 하나쯤은 있을 거고, 마치 빨려 들어가는 것 같은 우연한 사건으로 결국 분위기를 타고 그곳에 가입하는 걸 꿈꿔왔어요. 아무 말 않고 있어도 그쪽에서 다가올 거라고요. 그렇지 않나요? 재미있는 이야기의 화자는 모두 그런 분위기잖아요. 거기에는 재미있는 선배가 많고, 그중의 한 명과 친해지기도 하면서, 저는 그런 주인공이 되고 싶었죠…."

언젠가 어디선가 들은 듯한, 언젠가 어딘가에서 내가 생각했던 것 같은 이야기였다. 하지만 내가 장기기억을 뒤적여보기도 전에 야스미는 고개를 꾸벅 숙인 뒤 용수철 장치라도 달린 듯 작은 몸을 뒤로 젖혔다.

"뭐, 사실은 그냥 선배네 집에 혼자 와보고 싶었던 것뿐이에요. 실례 많았습니다. 하지만 덕분에 완전히 만족했어요. 저는 이제 안 올 거예요."

야스미가 내게 보인 미소는 아사히나 선배가 몸을 비비 꼰 것도 이해가 될 만큼의, 작은 동물의 새끼가 주인에게 전폭적인 신뢰를 보내는 것처럼 순수하고 부드러운 인광을 띠고 있었다. 애완동물 가게 손님 중에 이런 눈으로 쳐다보는데 무심하게 그 자리를 떠날 수 있는 사람은 한 명도 없을 거다.

"그럼 또 만나요. 선배, 저를 싫어하지 말아주세요."

그렇게 말하자마자 야스미는 동생의 머리와 샤미센의 뺨을 한번 쓰다듬은 뒤 봄바람처럼 빠르게 방에서 나갔다. 잠깐 기다리라는 말을 할 새도 없었다. 정신을 차리고 보니 1년 후배인 신입단원의 모습은 우리 집에서 사라지고 없었다.

하품을 하는 샤미센을 억지로 안아든 동생의.

"저 사람 누구야?"

그 질문에 대한 답이 바로 내가 제일 원하는 거다.

"아…."

그 직후, 나는 깜박 잊은 질문이 있다는 걸 깨달았다. 그 언젠가 밤에 목욕 중이던 내게 전화를 한 게 야스미였다는 건 틀림없이 확실하다.

하지만 왜 나인 거지? 단지 이름만을 말한 짧은 메시지. 그 시점에서 야스미는 하루히가 부과하는 입단시험에 홀로 남을 거라 확신했던 걸까. 마치 예지능력자 같지만 코이즈미의 말을 빌리자면 그런 흔적도 없다고 했다. 그렇다면 우연히 키타고교에 입학해서 우연히 SOS단에 섞여 들어온 일반학생이라는 게 되는데 그건 너무나도 지나친 우연이다.

─이 세상에 우연 같은 건 없습니다. 모든 것은 필연입니다. 인지하지 못한 필연을 사람들은 우연이라 부르는 겁니다….

누군가가 했던 말, 아니, 나가토에게서 대충 빌린 소설에 있었던 말이었나.

멍하니 생각하며 나는 괜히 동생에게서 샤미센을 빼앗아서 코와 코를 가까이 댔다. 여느 때처럼 귀찮다는 듯이 고개를 돌리는 샤미센에게,

"야스미를 어떻게 생각하냐?"

혼잣말밖에 안 된다는 건 알고 있었지만, 그냥 누군가와 속내를 나누고 싶은 기분이었다고.

"야스미 언니야? 하루냥이나 츠루냥의 친구야?"

얼룩고양이보다 더 동그란 눈의 동생이 옆에서 끼어든 바람에 나는 지겹다는 표정을 짓고 있는 샤미센을 바닥에 내려놓았다. 이때라는 듯이 방을 떠나는 샤미센을 따라 고양이 추격자가 된 동생도 방을 나갔고, 마침내 정적이 내 방에 감돌았다.

아무리 생각해봐도 모르겠다. 마치 log 기호 없이 포 포즈(주12)의 소수를 영구히 풀어나가라는 명시를 받은 수학 조수가 된 기분이었다.

그 녀석은 와타하시 야스미. 그런 이름을 쓰는 키타고교 1학년생으로, 하루히가 인정한 SOS단 신입단원 1호

주12) 포 포즈: four fours. 연산기호 +, −, ×, ÷와 숫자 4를 네 번 사용해 자연수를 만드는 게임.

다.

하지만 도대체 누구지?

β-10

목요일.

생각할 게 너무 많은 것치고는 뭘 생각해야 좋을지 짐작조차 가지 않는다.

내가 할 수 있는 게 뭔지 손을 꼽아보았지만 꼽을 수 있는 손가락은 고작해야 오른손 검지 하나였고, 결국 평소대로 등교해 평소대로 멍한 상태로 수업을 받는 게 전부였다.

그리고 아무래도 하루히도 나와 같은 심경을 공유하고 있는지 수업 시작 시간에 이미 마음은 이곳에 없다는 상태로 의식의 대부분을 나가토의 집에 남겨두고 온 것 같은 형상이었다.

"저기, 쿈."

1교시가 끝나고 쉬는 시간이 되자마자 하루히는 샤프 끝으로 내 등을 콕콕 찔렀다.

"유키 말인데, 역시 억지로라도 병원에 데리고 가는 게 좋지 않을까?"

오랫동안 함께 살았던 가족과도 같은 작은 개가 산책을 거부했을 때와 같은 심각한 표정이었다.

"봄 감기에 걸린 거겠지. 그렇게 굴면 과보호라고밖에 못 하겠다."

맞장구를 치는 내 마음도 살짝 아팠다. 항생물질이나 영양제 주사로 어떻게 바뀔 상황이 아니라는 걸 나는 잘 알고 있으니까 말이다.

"하지만 아무래도 마음이 쓰인단 말이야."

하루히는 샤프 꼭지를 따각따각 눌러댔다. 무의식중에 하는 행동이겠지. 나는 무의미하게 길게 밀려나오는 샤프심을 바라보며 말했다.

"코이즈미가 그랬잖아? 여차하면 억지로라도 업고 가면 될 거야. 하지만 말이다."

나는 숨을 들이마시며 뒤이어 할 말을 위한 준비시간을 벌었다.

"당사자인 나가토 본인이 괜찮다고 하잖아. 그 녀석이 보장한 것 중에 지금까지 틀렸던 게 있었냐?"

"그거야… 그렇지만."

하지만 하루히의 얼굴에 드리운 의혹의 빛은 아직 금성이 보이지 않는 구름 낀 새벽녘처럼 개일 줄을 몰랐다.

"자꾸 가슴이 뛴단 말이야. 유키뿐만이 아니라…, 으음, 표현은 잘 못 하겠는데 좀 더 스케일이 큰, 특이한 사건이 일어날 것 같은 그런 기분이 들어."

수수께끼 병원체가 지구 전역에 퍼지는, 오래된 SF 공포영화에 나오는 세계라도 된다고 말하고 싶은 거냐? 내가 어릴 때 본 TV 영화에서는 그런 게 참 많았는데.

"그렇게까지 과장된 건 아니야. 그런 진부한 세계관은 요즘 시대에는 유행하지 않아. 화성인이 공격해오거나 생물병기가 유출되어서 인류가 멸망할 위기에 처한다는 건 지금의 삶에 싫증이 나서 재앙이 일어나길 바라는 자살 희망자의 나약함이 그런 생각을 하게 만드는 것뿐이지. 그런 녀석들은 자살할 용기도 없으니 전 인류가 통째로 죽어버리면 좋겠다는 생각이나 하는 거라고. 어리광을 부리는 거야, 어리광을."

SF의 대가가 들으면 쓴웃음을 지을 법한 소리를 한 하루히는 코를 치켜들며 말했다.

"너한테 상의하자고 한 게 실수였어. 어차피 그렇게 엉뚱한 농담이나 하는 게 고작일 거라고는 알고 있었는데 나도 노망이 났나봐. 좋았어, 콘. 잊어줘. 아니, 잊어라. 내 생각은 나만의 것이고 누군가와 공유하려 한 게 잘못이었던 거야. 그것만은 인정하지 않을 수가 없겠다."

그러십니까요. 뭐, 나한테 독창성이 있는 거짓 이야기를 구축하는 능력이 결여되어 있다는 건 알고 있으니까 새삼 하루히가 지적한다 해도 전혀 아무렇지도 않다 이거야. 멍청하다는 걸 충분히 인식하고 있는 인간에게 멍청이라고 말해봤자 너한테는 실소나 돌아올 뿐이라고. 그러니까 지금의 내가 그렇다.

그런 대화를 나눈 뒤에도 하루히는 정신이 다른 데 가 있는 사람 같았고, 오후 수업이 끝날 때까지 마치 육체는 단순한 껍질일 뿐이라는 듯이 정신을 교실에서 멀리 떨어진 곳으로 보낸 것 같은 무반응을 선승의 명상수행처럼 계속 보이다가 수업 끝을 알리는 종소리가 적절한 자명종

시계라도 된 양 재빨리 유체와 합체했다.

황급히 가방을 어깨에 메고서.

"나는 미쿠루와 같이 유키네 집에 갈 거야. 아, 너는 안 와도 괜찮아. 동아리방에 있어줘."

개인적으로도 나가토와 아사히나 선배가 없는 동아리 방에는 아무 볼일도 없다만.

하루히는 살짝 눈을 치켜뜨며,

"신·입·단·원!"

심기 불편한 물새를 꼭 닮은 입 모양을 하고서,

"올지도 모르잖아. 그쪽 지원을 부탁할게. 코이즈미라면 몰라도 너 같은 게 유키 문병을 가봤자 도움도 안 될 거고…."

말을 살짝 흐린 하루히는 그래도 말해야 한다고 생각했는지 말을 이었다.

"오히려 유키의 상태가 악화된 것 같아. 마치 역귀 같구나, 콘. 여자애 방에 남자애가 함부로 쳐들어오다니, 그 것도 아파서 약해진 때에 좀 비겁한 것 같지 않아? 그러니까 너랑 코이즈미 둘 다 안 와도 돼. 동아리방이나 지키고 있어. 그것도 엄연한 SOS단의 일 가운데 하나니까."

이렇게 단장에게서 직접 완곡하게 동아리방지기를 명받은 내게 달리 할 수 있는 일이 또 있을까.

어디 한번 생각해보자. 앞으로 내가 맞서야 하는 건 우선은 쿠요우다. 녀석과 그 두목이 나가토를 아프게 하는 원인이니까 그 근본적인 요인을 제거하지 않는 한 사태는 아무리 지나도 호전되지 않을 거다.

또 하나는 후지와라의 존재다. 지금까지 사람을 헷갈리게 하는 비꼬는 소리밖에 못 들은 것 같긴 하지만 자칭 미래인과 쿠요우가 어떻게든 이어져 있거나 동맹관계일 거라는 점은 의심할 여지가 없다. 타치바나 쿄코는 추측컨대 쌍방에 이용이나 당하는 것이겠지. 나도 멋으로 코이즈미와 오래 알고 지낸 게 아니다. 타치바나 쿄코는 우주인과 미래인에 맞서 행동하기에는 상당히 그 역량이 부족했다. 아사히나 선배 유괴 사건에서 보여준 약한 마무리로도 알 수 있다. 안됐지만 그녀는 코이즈미의 적수조차 되지 못한다. 기껏해야 단역 캐릭터일 거다. 다만 본인도 알아차리지 못한 채 어떤 역할을 떠맡게 된 장기 말이다. 절대로 경시해서는 안 되지만 타치바나 쿄코 본인에게 경이로운 점은 없다 해도 될 것이다.

"…역시 사사키란 말이야."

작은 목소리로 말한 줄 알았는데,

"지금 뭐라고 말했어?"

귀가 밝은 하루히가 민감하게 내 혼잣말을 알아들었다.

언짢은 표정은 나가토를 걱정해서 그런 거겠지 하고 판단한 나는 가볍게 두 손을 펼쳤다.

"말씀하신 대로 오늘은 동아리방에서 대기하고 있습죠. 입단을 희망하는 1학년이 오면 적당히 상대해둘 테니까 걱정 마라. 아마 네가 없는 게 모집하기에는 더 효과적일 거야."

흥, 하루히는 콧방귀를 뀐 뒤,

"부탁할게. 무슨 일 있으면 연락줘. 나도 연락할 테니까. 마음이 내킨다면. 그럼 안녕!"

무슨 일이든 재빠른 행동을 좌우명으로 삼고 있는 하루히는 강력한 청소기에 빨려 들어가는 고양이털 같은 기세로 교실을 나갔다.

저 녀석도 자기 나름대로 나가토가 걱정돼서 미칠 지경일 거다. 나도 그렇다.

다만 나와 하루히는 걱정하는 수단과 목적이 다를 뿐이다. 나는 나 나름대로, 하루히는 하루히 나름대로 나가토를 깊이 생각하고 있다. 누가 맞느냐는 문제가 아니다. 정답이란 존재하지 않으니까.

하지만 하루히도, 나도 답을 찾으려 하고 있다. 그리고 지금 누가 더 핵심에 가까우냐고 한다면 그건 나다.

나도 진작 달려가고 싶었다. 하지만 그 임무는 일단 하루히가 대신 맡아주었다. 그럼 내가 해야 할 일은 무엇인가.

기다리는 거다. 그건 언젠가 찾아올 것이다. 절대로 먼 미래가 아니다. 쿠요우의 습격, 아사쿠라의 부활, 키미도리 선배의 간섭….

모든 것은 복선에 불과하다.

시간의 개념을 잘 이해하지 못하는 우주인 3인조가 동시에 나타난 것은 절대로 우연이 아니다. 그건 모두 징조다. 나만이 이해할 수 있는 하찮고 사소한 메시지일 것이다.

　조만간 움직이기 시작할 거다. 누가 그렇게 하지 않는다 해도 내가 움직일 거야. 그리고 움직이게 만들 거다.

　분명히 사사키도 같은 생각을 하고 있을 거다. 그 예감은 애매한 생각을 뛰어넘어 실감으로 내 마음속에 자리하고 있었다.

　나가토는 아무것도 못 할지도 모른다.

　하지만 내게는 하루히가 있고, 또 사사키도 있다.

　미확정이고 내실을 모르긴 해도 새로운 차원이라고 관계자가 주장하는 현대인이 두 명. 이 인류 쌍벽이 있다면 이성인 단말도, 불량배 미래인도, 풋내기 초능력자도 그리 쉽게 손을 대지는 못할 거다. 물론 이 모든 것은 어느 세력이 용의주도하게 준비한 함정일 가능성도 있다. 하지만 아무리 높은 가능성이라 해도 웃어넘기는 게 하루히고, 아무리 낮은 가능성이라도 철저하게 파고들어 따져보는 게 사사키다.

　나는 내 생각에 두려움을 느꼈다. 하루히와 사사키. 이 두 사람이 진지하게 손을 잡는다면 정말 우주를 지배할 수 있지 않을까 하는 발상이, 녹기 시작한 메탄 하이드레이트(주13)처럼 가슴속에서 끓어올랐다. 하지만 그런 사태는 영원토록 오지 않을 거다. 분명히 하루히가 바라지 않을 거다. 그리고 사사키는 일소에 부치고 설교를 개시할 거다. 그런 두 사람의 표정을 나는 생생히 떠올릴 수가 있거든.

주13) 메탄 하이드레이트: metan hydrate. 메탄 분자가 깊이 500m 이상의 저온, 고압의 심해에서 물과 화합하여 생기는 얼음 모양의 물질. 온도 상승이나 압력 저하에서 간단히 분해되어 메탄가스를 바닷물 속에 방출함.

"영차."

동아리방으로 향하기 위해 최소한의 짐밖에 없는 학생 가방을 어깨에 메고 자리에서 일어서는데 마찬가지로 서둘러 집으로 돌아가려던 만년 귀가부인 타니구치의 모습이 눈에 들어왔다.

현재의 내 고뇌에 도움이 될 일손은 아니었지만 문득 찾아든 소박한 의문이 입을 열게 만들었다.

"야, 타니구치."

"응—?"

타니구치는 귀찮다는 듯이 뒤를 돌아보았다. 건드리지 말고 그냥 두라는 아우라를 내뿜고 있었고, 나도 그렇게 하고 싶었지만 이 녀석은 이 녀석 나름대로 중요한 샘플이다. 본인은 모르겠지. 자신이 지구외 생명의 인간형 유기생체와 누구보다 오랜 시간을 보냈다는 사실을 말이야.

"쿠요우에 대해 물어보고 싶은 게 있는데."

그 말을 하자마자 타니구치의 얼굴에서 모든 표정이 사라지고 리빙 데드라도 그보다는 더 기운이 있을 거라고 말하고 싶을 만큼 권태로움을 연상시키는 아우라가 온몸에 휘감겼다.

"쿤…, 그 녀석에 대해서는 잊어줬으면 좋겠다. 그리고 나도 다시 떠올리고 싶지 않아. 그때엔 잠시 내가 어떻게 됐던 거야. 생각하면 죽고 싶어진다. 사실 거의 기억나는 게 없긴 하지만 아마 내 멍청함에 기억이 견뎌내질 못했던 거겠지. 그러니까 그 녀석 이름을 내 앞에서 꺼내지

마. 내일 아침 일찍 교실 창 밖으로 투신자살을 시도하게 된다면 그건 너 때문인 줄 알아라."

비장함과 헛수고를 믹서로 간 듯한 타니구치의 어두운 얼굴에는 동정을 금할 수 없었지만 그래도 나는 묻지 않을 수 없었다. 정보를 위해서는 마음을 굳게 먹어야 할 때도 있는 법이다. 그리고 좌절하는 건 타니구치고, 이 녀석의 정신이 일시적으로 쇠약해져봤자 금세 원래의 경박한 악우로 돌아온다는 건 아카식 레코드(주14)를 참조하지 않더라도 명백한 사실이라고 나는 확신하고 있었다.

"크리스마스 이후에 너는 쿠요우와 어떻게 지냈냐? 데이트 정도는 했겠지?"

"그렇지."

타니구치의 눈은 과거의 역사 속을 방황하듯 그 어디에도 초점이 맞지 않았다.

"그쪽에서 말을 걸어와서 사귀게 됐다는 얘기는 했지? 크리스마스 얼마 전이었어. 너도 봤다시피 말도 거의 안 하고 완벽한 무표정이고 해서 처음에는 어떤 녀석인지 몰랐지만 왜, 아무래도 미인이었잖냐."

생각해보면 확실히 그렇긴 하군. 나는 섬뜩한 아우라를 느끼느라 바빠 외모에는 전혀 주목하지 않았는데.

"그래서 말이지." 타니구치는 말을 계속했다.

"작년부터 연초에 걸쳐 둘이서 다양한 곳을 다녔지. 건전한 고등학생 커플이 갈 만한 곳은 거의 다 갔어. 내가 먼저 말을 꺼내는 경우가 대부분이었지만 걔가 행선지를

주14) 아카식 레코드: akashic record, 인류의 영혼의 활동으로 생긴 정보가 축적되는 기록의 개념으로 아카샤(산스크리트로 허공, 공간, 공을 뜻함)에 비치는 카르마(업)의 투영상.

정하는 경우도 있었지."

지구외 생명체의 인조인간이 원하는 장소가 과연 어디일까. 나가토의 경우에는 우연히 데리고 간 도서관이 마음에 들었던 것 같던데, 별종 우주인의 관심은 어떤 걸까나.

내 학문적인 의문에 대해서는 알 리가 없는 타니구치는 이렇게 말했다.

"다들 가는 그런 데였어. 영화관에도 가고 밥 먹으러 가기도 했고. 스오우…, 음, 그 녀석은 좀 독특해서 패스트푸드점에 무척 가고 싶어하더라. 나도 돈이 없으니까 잘된 일이긴 했지만 별난 취미라고 생각은 했지."

크리스마스 전부터 밸런타인데이까지면 두 달은 됐을 거다. 어떤 대화를 나눴냐. 하긴 쿠요우가 앞장서서 화제를 꺼낼 것 같지는 않다만.

"그렇지도 않았어."

타니구치는 뜻밖의 대답을 했다.

"말이 없긴 했지만 가끔 꼭 스위치가 켜진 것처럼 말을 꺼낼 때도 있었다고. 그것도 그쪽에서 먼저 말이야."

쿠요우가 자발적으로 이야기를 꺼냈다고?

"그래. 사실 잘 기억은 안 나는데 고양이를 키우고 싶다고 했어. 고양이는 인류보다 뛰어난 생물이라는 주장을 자주 폈지. 거기에서부터 시작해서 인간에 대한 고양이의 유효성인지 뭔지에 대한 이야기를 거의 두 시간 가량 들었어야 했는데 중간에 잘 뻗했지 뭐야. 그리고 또 까다롭고 어려운 이야기를 좋아하는 것 같더라. 인류의 진화에 대해 어떻게 생각하느냐는 질문에 너라면 뭐라고 대답하겠냐? 그것도 1억 년 단위로 말이야. 그딴 걸 내가 어떻게 아느냐 말이지."

쿠요우가 수다스럽게 말하는 모습을 상상해보았다. 무리였다. 천개영역의 단말은 변덕쟁이든가, 아니면 만날 때마다 알맹이가 바뀌든가 둘 중 하나일 거야.

"하지만 그래도 너는 질리지도 않고 사귀었던 거지?"

"그럼. 여자가 먼저 날 꼬신 건 태어나서 처음이었거든. 그리고…, 음…, 미인이었고…."

결국 그거야. 얼굴이 잘 났다는 건 남자든 여자든 이득이구나. 살짝 맛이 간 애라도 용서될 여지가 있다. 특히 젊은이의 연애에서 가장 중요한 건 외모인 거냐고 내가 절망하려는 때.

"그런 만남도 순식간에 끝났어."

무대에서 슬픈 연기를 한층 더 과장되게 하는 남자배우처럼 타니구치는 하늘을 우러러보았다.

"약속한 시간에 맞춰 달려간 내게 기다리고 있던 그 녀석이 처음으로 꺼낸 말이 '착각했다'였다. 뭘 착각한 거냐고 물어볼 틈도 없었어. 정신을 차리고 보니 사라지고 없더라고. 그게 다야. 내 연락은 완전 무시, 걔한테서는 연락이라고는 완벽하게 제로. 한참을 괴로워하던 시간이 바보 같더라. 나는 차인 거야. 그 정도는 아무리 나라도 알지."

그게 밸런타인데이 전이냐. 올해 2월. 나와 코이즈미가 필사적으로 산을 헤집고 다니고 근미래에서 온 아사히나 선배(미치루) 일행과 옥신각신하고, 또 후지와라와 타치바나 쿄코와 처음으로 해후하게 됐던 겨울의 그 사건. 내가 알지 못하는 곳에서 타니구치와 쿠요우의 아무래도 상관없어 보이는 시시한 이야기가 진행되고 있었다니.

하지만 타니구치의 이야기에 따르면 스오우 쿠요우 녀석, 꽤나 멍청한 녀석 같은데.

만약 쿠요우가 하루히의 크리스마스 파티 계획보다 먼저 나에게 접촉했다면 그 끔찍하게 고생했던 하루히 소실과 나가토의 이런저런 일들에 더욱 성가신 일이 추가됐을지도 모를 일이다. 쿠요우가 나와 타니구치를 착각해서 천만 다행이었다. 4년 전의 칠석으로 시간 이동을 해서 사건을 해결하기까지 나는 지금까지 살아온 인생의 거의 모든 근로 의욕을 써버렸다 해도 과언이 아닐 거다. 그동안 쿠요우의 상대를 해줬다는 점에 대해서는 타니구치에게 고마워해야겠군.

"이제 얘기 다 끝났냐?"

내가 생각에 잠긴 걸 보고 타니구치는 학교 가방을 어깨에 메고 바로 철수할 기세였다.

"응."

나는 환한 얼굴로 대답했다.

"타니구치."

"그 기분 나쁜 얼굴은 또 뭐냐?"

"넌 스스로는 모를지 몰라도 사실 대단한 녀석이야. 내가 보장해주마."

"뭐어?"

내 정신 상태를 걱정해준 건지도 모르겠다. 타니구치는 안됐다는 목소리로 이렇게 말했다.

"너한테서 그딴 소리 들어도 하나도 안 기쁘거든. 스즈미야한테 몸통 돌려차기라도 당해서 머리가 맛이 간 거냐? 아니면 드디어 해버린 거야, 응?"

하지만 타니구치는 순간 외면했던 고개를 바로 되돌리고 악우다운 미소를 지었다.

"하지만 그건 피차일반이야. 쿈, 너도 보통내기는 아니지. 그런 얼빠진 동아리를 1년이나 계속하다니 말이다. 졸업할 때까지 스즈미야를 잘 돌봐줘라. 뭐니 뭐니 해도 그 녀석한테는 너밖에 없으니까 말이야."

자기답지 않은 말을 한다 싶었는지 타니구치는 쑥스럽다는 표정을 내게 보이지 않으려는 듯이 교실 밖으로 달려갔다.

순리대로 세월이 흘러간다면 나와 타니구치는 함께 졸업식에서 '졸업식 노래'를 부르게 될 거다. 그 무렵이 되었을 때 둘 다 졸업 후의 진로가 정해져 있다면 좋을 텐데 말이야.

딱히 같은 대학에 가고 싶다는 생각은 하지 않지만. 고등학교에서의 악연을 최고학부까지 끌고 간다는 건 아무래도 새로운 만남을 저해하는 요인으로밖에 여겨지지 않는다. 새로운 환경에서는 역시 새로운 인간관계가 있어야지. 그게 나중의 인생에 좋은 요소가 될지 어떨지는 몰라도 나는 그렇게 생각한다. 언제까지나 같은 집단에 있는 것에 장점은 별로 없을 것 같기도 하고 말이다.

하지만 하루히는 어떻게 생각하고 있을까.

우리를 이끄는 단장이자, 신과 같은 존재인 스즈미야 하루히는.

타니구치와의 온화하고 쾌활한 회담을 마친 나는 평소와 같은 습성대로 동아리방으로 향했다.

가봤자 코이즈미밖에 없다는 걸 알고 있으니 동기부여도 죽 하강곡선을 그리고 있지만, 단장의 명령이니 할 수 없지. 만에 하나라도 입단을 희망하는 1학년이 있기라도 하면 그건 일대 사건일 테니까 말이야. 나로서는 장래에 일을 복잡하게 만들 법한 신입단원은 전혀 원하지 않는 바지만 빤히 알면서도 사냥감을 놓쳤다는 걸 하루히가 아는 날에는 복잡한 걸 뛰어넘어 폭력사태가 벌어질 수도 있을 거고, 그 결과 쓸데없이 상처가 늘어나는 곳은 다름 아닌 내 목 위가 될 것이다.

이건 누구한테서 들은 말인데, 복권에 당첨될 확률은 우연히 탑승한 비행기가 추락 사고를 일으킬 확률보다 낮다. SOS단에 입단 희망자가 올 숫자는 훨씬 더 왜소한 수치일 게 분명하다. 이 고등학교에는 공영 카지노도, 비행장도 없고 말이지.

그런 확신을 갖고 동아리방 문을 연 나는 안에 있는 사람을 보고 순간 발을 헛디뎠다.

"어?"

의문형의 발음을 만들어낸 건 내 입이 아니다. 내가 말하는 것보다 먼저, 그리고 내가 도착하기보다 먼저 동아리방에 있던 사람이 낸 소리다.

창가에 서 있던 작은 몸집의 소녀. 재빨리 뒤를 돌아본 그 소녀는 체구에 어울리지 않는 헐렁한 교복을 입고, 약간 파마기가 있는 헤어 스타일에 스마일 마크 같은 머리핀을 꽂은, 생전 처음 보는 1학년이었다. 실내화에 들어 있는 색으로 학년을 알 수 있다. 아니, 사실 어딜 어떻게 판단해도 연하였고, 왠지는 알 수 없지만 그 인상은 강렬할 정도로 내 정신에 쐐기가 되어 깊이 박혔다. 처음에 아사히나 선배와 만났을 때 이상으로 강렬한 확신이었는데 왜 한번 본 걸로 내가 그런 생각을 하게 됐는지는 모르겠다.

"아?"

이건 내 바보 같은 반응이다. 생면부지인 여자애가 평소라면 우리 단원밖에 없는 공간에 있다면 그 정도의 외마디 발성 정도는 허락해줘도 될 거다.

잠시 답답한 침묵이 찾아오는가 싶었는데 그 소녀의 반응은 빨랐다.

"아, 선배?"

씩씩한 미소를 지으며 그렇게 말해도 곤란할 따름이다. 내게는 후배라 인식할 만한 여자 중에 짐작 갈 만한 애가 없으니까.

하지만 저 소녀는 자세를 바로 하듯이 똑바로 서서 머리를 깊이 숙여 인사를 하고선 불쑥 고개를 드는가 싶더니 귀엽게 혀를 내밀며 미소 지었다.

"착각했나봐요."

뭘? 뭘 착각했는데? 동아리 활동 가입부 모집처 말이냐? 문예부라면 착각한 게 아니라 바로 이곳인데 안타깝게도 마침 나가토는 지금 없다.

"아뇨, 아니에요. 여기 SOS단이죠? 그건 착각하지 않았어요."

내가 반응하기보다 먼저 그 아이는 미니건(주15) 같은 말투로 말했다.

"사실 원래는 올 생각이 아니었는데 엇갈렸어요. 아, 여기 있는 선배와는 처음 보는 거군요! 후훗, 그래도 뭐, 좋아요. 이 정도의 실수는 별거 아니죠. 선배, 여기에서 저와 만난 걸 기억하든 잊어버리든 상관없어요. 어차피 똑같거든요. 아, 정말 제가 깜박깜박하네요! 워낙에 복잡하단 말이에요. 이런 착각도 있을 수 있다 생각하시고 용서해주세요. 어차피 곧 알게 되실 테니까요! 이해하지 못하는 사태가 되지는 않을 테니까요! 하지만 만약 괜한 훼방을 받아 이상하게 꼬인다 해도 절대로 당황하거나 감정에 휘둘려서는 안 돼요! 그것만은 약속해주세요. 약속입니

주15) 미니건: minigun. 기관총 M134의 통칭. 이용해 승리를 거둠.

다. 약속한 거예요. 아셨죠! 네?!"

아니, 아셨죠, 네?! 하고 말하고 있는데 나는 멍하니 서 있는 것 말고는 달리 대처를 할 길이 없는 것 같다만.

이 소녀는 코이즈미가 성전환을 해서 여장한 모습이라 생각하기에는 너무나 거리가 먼 존재였다. 하루히도 아니고, 아사히나 선배도 아니고, 물론 나가토도 아니다. 그 이외의 키타고교 1학년 여자애가 문예부실에 있을 존재사유가 뭐가 있을까. 게다가 일방적으로 의미를 알 수 없는 주장을, 프랑스를 침공한 흑태자 에드워드(주16)가 이끄는 장궁부대처럼 쉴 새 없이 잇달아 늘어놓는다면 어찌할 방도도 없이 수세로 바뀔 수밖에 없지 않나. 그런데 이 억지가 센 모습이 꼭 누구랑 닮은 것 같단 말이야—.

그런 생각을 하는 사이, 소녀는 헐렁한 교복 자락을 펄럭이며 내가 활짝 열어둔 문으로 날듯이 깡총거리며 이동했다.

—야, 잠깐만.

이 정도 말은 하고 싶었는데 상대가 한발 빨랐다.

"그럼요, 선배."

그녀는 돌아서자마자 해군식의 작은 경례를 하고서,

"또 만나요! 그럼 이만."

부드러운 미소만을 남긴 채 바람처럼 동아리방에서 달려 나갔다. 신기하게도 발소리를 들은 기억이 없다. 마치 복도로 나가자마자 아침 이슬처럼 사라져버린 것 같다.

"……."

주16) 흑태자 에드워드: Edward the Black Prince. 영국 왕 에드워드 3세의 맏아들. 프랑스와의 백년전쟁 당시 크레시 전투와 푸아티에 전투 등에서 활이 긴 장궁(longbow)을 쓰는 병사들을 이용해 승리를 거둠.

내가 멍하니 있었던 게 몇 초? 아니면 몇 분인가.

겨우 제정신을 찾은 나는 창가에 작고 입구가 좁은 화병이 놓여 있는 것을 발견했다. 어제까지는 없었던 물체로 그 도기로 만든 화병에는 산뜻한 한 송이 꽃이 꽂혀 있었다.

처음 보는 아름다운 꽃이다. 방금 그 수수께끼 소녀가 가지고 온 게 분명했다. 아사히나 선배에게도 그런 여유는 없었을 거다. 꽃의 정체도 궁금했지만 그보다 그 여자애는 대체 뭐지?

나한테 지나치게 친근하게 굴던 태도와 뭐라고 떠드는가 싶더니 봄바람처럼 빠르게 물러난 것을 봐선 하루히나 나가토, 아사히나 선배가 여기에 오지 않을 거라고 명확하게 이해하고 있었던 건 확실했다.

그러니까 그 녀석은 나한테 볼일이 있었던 걸까? 설마 단지 꽃을 동아리방에 설치하기 위해 침입했다고는 생각할 수 없었다.

아니, 잠깐만. 정말로 입단 희망자였을까. 봐서는 1학년인 것 같던데….

그런 것치고는 전혀 두려워하는 기색도 없고 호감 가는 소녀였단 말이야. 코이즈미가 올 때까지만이라도 잡아뒀어야 했나.

"아니야…."

그렇게 바람처럼 돌아갔다는 건 굳이 코이즈미와 마주치고 싶지 않아서 그런 걸까.

그렇다면 그 녀석은 나한테 볼일이 있었던 거다.

—또 만나요! 그럼 이만.

하지만 무슨? 나는 언제 어디에서 그 여자애랑 만나게 되는 거지?

"모르겠네."

그렇지 않아도 천개영역과 나가토, 쿠요우와 사사키, 영 마음에 들지 않는 후지와라 미래인 형씨와 타치바나 쿄코라는 대 SOS단 동맹과 분쟁을 겪고 있는 나다. 이런 상황에 다른 수수께끼의 인물을 상대하는 데까지는 생각이 미치질 못한다.

진짜 내가 한 명 더 있었으면 좋겠다. 사소한 사태는 그 녀석한테 맡기고 나는 내게 주어진 공식을 풀어야 하니까 말이야. 여차할 때에는 코이즈미에게 도와달라고 부탁한다 치더라도 말이지, 그 녀석이 아무리 '기관'인가 하는 조직력을 배후기반으로 갖고 있다 하더라도 우주인과 미래인을 상대한다면 부담이 클 거다. 같은 이치로 츠루야 선배도 기각이다. 쿠요우는 질이 너무 나쁘다. 대항할 수 있는 건 이제는 키미도리 선배나 아사쿠라밖에 없지만 나가토와 달리 정보 통합 사념체의 일파라 해도 그 두 사람은 신용할 수가 없다. 우리가 처참하게 실패한다 해도 묵묵히 지켜보든가, "그러니까 말했잖아"라며 조소나 보내기 십상이다. 그런 건 내가 아니더라도 열 받잖아. 안 그래?

나는 아무렇게나 학생 가방을 책상에 내던지고 철제 의자를 끌어다 앉았다.

탁자 위에는 코이즈미가 준비한 걸로 보이는 장기 비슷하게 생긴 말과 판이 가지런히 놓여 있었다.

규칙을 도통 알 수 없는 판을 보고 있는 사이에 어느새 저녁노을이 깔리고 교내 스피커에서 학생들의 귀가를 명령하는「실크로드」테마 음악이 흘러나왔다.

오늘 SOS단의 영업은 나 혼자였다. 코이즈미까지 결석이라니. 별로 좋은 예감이 들지는 않지만 당연히 학생의 본분은 수상한 동아리 활동보다야 학업이 먼저다. 코이즈미도 슬슬 진로에 대해 진지하게 생각할 시기가 된 건지도 모르지. 그 녀석 성격으로 보면 졸업 후에도 하루히의 뒤를 쫓아갈 것 같긴 하다만, 제일 중요한 하루히는 어느 대학에 갈 생각일까.

아니, 그 이전에 우리보다 1년 먼저 졸업하는 아사히나 선배는 어떻게 되는 거지. 사랑스러운 선배를 대신해 차 따르는 메이드 후배가 찾아오는데 그게 또 미래인이 되는 건가?

"난처한데. 내년 생각을 하면 산 사람 입장에서는 도저히 웃음이 안 나와."

쓸쓸하게 가방을 어깨에 걸쳐 메고 나는 텅 빈 동아리방을 뒤로했다.

나 혼자뿐인 아무도 없는 동아리방이 마치 폐허가 되

어 버려진 시골 병원 건물의 한 병실처럼 느껴지다니.

이렇게까지 감상적이 된 건 아마 고등학교에 입학한 이후로 처음인 것 같다. 나답지 않아. 일반적인 남자 고등학생으로는 평범한 일인지 몰라도 아무래도 나는 SOS단의 일원이라는 사실이 매해 여름마다 시끄럽게 울어대는 매미와 같은 수준으로 보편적인 습관이 되어버린 몸이잖아.

"젠장."

자연스레 혀를 차게 됐다. 마치 내 정신을 누군가에게 빼앗긴 것 같은 기분이다.

그날 밤의 일이었다. 사사키에게서 전화가 왔다.

『내일 또 역 앞에서 모이자고 후지와라가 말하네.』

드디어 왔구나.

사사키의 목소리도 지금까지와 달리 어딘지 모르게 확고하게 들렸다. 내가 알아차릴 정도니 사사키는 벌써 간파했을 거다.

슬슬 결전의 때가 와도 될 때였다. 아니, 오히려 늦었다고 할 수 있을 정도지. 커피숍에서 괜히 주저리주저리 수다나 떨어봤자 사태는 아무것도 호전되지 않는다는 건 예전부터 잘 알고 있는 사실이다. 상대가 우주인이나 미래인이라 해도 말이다. 생각해보면 쓸데없는 시간을 보낸 셈이다. 이제 드디어 모든 것의 결말을 낼 수 있겠다.

『그런데 .』

사사키의 목소리에는 진심으로 나를 염려하는 분위기가 담겨 있었다.

『아무래도 후지와라는 진심인 것 같아. 커튼 콜 없이 바로 폐막하는 거지. 이제 끝낼 생각인 것 같아. 자기는 평소와 똑같이 의중을 드러내지 않는 식의 대화를 했지만 내 눈은 못 속이지. 이래 봬도 사람의 마음을 관찰하는 데에는 자신이 있거든.』

그렇겠지. 사사키를 앞지를 수 있는 인간은 지금까지 내가 만난 남녀노소 가운데 딱히 떠오르질 않는다. 자신의 꾸밈없는 모습을 고속으로 체현하는 츠루야 선배 정도? 그 사람은 생각을 읽기 전에 행동하는 속도를 가진 사람이니까.

『하지만 그 사람이 나를 배제하려 하는 건지 이용하려 하는 건지가 영 미지수야. 이 경우에 나는 불확실한 관측 요소인 거지. 다만 한 가지 확실한 건 콘 너다. 너와 네 판단이 모든 열쇠야.』

큭큭큭. 이렇게 말한 뒤 사사키는 그 특징적인 웃음소리를 전화기 너머로 들려주었다.

『그렇게 긴장할 것 없어. 세계가 어떻게 된다 해도 나와 너는 아무것도 바뀌지 않을 거라 단언할 수 있으니까. 변하는 건 미래야. 후지와라나 아사히나에게는 중대한 사건일지 몰라도 현대인인 우리는 아무것도 걱정할 것 없다니까.』

아사히나 선배(대)의 의도는 읽을 수가 없다. 하지만 나는 나의 아사히나 선배가 우는 모습은 보고 싶지 않다고.

『미래야 어떻게든 될 거야, 쿈.』

전선에 앉은 참새가 내일 날씨에 대해 말하는 듯한 목소리다.

『그들에게 우리는 과거의 인간이다. 하지만 우리에게 그들은 이 현대에 잇닿아 있는 미래의 인간에 불과해. 그리고 이게 제일 중요한 방법인데 어디까지나 이곳, 이 세계는 현재라는 거야. 그게 우리가 가진 미래인에 대한 이점이지. 잘 기억해둬, 쿈. 너라면 어떻게든 할 수 있어. 뭐니 뭐니 해도―.』

사사키는 소리 없이 웃었다.

『스즈미야와 내가 선택한 유일한 일반인, 그게 바로 너니까 말이야.』

지금의 내 의식은 선민의식과는 상당히 멀리 떨어진 지점에 있다. 그렇게 자신만만하게 말한다 해도 당혹스러울 뿐이다. 선택했다느니 선택받았다느니, 그게 대체 뭐냐고 말하고 싶다. 소리치고 싶다. 나가토와 코이즈미와 아사히나 선배가 나를 특별하게 보려 하는 건 알고 있고 나도 어느 정도는 각오를 하고 있다. 작년 크리스마스이브에 각오를 단단히 했지. 그건 지금도 갓 만든 두부처럼 마음속 깊은 바닥에 가라앉아 있다. 하지만 하루히의 무의식이 어떤 짓을 저지른 결과로 내가 이런 입장에 놓여 있다는 건 내키지는 않지만 인정하지 않을 수 없다고 치더라도, 사사키 너까지 나를 선택했다고 말하는 건 도대체 어떻게 된 거냐.

　하루히는 철저하게 인식하지 못한 상태일 거고, 너는 그렇지가 않잖아. 신과 비슷한 존재라는 분명한 인식이 있을 거야. 이해하고 있다면 가르쳐다오.

　왜 나를 고른 거지.

　『훗, 큭큭. 콘. 네 둔중한 감성에는 예전부터 마음을 졸여왔다만 이 상황에 와서까지 그런 말을 하다니.』

　우롱하는 게 아니라 단순히 기가 막혀하는 것 같았다.

　『비유를 들어볼게. 아무거나 상관없는데, 만약에 네가 복권을 샀다고 쳐보자.』

　사본 적은 없지만 말이다.

　『복권의 당첨번호는 엄정한 추첨을 통해 발표되지. 1등상의 숫자와 손에 든 복권의 숫자가 일치할 확률은 조건에 따라 다르겠지만 수만 분의 1 이하밖에 안 돼.』

　그러니까 돈으로 꿈을 사는 것일 뿐 결실은 기대할 수 없단 말이냐.

　『확률적으로는 그렇게 되지. 여하튼 도박에서 돈을 버는 건 판을 벌인 물주뿐이고 대부분의 구입자는 손해만 봐. 하지만 누군가는 당첨이 되지. 사전에 구입한 복권의 숫자와 당첨번호가 일치할 확률도 제로는 아닌 거야. 알겠어? 이 경우에 스즈미야와 내가 물주고 너는 한 장의 복권을 가진 일반인이야.』

　거기에서 일단 말을 끊은 사사키는 전화 너머에서 크게 숨을 들이마신 것 같았다.

『놀랍게도 스즈미야와 내가 무작위로 결정한 당첨번호는 맨 끝의 두 자리 외에는 완전히 똑같은 숫자였던 거야. 그리고 네가 가진 복권의 숫자도 그렇고 말이지. 다만 너는 아직 자신의 마지막 두 자리 숫자가 뭔지 몰라. 아니, 일부러 숨겨두었지. 그건 아직 보이지 않는 거라고.』

대체 그게 어떻게 생겨먹은 복권인 거냐.

『그 수치는 항상 변하지. 지금은 말이야. 걱정할 건 없어. 곧 확정될 테니까. 다만 네가 확정된 숫자를 알게 되는 건 그게 확정된 다음이다. 그리고 확정을 하려면 관측을 할 필요가 있어. 네가 언제까지나 그걸 책상 깊숙이 쑤셔 넣고 살펴보려고도 않고서 지금 기한이 지나버린다면 단순한 종잇조각이 되어 그 의미를 상실하겠지. 그렇게 되면 어느 쪽을 고르느냐 하는 문제조차 사라지게 돼. 완벽한 무로 돌아가는 거다.』

아무리 그래도 그렇게까지 멍청하지는 않다. 특히 거금이 걸린 일이라면 말이야.

『그래, 맞아, 콘. 그러니까 말이야, 너는 숫자를 확정해야 해. 스즈미야의 것이든 내 것이든 둘 중 하나를 말이야. 그렇게 할 수 있는 건 너밖에 없어. 후지와라도, 쿠요우도 아니지. 그들은 할 수 없는 일이야. 전 세계 그 누구도, 미래의 인간도, 우주에 존재하는 생명체도 불가능한 일이라고. 그들이 네게 집착하는 건 바로 그 때문이다. 네가 모든 것을 결정하는 거야.』

"……."

『음, 쿠후훗. 매우 기분 나쁜 침묵이군. 넌 참 정직하구나.』

알고 있다면 바꿔다오. 지금 내가 처한 이 위치를 말이야.

『나도 그런 위치는 싫어. 하지만 나는 네가…, 아차, 아니지, 아, 그래, 너를 신뢰하고 있다고 말하고 싶었어. 네가 나아가야 할 길은 올바른 길일 거야. 그건 콘, 너 스스로도 이미 잘 알고 있는 거잖아?』

마치 잡담을 하는 듯한 사사키의 시원스런 언변에는 내 정신을 부드럽게 풀어주는 효과가 있었다. 사사키는 내게 충고를 하려는 게 아니다. 유도하려는 것도 아니다. 자칭 중학시절의 절친이자 쿠니키다로부터 특이한 여자라는 판정을 받은 나의 이 동창생은 내가 생각하는 정직한 마음을 명확하게 언어로 표현하는 것뿐이다.

"알았다, 사사키."

수화기를 움켜쥔 손에 힘을 주며 말했다.

"나한테 맡겨라. 내일 또 보자."

사사키는 잠시 침묵한 뒤 후후훗 소리 내어 웃었다.

『그래, 기대할게. 내가 너에게 가지는 신뢰는 진수식을 막 마친 잠수함의 설계심도보다 깊다. 마음껏 잠수하도록 해. 전혀 신경 쓰지 말라고. 그럼 안녕, 친구여.』

전화를 끊은 것은 잠시잠깐의 시간차도 없이 완벽하게 동시에 이뤄진 일이라고 기억하고 있다.

제8장

α-11

벌써 금요일인가.

요 1주일은 매우 바빴던 것 같다. 하루히의 신입단원 시험에서 시작해 야스미가 하나뿐인 후배로 결정된 것뿐인데 꼭 2주일의 인생을 보낸 것 같은 기분이 든다. 역시 예의 미래인 남자와 타치바나 쿄코와 쿠요우인가 하는 천개영역제 우주단말, 그리고 사사키와 우연히 마주친 뒤로 마음이 들떠 있던 게 문제다.

오히려 신기할 지경이다. 그렇게 소설 같은 만남이 이뤄졌는데 지금까지 아무런 접촉도 없다는 건 오히려 이상한 일이잖아. 보통 거기에서부터 또 여느 때처럼 정신없는 사건들이 시작되어도 충분한 때인데 감감 무소식이라는 게 아무래도 이해가 안 된다.

혹시 내가 모르는 곳에서 나가토와 코이즈미, 아사히나 선배가 암투를 하고 있는지도 모르지. 하루히가 평온한 생활을 하게 만들고 싶어하는 건 세 파 모두 공유하는 목적이자 수단이니 신기해할 일은 아니지만 으음, 나한테

한 마디도 없다는 건 대체 어떻게 된 일이냐고. 이제 와서 나를 외부인 취급하기로 한 거냐? 뭐, 내가 나대봤자 도움이 안 되는 정도가 아니라 인질로 잡힐지도 모르니 녀석들이 배려하는 것도 어쩔 수 없는 일이라고는 해도….

그런 생각을 하면서 땀을 닦아가며 겨우 키타고교 승강구에 도착한 나는 기계적이며 습관적인 동작으로 내 신발장을 열었다.

"으음?"

꽤 오랜만에 보는 물체가 가지런히 놔둔 실내화 위에 놓여 있었다.

무슨 마스코트 캐릭터 같은 게 인쇄된 알록달록한 봉투. 수신자는 나다. 그리고 뒤에 적힌 발신자가 분명한 문자는,

『와타하시 야스미』

이렇게 읽혔다.

여기에서 기억을 불러일으켜보자. 이런 일은 지금까지 여러 차례 있었다. 처음에는 아사쿠라였고, 녀석의 목적은 나의 살해처분이었다. 다음이 아사히나 선배. 하지만 아사히나 선배이긴 해도 어른 버전으로 중대한 힌트를 주고 바로 사라졌다. 그 다음에도 아사히나 선배(대)였다. 영문도 모른 채 지시를 따르는 사이에 별종 미래인에게서 싫은 소리나 듣고 끝났다.

질리도록 경험한 일이기 때문에 신발장의 아날로그적인 메시지가 나에게 주어진 도원경의 입장권이 아니라는

것은 잘 알고 있다.

　다만 이번만큼은 사정이 다른 것 같다는 생각이 들었다. 뭐니 뭐니 해도 상대는 입단한 지 얼마 안 된 1학년이고, 어느 구석을 살펴봐도 무해하고 밝은 성격에 능동적인 소녀, 그것도 고1이라는 게 믿어지지 않는 키와 체격에 어울리지 않는 순진해 보이는 소녀. 어제의 우리 집 방문도 그렇고, 꽤나 적극적인 녀석이군.

　"이건…."

　오랜 꿈이 이뤄지는 때가 온 건지도 모르겠는데. 후배 여자애가 보내온 진짜 러브레터. 내게도 드디어 봄이 오려고 하고 있는 건가.

　─처음 당신을 봤을 때부터 저는 당신에게 한눈에 반해버려서 어떻게든 SOS단에 들어가려고 열심히 노력했어요─.

　"내가 무슨 바보도 아니고."

　일단 그렇게 말하긴 했지만 뭘 어떻게 생각해봐도 그 씩씩한 후배가 내게 작업을 걸어올 이유가 짐작이 가지 않았다.

　게다가 이런 식의 호출을 덥석 받고 만나면 대개 일상과는 거리가 먼 전개가 기다리고 있다는 것이 일반적인 흐름이다. 되살아나는 얼굴은 두 개. 자, 이번에는 어느 쪽일까. 다가오는 위기냐, 최고의 미소냐.

　"자, 어디."

이렇게 계속 신발장 앞에 서 있다간 누가 목격할지 모를 일이다. 하루히나 타니구치한테 들킨다면 일이 복잡해질 거다.

나는 재빨리 화장실로 달려가 봉투를 열었다. 안에서 나온 건 트럼프 같은 종잇조각에 서둘러 쓴 듯이 휘갈겨 쓴 문장 한 줄만이,

『오후 6시, 동아리방에서 만나요. 와주세요. 알았죠!』

있었다.

뭐라 평하기 힘들었다. 한 마디로 표현하자면, 음, 수상한데.

이제는 그리운 아사쿠라와의 일이 절로 뇌리에 떠오르잖아. 하지만 내 본능은 전혀 위기의식을 드러내지 않았고, 경종 하나도 울리지 않았다. 아침 일찍부터 등산을 강요당한다고 딱히 잘 연마되지도 않은 감각이 고하는 바에 따르면, 이건 군이 구분하자면 아사히나 선배(대) 쪽에 가까운 호출문구다. 기본적으로 나는 내 자신을 전혀 믿지 않지만, 가끔은 자신의 감을 믿어줘도 괜찮지 않겠어?

말은 그렇게 했지만 돌다리는 두드려봐서 나쁠 게 하나 없지—.

조회 전의 한 장면이다.

"그런데 하루히."

"왜?"

"여기에 스스로는 어떻게 판단해야 좋을지 알 수 없는 문제가 있다고 치자."

"헤에, 공부 얘기야?"

"그 비슷한 거라고 생각해줘."

"조금은 향학심이 싹텄나보구나, 콘. 단원의 의욕을 올려줄 수 있었다니 단장으로서 기쁜 일이야. 그런데 그 문제는 먼저 스스로 생각해보려고 하긴 한 거겠지?"

"물론이지."

"조사해서 알 수 있는 거라면 어서 조사해봐."

"자료가 있을 만한 문제가 아니야."

"뭐어? 수학이야? 그럼 그 문제의 풀잇법을 모르면 안 되겠네. 무슨 공식이야?"

"아니, 수학은 아니야. 참고로 말하자면 내가 알고 싶은 건 풀잇법이 아니라 답뿐이다."

"여름방학 숙제를 통째로 베끼는 초등학생도 아니고, 그래서는 아무 공부도 되지 않잖아."

"괜찮아, 상관없어. 출제자의 생각만 알면 되는 문제니까."

"뭐야, 국어야? 그걸 먼저 말을 했어야지. 그 문장을 썼을 때의 작가는 무슨 생각을 하고 있었을까요, 뭐 그런 거겠지?"

"그게 제일 가깝다고 할 수 있겠다."

"시시한 문제야. 소설이나 평론도 마찬가지지만 문장이란 뭐가 쓰여 있느냐가 문제이지 필자가 무슨 생각으로

썼느냐는 출제자가 본인이 아닌 한 알 수가 없는 거라고. 정답이 있다 하더라도 그런 건 답안지에 ○×를 치는 인간이 충동적으로 판단한 것이거나 멋대로 생각한 것에 불과해. 그런 문제는 이렇게 고쳐야 한다니까, 이 문장을 읽었을 때의 나는 무슨 생각을 했을까요. 그거라면 그나마 문제로 납득을 해줄 수 있겠다."

"아니, 그렇게 깊이 파고들지 않아도 돼. 이 경우에는 문장을 쓴 녀석과 출제자가 같은 사람이거든."

"그럼 간단하네. 금방 풀 수 있겠어."

"꼭 좀 알려다오."

"그건 말이지."

하루히는 코끝을 내게 바싹 들이대고선 복사열을 내뿜는 걸로밖에 여겨지지 않는 압박 미소를 지으며 단순하게 설명해주었다.

"쓴 사람에게 직접 물어보면 되는 거라고!"

그리고 점심시간, 나는 타니구치와 쿠니키다와 도시락을 뒤에 두고 행동에 옮겼다.

하루히 말이 맞다. 모르는 게 있다면 괜히 고민하기 전에 그걸 아는 녀석한테 가르쳐달라고 하면 그만이다. 그 녀석만이 진실을 알고 있다면 더욱 그럴 거다. 본인에게 물어보면 금방 해결된다. 입을 열게 만들어야 할 필요가 있긴 하지만 굳이 대난투극을 펼치지 않더라도 그리 복잡해지진 않을 거다. 뭐니 뭐니 해도 상대는 한 학년 후배인 순진해 보이는 소녀니까.

그런 이유로 나는 야스미를 찾아 1학년 반이 밀집한 건물을 어슬렁거리고 있었다.

6시에 만나자고 한 편지를 무시하고 찾아가는 건 매너 위반일지 몰라도 궁금해서 미칠 지경이니 어쩌겠냐고 생각해주면 좋겠다. 만에 하나라도 칼의 먹이가 될지도 모를 가능성이 있는 한 나는 내 직감 따위는 얼마든지 화장실 변기에 버릴 거다.

그렇게 의기양양하게 걸어가던 내 발걸음이 갑자기 멎었다.

"그 녀석이 몇 반이더라?"

입단시험 답안지에 적혀 있었을 텐데 기억에 없다. 그때는 특이한 대답과 이름에 정신이 팔려 있었거든.

"점심시간에 온 건 실수였나."

작년까지 친숙했던 복도와 교실의 풍경도 신입생들이 무리지어 있으니 마치 다른 세계에 온 것 같다. 실내화에 들어간 색이 다른 것뿐인데 다른 학년의 교실을 살펴보는 건 아무래도 좀 긴장이 된다. 게다가 하급생도 낯선 2학년이 실내를 돌아보고 다니는 모습을 보고 기분이 좋지 않은지 무슨 희귀 동물을 보는 눈으로 쳐다보는 것 같다는 느낌마저 받았다.

야스미를 발견하면 바로 말을 걸어 인적이 없는 곳으로 데리고 가자. 약간 오해를 살 수도 있겠지만 그래도 같은

동아리 비슷한 활동을 하는 선후배 사이니까 괜찮겠지. 하지만—,

"…없네."

중요한 야스미가 어디에도 보이질 않았다. 자그마한 몸집이 오히려 눈에 잘 띌 텐데 전혀 눈에 들어오지 않다니 대체 어떻게 된 일이지. 혹시 학교식당을 이용하나 싶어 식당까지 가봤는데 그쪽도 헛수고로 끝났고, 그러는 사이에 내 공복만 한계에 가까워졌다. 이렇게 되면 끈기 싸움이라는 듯이 혼자 기염을 토하며 온 학교를 돌아다녀봤지만 완전히 헛걸음만 한 꼴이 됐고, 결국 나는 하늘을 우러러보았다. 장소는 바로 안마당, 눈앞에는 마침 문예부 창이 있었던 건 우연이겠지.

설마.

나는 동아리방으로 방향을 잡았다. 일부러 저런 곳에서 도시락을 먹는 녀석이 있을 것 같지는 않았지만 혹시나 모를 일이잖아. 아차, 그렇다면 나도 도시락을 갖고 출발했어야 했나.

방과 후, 하루히와 함께 열게 될 문을 열자 나가토가 있었다. 그리고 나가토뿐이었다. 이 너무나도 당연한 결과를 눈앞에 본 나는 나가토에게 한 손을 들어 인사를 하자마자 내팽개쳐둔 도시락이 있는 곳으로 되돌아가려고 몸을 돌리다가 바로 정지했다.

모르는 걸 물어보기에는 안성맞춤인 인재가 바로 이곳에 있잖아.

"……."

평소처럼 구석 의자에 앉아 책을 무릎에 올려놓고 독서에 힘쓰는 나가토는 나의 갑작스러운 등장에도 눈썹 하나 움직이지 않는 상태였고, 확고한 일상이 이 공간에서 정체되어 있다는 것을 알려주었다. 점심시간의 동아리방에서 묵묵히 독서에 빠져 있는 소녀에게서 조용하고 평온한 대기를 느끼는 건 그 녀석이 지구외 생명체의 유기생명체라는 걸 모른다면 지극히 평범한 광경일 거다.

그렇지 않다는 사실을 아는 나는 일단 도시락에 대해서는 잊기로 하고 나가토에게 말을 걸었다.

"나가토."

"왜?"

일단은 관심을 끌어야지.

"그 녀석은 누구냐?"

"아무도 아니다."

역시 나가토다. 내가 문제의 주어로 삼고 있는 인물을 순식간에 파악했나보다. 하지만 그렇다곤 해도.

"그건 말이 너무 심한 거 아냐. 와타하시 야스미라는 일반 학생이잖아."

"그런 이름을 가진 학생은 이 학교 안에 존재하지 않는다."

그 대답에는 순간 비틀거리고 말았다. 물리적으로가 아니라 정신적으로 반 걸음 가량.

존재하지 않아? 그렇다는 건…, 그러니까…. 내 머리가 멀티태스킹 회전을 한다.

아, 그렇구나.

"가명이구나. 어떤 사람이 키타고교생으로 가장해 방과 후에만 침입하는 거야?"

"그렇게 인식하는 게 맞다."

이런, 이런. 역시 와타하시 야스미는 보통이 아닌 출신 배경을 갖고 있나 보다. 아니, 대강 알고 있기는 했지. 누가 봐도 이상했는걸. 편의주의적인 전개에는 반드시 인위적인 힘이 작용한다는 건 아무리 황당무계한 소설에서라도 당연한 구성이다.

그럼 어느 세력의 수하지? 1순위 후보로 들 수 있는 건…….

우주인인가.

"아니다."

미래인?

"아니다."

초능력자… 도 아닌 것 같고. 아무래도 분위기가 말이야.

"그래, 아니다. 그리고 이세계인도 아니다."

예의바른 확언은 나가토답지 않은 말투였다. 그 사실에 마음이 쏠리기 전에 먼저 미지의 존재에 대한 나의 탐구심이 입을 움직이게 만들었다.

"그럼 야스미는 행동이 조금 튀는 것뿐인 별난 여자인 거야? 단지 불법으로 잠입해 들어온 키타고교생인 거냐?"

나가토는 문자가 가득 들어찬 페이지에서 고개를 들고 비로소 내게 눈길을 보냈다. 흑사탕에 금박을 뿌린 것 같은, 나도 모르게 빨려 들어갈 것만 같은 눈동자였다.

복식호흡과는 인연이 멀 것 같은 가느다란 목소리가 말했다.

"뭐라고도 말할 수 없다. 지금은."

왜? 나가토가 보류 조건을 걸다니 그런 건 처음이지 않나. 게다가.

"그러는 게 좋다고 판단했다."

"뭐라고?"

반사적으로 되물었지만 따지고 드는 것은 실격이라고 생각하며 매우 반성했다. 하지만 나도 나름대로 TPO(주17) 정도는 분간할 줄 아는데다 나가토와 재미있는 프리토크를 하러 온 것도 아니다. 놀란 것은 단지 하나의 사항에 관해서다.

나가토가 주장을 했어? 나한테?

이건—천재지변의 전조일지도 모르겠는걸.

"지금 나한테 말하지 않는 게 좋다고 누가 판단했지? 통합 사념체냐?"

"좋은 결과를 낳을 공산이 높다는 추론은 내 것. 때와 경우, 한정된 공간에 있어서는 무지한 편이 유효하게 작용할 가능성이 있다."

뭐지, 칭찬을 받는 것 같지가 않네. 왠지 과거의 복수를 하는 게 아닐까 하는 생각에 내 불편한 마음이 한계점에

주17) TPO: time, place, occasion의 약자. 때와 장소와 경우를 분간하는 것을 말함.

도달하려는 순간, 구원의 손길이 주머니에 들어 있었다는 게 생각났다.

그 물건은 물론 와타하시 야스미가 보내온 러브레터 미만의 호출 메시지였다.

"그런데 이 편지 말이야….."

야스미한테 양해도 구하지 않고 보여주는 건 내키지 않았지만 그 녀석에게 그렇게까지 예의를 지킬 의무는 아직 없다.

나가토는 관심도 없다는 듯이 흘낏 본 뒤 너무나 쉽게 대답했다.

"가도 상관없다."

그게 정말이야?

"그녀는 너를 해칠 마음이 없다. 오히려—네게 도움이 되고 싶다는 생각을 하고 있다고 추측할 수 있다."

나도 모르게 신음이 새어나왔다. 사실은 나도 그런 생각이 들었거든.

하루히의 불합리한 입단시험을 모조리 통과한, 무지막 지하게 명랑하게 뛰듯이 걸어 다니는 1학년. 헐렁한 교복을 고군분투하듯이 몸에 걸치고 동아리방의 잡일에서부터 하루히의 사이트 개조 주문까지 즐겁게 해내는, 자그 맣고 곱슬머리에 어딘지 모르게 어려 보이는 소녀에게는 사랑스럽다는 것 이외의 다른 감정이 들지 않았다. 이런 후배가 있으면 좋겠다는 이상적인 모습이었다. 수상함을 느끼는 내 뇌수가 잘못되었다고밖에 할 수 없었다.

단 하나, 신발장에 들어 있던 봉투를 제외한다는 조건 하에 말이다.

그 후에 뭘 물어보아도 "그렇다" 아니면 "아니다"라는 말밖에 하지 않는 나가토에게 작별인사를 하고 나는 교실로 돌아왔다. 직후에 쉬는 시간 종료를 알리는 종이 울렸고, 하여튼 결국 점심은 못 먹게 되었다. 방과 후에 동아리방에서 먹기로 하자.

다행히 종료 후에 열리는 하루히 교수의 스터디는 신입단원이 결정된 덕분에 면제가 되었다. 나와 하루히는 나란히 먼 옛날에 형해화(形骸化)한 문예부실로 파리잡이 끈끈이에 달라붙은 날벌레 같은 기세로 향했다. 슬슬 질릴 법도 한 규칙적인 행동이었지만 신입이 추가되니 내 마음도 조금은 흔들리게 되는구나.

하지만 여전히 발차기를 날릴 기세로 하루히가 연 문 안에는 구식 부원인 메이드 차림의 아사히나 선배와 점심 시간 이후로 1밀리미터도 움직이지 않은 게 아닐까 싶은 나가토의 독서하는 모습뿐이었다. 여자 두 명뿐이고 나의 유일한 의지인 남자 코이즈미가 아직 도착하지 않은 건 딱히 신경이 쓰이진 않는다. 어차피 학급위원에 뽑혀서 같은 학급위원 여자애와 정담이라도 나누고 있겠지. SOS단에 없었다면 훨씬 더 인기가 많았을 미남인데다 우리한테 들키지 않게 몰래 학원 연애 게임을 즐기고 있다 하더라도 그 녀석은 꼬리 하나도 밖으로 내놓지 않을 거다. 요령 좋은 걸로는 SOS단 최고라 해도 좋을 만큼 머리가 잘 돌아가는 녀석이니까.

그렇게 사고가 잠시 어긋나려는데 새로운 사실을 깨달았다.

"신입 애는 아직 안 왔어?"

자그마한 체격의 야스미도 보이지 않았다. 자기 학교에서 여기로 오는 중이라면 어쩔 수 없는 일이겠지만 이런 식의 본인 책임으로 인한 행군 지각에는 누구보다 엄격한 게 스즈미야 하루히 단장 각하이시다.

"아…."

아사히나 선배가 자신의 실수를 사과하듯이 두 손을 모으며 말했다.

"오늘은 쉰다고 하더라고요. 자기 인생에서 모든 운명이 걸린 모험을 해야 하는 중요한 볼일이 있다면서 방과 후에 오자마자 바로 돌아갔어요."

내 눈썹이 꿈틀거린 걸 어떻게 받아들였는지 아사히나 선배는 변호인으로서는 지나치게 감정이 섞인 목소리와 몸짓으로 말했다.

"정말 서두르는 것 같더라고요. 몇 번이고 계속해서 사과를 하며 정말 미안해하지 뭐예요. 조퇴에 이어 이틀째에도 결석을 하게 되다니 인류 자격 미달이지요! 라면서 눈물 젖은 눈으로 저를 바라보면서…, 아아, 정말이지…."

뺨을 붉힌 아사히나 선배는 또다시 자기 몸을 끌어안고

비비 꼬기 시작했다. 그때 야스미의 모습이 꽤나 귀여워 죽겠나보다.

"작은 동물 같은 눈동자로 저를 쳐다보는 거예요…! 귀, 귀여웠다니까요…."

아사히나 선배의 현장감 넘치는 1인극을 보며 나는 이게 어떻게 된 건가 생각하고 있었다.

야스미의 볼일은 오늘 오후 6시, 이곳에서 있을 회합이 분명하다. 나를 상대로 그 녀석은 뭘 하려는 거지. 그리고 도대체 그때까지 어디에 있을 생각인 거야? 학교 어딘가에 숨어 있을 건가? 대강이라도 동아리 활동에 참가해서 시간을 때울 수는 없었던 걸까? 수수께끼 소녀인 야스미가 하는 짓은 정말이지 이해할 수 없는 일투성이었다.

이게 하루히의 노여움을 사지 않는다면 좋을 텐데 하는 생각을 하는데,

"나는 점심시간에 들었어. 식당에 가는 도중에."

하루히는 단장 전용 의자에 털썩 앉아 가방을 아무렇게나 바닥에 내려놓았다.

들었다니 뭘 말이야?

"오늘 동아리 활동은 쉬겠다고 하더라고. 이렇게 정단원으로 뽑아줬는데 이런 바보라서 죄송하다고 미모사처럼 꾸벅꾸벅 머리를 조아리려대며 거의 울더라."

철저하게 저자세인 건강 소녀 야스미의 모습을 상상하며, 내가 그렇게 돌아다녔어도 발견하지 못한 야스미와 그렇게 쉽게 만날 수 있는 길도 있었다니 하는 생각을 하

면서 물었다.

"이유는 물어봤어?"

"있지. 콘. 나는 그렇게까지 멋을 모르는 인간이 아니거든. 그런 것까지 파고들어 캐묻고 휘저어댈 만큼 관음증 환자는 아니야. 그리고 SOS단에 들어온 걸 후회하고 사라지려는 것 같지도 않았고 말이지. 정말 어쩌다 우연히 도저히 어쩔 수 없는 볼일이 생긴 거겠지. 이래 봬도 나는 부하에게 관대하고 관용적인 정신으로 대하자는 게 좌우명이라고."

그런 것치고는 그 좌우명이라는 게 내게는 충분히 발휘되는 것 같지 않은데.

이 이상의 대화를 해봐야 얻는 게 없겠다는 것을 깨달은 나는 탁자에 가방을 놓고 철제의자에 앉으려다가 비로소 동아리방 안의 풍경에서 위화감을 느꼈다.

단장 책상 뒤, 창가에 못 보던 물체가 놓여 있었던 것이다. 내 시선을 알아차린 아사히나 선배가 갓 찧은 떡처럼 부드러운 목소리로 말했다.

"아까 쉬는 것에 대한 사과 선물이라고 야스미가 가져왔어요."

아까? 용케 우리랑 안 엇갈렸구나. 뭐, 그건 아무래도 좋다만.

정체는 도자기로 만든 입이 좁은 꽃병이었다. 창가에 얌전히 놓여 있는 거기에는 산뜻하고 아름다운 꽃 한 송이가 꽂혀 있었다.

하루히도 뒤를 돌아보고 꽃을 뚫어져라 쳐다보았다.

"처음 보는 꽃이네. 이거 야스미가 가져온 거야?"

"네, 네."

아사히나 선배가 고개를 끄덕였다.

"재미있을 것 같아서 가져왔다고 했어요. 어제 근처 산에 올라가서 따 온 거래요. 분명히 진귀한 거니까 동아리 방에 장식해달라고⋯, 꼭 보물을 건네는 것처럼 저한테⋯."

어제라. 내가 집에 갔을 때에는 이미 야스미가 먼저 와 있었다. 그 다음에 산에 올라갔다면 꽤 어두워진 뒤일 텐데. 산이라는 곳이 익숙한 츠루야 산이라면(사실 이 근처에는 그것밖에 없다) 가로등 같은 인공적인 불빛 하나 없는 어둠 속을 야스미 홀로 방황했다는 게 된다. 이제 막 고등학교 1학년이 된 소녀가 하는 행동치고는 상당히 위험한 것 아니냐.

"⋯음─."

하루히도 팔짱을 끼고 꽃을 주시하다가.

"그래, 좋아. 재미있는 걸 가져오라고 출제한 건 나고 야스미에게 이건 아주 재미있는 걸지도 몰라. 그래! 이렇게 세심하게 지원을 해주는 것이 바로 SOS단 신입단원의 기개라 이거야. 내 입단시험 문제는 바로! 정확한 자격 선별이 된 것 같군. 포맷을 후세에 남겨둔다면 우리가 졸업하더라도 걸맞은 인재 확보에 어려워할 일은 없다 해도 과언은 아니겠어."

글쎄다, 그건 과연 어떨까. 하루히식의 SOS단 시험이 유효해지는 건 우리가 졸업한 뒤가 아닐까. 현 시점에서의 입단 자격은 하루히의 감점법식 체 치기에 마지막까지 남는 게 조건이고, 하루히는 사실 신입을 원하지는 않았던 것 같다. 거짓 없는 속내를 털어놓자면 내게는 절대로 하루히가 야스미를 진심으로 환영하는 것처럼 보이지가 않는다. 여러 가지 일들을 겪은 오랜 사이다. 하루히의 생각이야 미미한 눈썹 각도부터 시선의 방향을 보면 금방 알 수 있을 지경이다. 워낙에 감정이 얼굴에 그대로 드러나는 타입인 만큼 그 정도라면 쉽게 읽어낼 수 있는 사이인 거고 나의 하루히 관찰술이 도출해낸 대답은 단 하나, 당황이었다.

그러니까 하루히는 와타하시 야스미에 대해 복잡한 평가 축을 갖고 있으며 아직까지 그 해답을 찾지 못하는 것 같았다. 아사히나 선배만큼 단순하지 않은 뭔가를 느낀 거라 추측할 수 있었다.

사실은 나도 그렇지만 말이다. 주머니에 야스미의 편지가 들어 있는 사람으로서 말하자면, 그 녀석이 SOS단에 어떤 의도를 갖고 들어왔는지는 일종의 애매모호하고 괴이한 일이라 할 수 있을 거다.

한편 아사히나 선배는 좀처럼 보기 드물 만큼 기분 좋아 들뜬 모습으로 평소보다 발걸음도 가볍게 차를 따르는 데에 힘쓰고 있었다. 밝고 쾌활하며 너무나도 말 잘 듣게 생긴 동성 후배가 생긴 게 참 기쁜가보다.

생각해보면 나와 하루히, 나가토와 코이즈미는 말할 것도 없고, 모두 그녀에게 절대로 좋은 후배라고는 말할 수 없었다. 어떻게 말을 하냐. 난폭한 하루히 단장을 비롯해 말도 없고 반응도 없는 나가토, 딱딱하게 예의를 차리는 게 몸에 밴 코이즈미 같은 녀석들에게 둘러싸여 있다면 선배 티를 낼 여지가 없을 거다. 나도 자꾸 잊어먹는데 아사히나 선배는 저래 봬도 최고학년이다. 너무 귀여워서 아직까지 중학생으로밖에 안 보인다 하더라도 야스미는 더 어려 보이는데다 역시 두 살이나 어린 여학생한테는 각별한 마음이 들기도 하겠지. 내일부터 어떤 차를 타는 법을 지도할까 두근두근 설레 하는 아사히나 선배를 보고 있으니 내 마음 깊은 곳에 쌓인 것들이 순식간에 해소되는 것 같았지만 그런 SOS단의 마스코트 걸을 계속해서 응시할 수 없는 이유가 나에게는 있었다.

아사히나 선배가 타준 알 수 없는 약초차를 홀짝거리며 슬쩍 손목시계를 보았다.

야스미가 지정한 오후 6시까지는 아직 여유가 있군. 그럼 동아리 활동이 끝난 다음에 다시 이곳으로 돌아올 방법을 지금부터 궁리해둬야겠다는 생각을 하는데,

"아, 안녕하세요, 제가 좀 늦었군요."

여드름 치료제 CM 탤런트처럼 시원스런 미소를 얼굴에 붙인 코이즈미가 등장했다.

"초봄에는 아무래도 잡무가 많아서 힘들다니까요. 올해 학생회장은 수완가라 교직원과의 절충도 적잖은 빈도로

이뤄지고 있답니다. 무시해도 되긴 하지만 문화부의 통폐합이 의제라면 빠질 수가 없잖아요."

물어보지도 않았는데 코이즈미는 은근슬쩍 자신의 노력을 과시하며 동아리방에 들어와 가방을 탁자에 내려놓고 탁자 위의 중국 장기판에는 신경도 쓰지 않고 창가로 걸어갔다.

"호오. 아니, 이건."

탐구심으로 물든 목소리를 내며 살펴본 것은 바로 야스미가 가져온 한 송이 꽃이었다.

"이 꽃은 누가 선물한 건가요?"

"야스미래."

하루히는 빈 찻잔을 콕콕 찌르며 대답했다. 그 모습을 보고 아사히나 선배는 황급히 차를 타기 시작했다. 이번에는 평범한 차를 마시고 싶네.

코이즈미는 턱에 손을 대고 마치 트리피드(주18)를 보는 듯한 눈으로 꽃과 가느다란 꽃병을 관찰하더니,

"잠시 실례."

재킷 주머니에서 휴대단말기를 꺼내 꽃을 촬영하기 시작했다. 몇 번을 찰칵거리며 찍고 나서야 납득이 갔는지 다시 휴대단말기를 조작하더니 어딘가에 송신을 했다.

"왜 그래, 코이즈미?"라고 묻는 나.

"설마 그게 투구꽃이나 디기탈리스인 건 아니겠지."

"아닙니다."

주머니에 휴대단말기를 집어넣은 코이즈미는 안심시키

주18) 트리피드: triffid, 존 윈덤의 공상 과학 소설 「트리피드의 날(The days of triffids)」에 등장하는 머리가 셋인 거대한 식물 괴수.

는 미소를 지으며 말했다.

"독초는 아니에요. 보기에 난의 일종인 것 같기는 한데 마음에 좀 걸려서요. 아닙니다, 이건 제 착각이겠죠. 혹시나 해서 그런 겁니다."

이 뒤에 나가토는 상하권으로 이루어진 두꺼운 논픽션에 푹 빠졌고, 아사히나 선배는 또다시 어디에선가 입수한 묘한 맛이 나는 차를 우리들에게 나눠줬으며, 하루히는 신생 SOS단 사이트를 연신 뒤적거렸다.

참고로 하루히의 인터넷상의 첫 작업은 게시판의 반을 채운 스팸 URL을 남김없이 짓밟고서 브라우저를 충돌시키는 일이었다.

겨우 무료 최신 안티 바이러스 소프트웨어와 안티 스파이웨어를 도입해 대강 대처를 끝내고 나자 벌써 하교를 권장하는 달콤한 이지 리스닝 뮤직이 교내 스피커를 통해 흘러나오고 있었다.

오후 5시 반쯤 됐겠군.

타이밍도 좋게 나가토가 책을 소리 내어 덮었고, 그 독서 종료 소리를 신호로 삼아 우리는 집에 갈 준비를 했다. 그중에서도 나는 알리바이 공작을 가미한 연기였지만. 우선 이 동아리방에서 사람들이 모두 나가주지 않으면 야스미와의 일이 시작되지 않거든.

나란히 교문을 나와 학교 옆 언덕길을 내려가던 도중이

었다. 나는 일생일대의 연극을 할 결심을 하고 스스로도 적잖이 엉뚱하다는 건 알고 있었지만 달리 생각나는 게 없어 이렇게 말을 꺼냈다.

"아! 이런!"

무슨 일인가 싶어 앞서가던 하루히와 아사히나 선배가 멈춰 서서 뒤를 돌아보았다. 나가토와 코이즈미가 걸음을 멈춘 타이밍이 전혀 다르지 않았던 건 뭐, 그야 그렇겠지.

"교실에 뭘 깜박 놓고 왔네. 어서 가서 가져와야지―."

약간 책 읽는 듯한 말투인 건 부정할 수 없겠다. 하지만 하루히는,

"무슨 소리야? 교과서도 제대로 안 가지고 다니는 네가 잊은 게 있다고 걱정할 필요는 전혀 없을 것 같은데."

평소라면 그 말이 맞고 실제로도 그렇지만, 이때는 하루히를 납득시킬 이유가 필요했다.

"아니, 사실은."

나름대로 준비해둔 말을 읊었다.

"타니구치한테서 야한 책을 빌린 게 기억이 났어. 그걸 책상 안에 놔두고 와버렸지 뭐야."

"뭐어?" 하루히의 눈썹이 급속도로 치켜 올라갔다.

"설마 그럴 일은 없겠지만 다른 사람한테 들키기라도 하면 위험하잖아. 지금 당장 가지러 갔다올게. 아, 너희는 먼저 돌아가라. 이게 진짜 끝내주게 귀중한 책이거든. 이미 발매 금지에 절판까지 된 희귀본이지. 만약에 압수라도 당했다간 나는 타니구치한테 하루에 세 번은 오체투지

인사를 해야 할 판이다. 어떻게든 이 책을 챙겨 오지 않으면 앞으로 죽 타니구치의 셔틀이 될 거야."

하루히의 기가 막힌다는 얼굴, 코이즈미의 능글능글 웃는 얼굴, 아사히나 선배의 멍한 얼굴에 이어 나가토와 눈이 마주쳤다. 살짝 고개를 끄덕인 것 같았지만 조용히 지켜보는 걸 봐선 미크론 단위였을 거다.

어쩐 영 꺼림칙하네. 좀 다른 변명을 할 걸 그랬나.

"그러니까 나는 교실로 돌아갈게. 왕복하면 시간이 꽤 걸릴 것 같으니까 기다리지 않아도 돼."

그렇게만 말한 뒤 나는 발길을 돌렸다. 거의 경보라도 하는 속도로 언덕을 올라가는 내 뒤를 하루히의 목소리가 쫓아왔다.

"소녀 앞에서 야한 책이란 단어 쓰지 마! 바보!"

누가 소녀라고? 아아, 아사히나 선배한테는 내일 사과하도록 하자. 그래야지.

저녁노을과 땅거미의 단경기(端境期)인 시간대에는 학교 건물과 운동장 어디에도 인적이 적어 나는 누구 하나와도 마주치지 않고 동아리방으로 직행할 수 있었다. 문을 열었다.

"와주셔서 감사합니다, 선배."

약간 어둠이 섞인 오렌지빛 저녁노을에 물든 동아리방에서 야스미가 나를 기다리고 있었다.

점심시간에 그렇게나 찾아도 보이지 않았던 소녀. 이 학교 학생이 아니라고 나가토가 단정한 수수께끼의 여인. 그 귀여운 매력으로 아사히나 선배를 사로잡았지만 하루히는 약간 대하기 껄끄러워하던 신입단원 1호—.

장난기 섞인 표정에 막 구운 마시멜로처럼 부드러운 미소를 지으며 야스미는 기쁨에 찬 목소리로 말했다.

"분명히 올 거라고 생각했어요. 믿고 있었어요. 이렇게 될 것을. 믿고 있었어요. 앞으로 일어날 일을."

의미를 알 수 없는 수수께끼는 무시하는 게 제일이지.

"나한테 무슨 용건인 거냐?"

우선 그렇게 말해보았다. 이 녀석은 하루히의 단원 선발에 마지막까지 남았다. 그런 녀석이 평범하고 시시한 인간일 리가 없다는 나의 예감은 틀리지 않았던 거다.

"앞으로 무슨 일이 일어난다고?"

야스미의 대답은 경쾌한 웃음소리였다.

"저도 몰라요."

뭐라고?

"하지만 이제 곧 알게 될 겁니다."

야스미는 부스스한 머리를 흔들었다. 스마일 마크의 머리끝이 만면의 웃음을 짓고 있는 것처럼 보인 건 각도 때문일 거다.

야스미는 나를 바라보았고, 나도 야스미의 얼굴에서 눈을 떼지 않고 있었다.

그대로 얼마나 시간이 지났을까—.

누군가가 동아리방 문을 노크하는 소리가 들렸다.

β-11

금요일.

내 등등한 기세는 잠자리에 드는 그 순간까지였나보다.

아침, 동생의 필살 플라잉 보디프레스(주19)로 눈을 뜨는 것은 심히 최악의 부류라 할 수 있을 것이다. 목적지가 어딘지 알고 있는데 아무리 해도 도착하지 못하고 이리저리 뛰어다니는 꿈을 꾸던 도중에 강제로 깨어나는 바람에 충분한 수면시간을 취했음에도 불구하고 기상 직후인데 이미 녹초가 되어버리다니. 잠을 자며 쉬었다는 기분이 거의 들지 않는다. 괜히 더 피곤해진 것 같은 기분이 들 지경이다.

최소한 꿈을 끝까지 꾼 뒤에 빠져나오기라도 했으면 좀 좋냐, 동생님아.

"…아…."

내가 반쯤 멍한 눈으로 침대에서 몸을 일으켰을 때 한쪽에 있던 샤미센은 자기는 신경 쓸 일 아니라는 듯이 베개에 머리를 얹고서 쿨쿨 코를 골고 있었다. 이불 안이나 위에 있었다면 나처럼 동생의 먹이가 되어줬을 텐데 고양이보다도 못한 인간님의 느려터진 몸을 부끄러워할 경우도 아닌지라 나는 잠옷 바람으로 침대에서 내려왔다.

겨우 주말이 와준 건 고마운 일이지만 오늘 방과 후에는 앞으로의 나 및 SOS단의 운명을 좌우할 일이 기다리

주19) 플라잉 보디프레스: flying bodypress. 레슬링 기술 중 하나. 플라잉 크로스보디라고도 하며 턴버클에 올라 상대방을 향해 몸을 날려 덮치는 기술.

고 있을 거다. 잠에 취한 상태에서 각성 도중으로 올라온 두뇌로도 그 정도는 기억하고 있다고.

하지만 본격적으로 심각한 심경에 도달하기에는 육체적, 정신적으로 좀 더 명확한 각성이 필요하겠군. 그렇게 보면 키타고교까지 가는 긴 언덕길은 아침의 라디오체조에 필적할 만한 안성맞춤의 운동이 되는 건가 하는 생각도 들었는데, 초등학교 여름방학 때 라디오 체조 도장을 받자마자 집으로 돌아가 점심때까지 다시 잠에 빠졌던 걸 생각하면 장기휴가에 들어간 게 아닌 만큼 건강하다고 할 수 있을지도 몰랐다. 왜 나는 그런 고등학교에 원서를 제출하고 만 걸까. 근처에 적당하고 좀 더 괜찮은 시립 고등학교가 있었음에도 말이다. 새삼 중3 때 담임한테 따지고 싶은 기분이다. 대학 진학률이 어쩌고저쩌고 하는 항목에 완전히 속았잖아.

"콘—."

일찍 자고 일찍 일어나는 게 습관인 동생은 아침부터 기운이 넘쳤다. 누구를 닮았는지 아침에 약해 축 늘어져 자고 있는 샤미센을 힘겹게 안아 들며 말했다.

"오늘은 중요한 볼일이 있지? 어젯밤에 일찍 깨워달라고 했잖아. 안 깨우면 두 번 다시 게임 상대 안 해줄 거라고 그랬어. 그런 건 싫단 말이야."

전혀 기억에 없다만 오늘이 내게 특별한 날이 될 것 같다는 건 분명했다. 학교도 아니고, SOS단 활동도 아니고, 방과 후가 되어 학교를 나서면 사사키와 기타 등등의 수상한 녀석들과의 만남이 기다리고 있다.

"아아…."

동생의, 이 녀석 정말 초등학교 6학년 맞나 싶을 만큼 어린 얼굴과 어색하게 안겨 있는 샤미센이 하품을 하는 모습을 지켜보는 사이에 서서히 의식이 선명해졌다. 어젯밤 사사키와 전화로 나눈 대화의 개요가 잠든 사이 정리 정돈이 된 뇌리에 둥실 되살아났다.

후지와라와의 결판.

그 미래인은 무엇을 하러 과거로 와서 쿠요우와 타치바나 쿄코와 손을 잡은 건가.

스오우 쿠요우와의 결판.

그 지구외 생명체는 무엇 때문에 나가토를 쓰러지게 만든 건가.

타치바나 쿄코와의 결판.

아사히나 선배를 유괴하더니 또 코이즈미를 존경하는 무해해 보이는 사이비 초능력자는 사사키를 정말 신으로 만들고 싶은 건가.

나의 자그마한 두뇌를 고민하게 만드는 문제는 또 있었다.

키미도리 선배는 단지 지켜보고만 있을 뿐, 천개영역이 정보 통합 사념체를 대신하려 해도 방관자의 입장을 관철할 것인가.

일시적으로 부활한 아사쿠라 료코는 그런 사태의 추이를 그저 구경만 하며 움직이지 않을 생각인 건가.

지금까지 여러 번 나를 과거로 초대한 아사히나 선배(대)와는 이제 두 번 다시 만날 수 없는 건가?

코이즈미의 세력은? 타마루 형제와 모리 씨, 아라카와 씨는 어떻게 되는 거지?

"모르겠단 말이야—."

나는 걸걸한 목소리로 시시한 말을 지껄였다.

오늘 확실히 뭔가가 일어난다. 그것도 지금까지 없었던 거대한 이벤트가 방과 후에 기다리고 있는 건 분명하다. 그 대부분의 문제가 오늘 해결되면 좋겠는데. 저녁이 되면 욕조에 몸을 담그고 어렴풋이 기억하는 팝송을 기분 좋게 흥얼거리고 싶다. 아니, 그렇게 되지 않으면 거짓말이다.

이걸로 끝내지 않으면 나는 끝없이 걱정하며 동아리방에서 홀로 오지도 않을 사람을 기다리는 2학년을 보내야 할 것 같은, 그런 기분이 든다.

내가 있을 곳을 빼앗길 수는 없지.

1학년의 그 수업 중에 뒤에서 하루히의 박치기를 얻어맞은 그날부터 내 안에 있던 틀어진 톱니바퀴가 딱 소리와 함께 그 녀석에게 들어맞았다. 운명? 그런 단어는 중성자별에라도 던져버리라고. 하루히가 바라고 내가 바란, 그 결과가 바로 지금이라는 시간이다.

과거도, 미래도 내가 알 게 뭐냐. 무엇보다 지켜야 하는 건 현재의 현실이지, 가정의 미래나 우주인이 생각하는 상식이 아니다. 불만 있는 녀석은 직접 나한테 와서 말하든가, 메시지나 편지를 보내라. 만약 거기에 나보다 뛰어난 의견이 있다면 많이 참고할 수도 있겠지.

하지만 이것만은 잊지 말라고. 모든 것을 결정하는 건 나다. 아무리 똑똑한 녀석의 논문이든, 총명한 천재의 의견이든 내가 기각이라고 하면 그걸로 기각인 거다.

나를 교묘하게 납득시키려면 코이즈미 수준의 사전공작이나 나가토 수준의 신뢰성, 아니면 하루히 수준의 거침없는 면이 필요하지.

이 세상에서 자신이야말로 넘버1이라 믿는 자여, 무거운 각오를 갖고 나타나도록 하라.

하지만 이것만은 말해두고 싶다. 만약 자네에게 그런 자신과 각오가 있다면 자신의 이야기에 대해 생각하는 게 먼저야. 왜냐하면 자네 주위에 우주인과 미래인, 초능력자, 나아가 이세계인이 없다는 법은 없으니까 말이지. 남 걱정이나 하기보다 먼저 자기 주변에 신경을 쓰는 게 좋을 거다. 이건 내가 던지는 사소하고도 무책임한 충고에 불과하니까 어디까지나 스스로 책임지길 바란다고.

학교에 가서 시작 종이 울리기 전에 자기 자리에 앉는 것은 평소와 다름없는, 경험 많은 인간다운 일상의 범주에 속한 행위였다.

나가토의 결석이 계속된 탓에 뒷좌석의 주인이 시종 안절부절못하고 있는 걸 제외하면 말이지.

하루히에게 나가토의 컨디션 불량 이상으로 신경이 쓰이는 일이라고는 재방송하는 만화영화의 예고편만큼도 없는지, 수업 중에도 샤프 꼭지를 씹거나 선생님이 시킨 문제풀이에 마치 누가 로제타석 좀 가져오라고 하고 싶을 만큼 이해 불가능한 문자열을 칠판에 쓰는 등, 아스트랄계로 정신을 보내고 전혀 집중을 못 하는 모습을 보였지만 그런 부분에 대해서 반 아이들은 하루히의 평소의 기행이라 여기고 냉정하게 무시했다. 하루히가 완전히 하루히답다는 것도 가끔은 도움이 되는구나. 좋은 건지 나쁜 건지 모르겠네. 좋은 성적이 모든 걸 말해주는 건가.

방과 후가 되자 하루히는 이제 내게는 건성으로만 말을 던지고서 바로 교실을 뛰쳐나갔다. 아마 아사히나 선배를 잡아 나가토네 집까지 크로스컨트리의 내리막 훈련을 하는 듯한 속도로 달려갈 생각이겠지.

나가토의 부재는 그렇게 대단한 것이었다. 언제 가도 동아리방 구석에 얌전히 앉아 조용히 독서에 매진하는 작은 몸집의 단원이 안 보인다는 건 이미 SOS단 활동이라 할 수 없는 것이다. 우리는 누가 빠져도 제대로 되지 않는 그런 사이가 되어버렸다. 이 1년을 돌이켜 생각해봐라. 나나 아사히나 선배나 나가토가 복잡기괴한 사건에 붙잡혀 있던 건 뭐, 그것대로 괜찮다고 할 수 있다. 그게 아니라 오히려 아무 정보도 얻지 못했던 하루히에게도 역시 동료

의식은 단단히 뿌리를 내리고 있었다. 왜? 그건 모르겠다.

어쩌면 야구대회였을지도 모르고, 외딴섬 여행이나, 놀다 지쳐 쓰러졌던 여름방학이나, 컴퓨터 연구부와의 게임 대결, 변변찮은 영화 촬영에서 연대감을 느꼈을 가능성, 경음악부 도우미나 크리스마스 이전의 나와 관련된 입원 사건일 수도 있고, 겨울방학의 눈 덮인 산에서 조난을 당했던 일이나 문예부 vs. 학생회도—.

음, 전부 다일지도 모르겠다. 나도 모르는 사이에 하루히는 1년 전의 하루히에서 크게 변했다. 구체적인 성장면에 대해서는 굳게 입을 닫고 있지만 정신면은 그 무렵의 기세가 남아 있으면서도 조금씩 확실하게 한 걸음, 한 걸음 계단을 올라가고 있다는 건 아무리 통찰력이 갈라파고스 코끼리거북이 전력질주하는 것보다 둔중하다고 인식하는 나라도 알 수 있는 일이다.

내 손과 넥타이를 붙잡고 끌고 다니는 에너지는 아직 남아도는 것 같다만 고슴도치의 바늘을 로켓처럼 발사해 대던 무차별 공격은 이미 멀어진 지 오래다.

조금 쓸쓸하기는 하다만.

하지만 그것도 나가토가 회복될 때까지 기간한정일지도 모르지.

그렇다면—.

나는 생각했다.

어서 끝을 내고 나가토를 바보 같은 임무에서 해방시켜

주자. 그게 내가 조합할 수 있는 하루히와 나가토에 대한 가장 좋은 특효약이 될 거다.

"헤이."

자전거를 불법주차하고 약속 장소인 역 앞 공원으로 가자 사사키가 한 손을 치켜들며 맞아주었다.

며칠 전처럼 차분한 미소. 비아냥대고 싶은 것을 꾹 참고 있는 듯한 표정은 몇 년 전과 변한 게 없는 사사키 특유의 것이었지만, 묵묵히 미소만 짓고 있으면 좋을 것 같다는 분위기의 얼굴은 확실히 하루히와 같은 부류의 냄새가 났다.

하루히도 그렇고 사사키도 그렇고, 조금 더 남자가 파고들 틈 같은 분위기를 풍기면 좋을 텐데 말이야—그런 생각을 한 것도 먼 옛날이야기로, 양쪽에서 성별을 초월한, 뭐라 형용하기 어렵고 말하고 싶지도 않은 기괴한 흡인력을 느끼는 건 내가 벌레 유인등에 빨려 들어가는 벌레 같은 습성을 획득해서 그런 건지도 모르겠다.

아무래도 하루히를 만나 나가토밖에 없는 문예부실에 끌려온 그날부터 내 눈은 타인과는 다른 풍경을 비추게 된 것 같다. 취향이 변한 건 아니라고 생각하고 싶지만 자기 자신에 대해서는 도통 알 수가 없어서 말이지. 이런 유의 분석은 코이즈미나 쿠니키다한테라도 맡기도록 하자. 나중에 말이야.

지금은 눈앞에 있는 사사키와 양옆에 수행하듯 서 있는 그 동료에 대해 생각하는 게 우선이다.

두 남녀는 타치바나 쿄코의 작고 겸손한 모습과 장신인 주제에 시선을 낮추고 무표정한 얼굴로 서 있는 후지와라의 모습이었다. 자칭 초능력자인 타치바나 쿄코, 미래인 후지와라. 그리고 사사키까지 합한 세 명이 내가 기다리게 만든 사람 전부인가보다.

"쿠요우가 없네."

나가토 건도 있기 때문에 가장 볼일이 있는 건 그 녀석이다. 아니면 눈에만 보이지 않을 뿐, 금방 옆에 서 있기라도 할 건가? 나의 의심 가득한 표정을 알아차렸는지 사사키가 대답했다.

"쿠요우하고는 연락이 안 됐어. 현재 행방불명이다. 워낙에 그런 점이 있었으니 기다린다고 언제 등장할지는 몰라. 하지만 어차피 필요할 때에는 나타날 거야. 내가 보장할게."

"그러냐?"

나는 후지와라에게로 관심을 돌렸다.

"…그래."

평소에는 남을 철저하게 바보 취급하던 후지와라의 얼굴이 무슨 까닭인지 딱딱해 보였다. 진지한—은 아니야. 긴장한 것 같은, 혹은 깊이 생각에 빠진 것 같은 그런 얼굴로, 남을 비웃는 예의 냉소가 입가에서 사라지고 없었다.

"그 녀석은 올 거다."

후지와라는 고형물을 토하는 듯한 목소리로 말했다.

"필요한 상황이 되면 반드시 어디에라도 나타날 거다. 누가 바라든 바라지 않든 상관 않고 말이지. 흥, 이성인은 여유가 있어서 좋겠어. 나도 할 수만 있다면 그 녀석하고는 이걸로 끝내고 싶을 지경이야. 지구는 이성인의 것도, 과거인 너희들의 것도 아니다. 너희는 우리 시간에 있어 넘쳐나는 생물의 화석 정도의 가치밖에 없어. 어디에 폐기해야 좋을지 고민될 정도의 그런 것 말이지."

…평소보다 더욱 열 받는 말을 하니 안심이 되는구나. 덕분에 마음껏 이 녀석을 미워할 수 있겠는걸.

"아, 저기요—."

옆에서 고개를 내민 타치바나 쿄코가 나와 후지와라의 시선 상에 있는 살의 광선 사이로 들어왔다.

"택시를 불러놨어요. 바로 출발하죠. 아, 그리고요, 오늘은 와주셔서 감사합니다."

꾸벅 고개를 숙인 타치바나 쿄코의 가르마를 보고 있자니 이 녀석은 도저히 미워할 수 있을 것 같지가 않다. 그녀의 조직에는 꽤나 섭외 담당자가 부족한가보네, 아니, 어떤 의미에서 보면 적격인 건가?

음, 의심하기 시작하면 2년은 걸릴 거다. 사사키도 있으니 적 표시는 후지와라 한 명에게만 해두자. 쿠요우의 부재는 내 정신에 유효했다. 아사쿠라가 또 또다시 부활할 걱정은 없으니까. 아니 또 또 또다시인가?

"그럼 이쪽으로 가시죠."

타치바나 쿄코가 신참 버스가이드처럼 서투르게 선두에서 걸어갔다.

그녀는 더 긴장했는지 택시 승강장에 서 있는 차문을 두드리는 손도 매우 어색했다. 놀랍게도 그것은 정말로 손님을 기다리고 있던 민영 택시였는지, 운전사는 스포츠신문을 펼쳐 얼굴을 가린 채 늦은 낮잠을 자고 있었다. 몇 번인가 노크를 하고 나서야 겨우 눈을 뜬 택시 기사 아저씨가 뒷문을 열자 사사키, 나, 후지와라 순서로 뒷좌석에 올라탔다. 타치바나 쿄코는 조수석이었다.

운전사는 하품을 억지로 참는 목소리로 말했다.

"어디로 가시죠?"

"현립 키타고교로 가주세요."

타치바나 쿄코의 말을 듣고서야 비로소 오늘의 목적지를 알게 되었다.

"되돌아가는 거냐."

내가 속내를 말하는 것과 동시에 택시가 출발했고, 우리는 여행을 함께 하는 네 명의 동승자가 되었다. 미리 말해뒀으면 키타고교에서 기다려도 됐을 거 아냐.

"나도 그렇게 생각했어."

후지와라가 한 말이다.

"굳이 이렇게 번잡한 순서를 안 밟아도 됐을지도 모를 일이긴 해. 하지만, 흥. 이것도 다 기정사실이었다. 이런 사소한 것에 굳이 모험을 할 건 없지."

"흐음" 사사키가 턱을 쓰다듬었다.

"기정사실이라. 그러니까 우리 네 명이 택시를 타고 키타고교로 간다는 건 미래에서 봤을 때 당연히 없어서는 안 되는 과거의 역사적 사실인 거구나."

"그래."

후지와라는 무뚝뚝하게 대답했다. 그 이상은 묻지 마라, 아니, 안 물었으면 좋겠다는 얼굴이다.

그때 타치바나 쿄코가 조수석에서 몸을 쑥 내밀고서,

"이제 그만 끝내고 싶죠? 이건 기정사항이니까 따르는 게 순리예요."

나를 보고 말했다.

"후훗, 당신은 미래인의 기정사항에는 여러모로 휘둘려 왔잖아요. 그럼 이것도 그중 하나죠."

반박하려고 입을 열었던 내 선수를 친 건 의외로 후지와라였다.

"조용히 해."

낮고 조용한 한 마디였지만 묘하게 마음에 와 닿았다. 특히 타치바나 쿄코에게는 효과가 즉효였는지 핏기가 사라진 얼굴로 다시 조수석에 얌전히 앉아 고개를 숙였다.

어두운 공기를 내포한 채 택시는 계속 달렸지만, 아무래도 운전사는 사소한 분위기에는 무관심한지,

"너희 고등학생이냐? 젊구나—"

묻지도 않은 이야기를 꺼냈다.

"이거, 우리 애도 올 봄에 초등학교 6학년이 됐는데 이

아이가 내 자식이라 믿어지지 않을 만큼 정말 공부를 열심히 한단 말이지."

"네에."

조수석이라는 위치관계상, 어쩔 수 없이 말벗을 해야 하는 타치바나 쿄코가 적당히 맞장구를 치는데도 개의치 않고, 말하기를 좋아하는지 운전사는 좋은 상대를 찾았다는 듯이 운전하는 내내 이야기를 계속했다.

—초등학교 6학년 아들이 과학인지 뭔지에 빠져서 어려운 말만 해댄다. 학원에도 보내봤지만 수준이 낮다면서 금방 때려치워서 참 곤란하다. 지금은 이웃에 사는 고등학생한테서 개인 과외를 받고 있는데 학교 성적은 전혀 좋아지지 않는다. 하지만 본인은 공부가 즐거워서 못 견디겠는지 시간만 나면 공책에 무슨 수식이니 문자 같은 걸 적어대는데 그건 단지 낙서일 뿐이지 않나. 과외 교사는 방임주의이질 않나, 아주 곤란하지 뭔가—.

타치바나 쿄코는 "네"나 "헤에"나 "으음—"이나 "그렇군요—" 같은 맥 빠지는 대답을 되풀이했다. 말하기를 좋아하는 운전사에게 걸리면 이렇게 되는 것도 다 운이라고 생각하는 수밖에 없다. 타치바나 쿄코가 택시를 잡아놓았을 정도라면 자기 운전기사일 거라 생각한 덕에 허를 찔리긴 했지만 코이즈미 기관과 달리 재정상황이 안 좋은지도 모르지. 커피숍에서도 영수증을 챙겨갔었잖아. 그건 그렇고 이 운전사, 왠지 어디에서 들어본 적이 있는 목소리와 말투라고 순간적으로 생각했지만 기억해내는 것도 귀찮아서 양옆에 앉아 있는 두 인간에게 집중력을 기울였다.

날카롭게 앞을 응시하는 후지와라에게 물었다.

"이건 무슨 함정인가?"

주저하듯 잠시 침묵한 뒤.

"함정은 아냐. 확인하는 것뿐이다. 나도 의미는 몰라. 이러는 거라고만 알고 있을 뿐이지. 이건 예정이자 결과이기도 해."

왜 키타고교에 갈 필요가 있는 거지. 키타고교의 어디냐? 문예부에 가봤자 이미 아무도 없을 텐데.

"그렇겠지."

사사키가 갈 필요는 있는 건가.

"있으니까 여기에 있는 거다."

"쿠요우는? 너에게는 그 녀석이 제일 도움이 되는 존재잖아."

"언젠가 올 거다. 그때가 오면 말이야."

짧은 대답 후에 후지와라는 목상처럼 침묵했다. 생명을 불어넣지 않으면 울지도 않는 나무로 만든 닭처럼.

대신 사사키가 입을 열었다.

"순수한 호기심에서 질문하는 건데 후지와라, 너는 자동차가 불편하지 않아?"

후지와라는 침묵 중.

"네가 온 미래 세계가 어떤 모습인지는 추측하는 수밖에 없지. 하지만 원유를 기본으로 한 내연기관을 이용해

추진력을 얻는 이런 탈것에는 친숙하지 않지 않나?"

후지와라의 뺨이 움찔 떨렸다.

"그렇다면 뭐가 어떻다는 거지?"

"아무것도 아냐."

사시키는 무척 밝게 말했다.

"과학기술의 발전은 내가 기뻐하는 일이니까. 미래에는 당연히 미래적인 희망을 갖고 싶거든. 이 시대, 세계는 다양한 문제를 안고 있어. 네 미래에서 그런 과거의 우행이 해소되길 바라고 싶군. 사람은 계속 배워나가야 할 생명체야. 고도로 발전한 과학이 인류가 안고 있는 파멸적인 사상이나 기술을 쾌도난마(주20)로 해결했을 거라 생각하고 싶어. 어떤가, 후지와라? 그 정도의 희망을 가지는 정도는 과거인에게도 허락될 수 있을 거라 생각하지 않나?"

"마음대로 희망해. 마음대로 바라라고."

후지와라는 험악한 눈으로 사시키를 쳐다보았다.

"너희들의 그런 희망이 미래를 만들었다. 그리고 너희 과거인의 크게 빗나간 과신도. 이 이상은…, 후, 역시 금지 사항인가. 그렇지 않더라도 너희에게 가르쳐줄 만큼 나는 관대하지 않아."

"금지 사항… 은 아니지."

사시키가 응수했다.

"네가 말하는 이건 기정사항이잖아? 하지만 그 의미를 후지와라 너도 모르는 거야. 네가 알고 있는 건 오늘 이 시간에 키타고교에 가야 한다는 미리 설정되어 있던 행동

주20) 쾌도난마: 快刀亂麻. 잘 드는 칼로 마구 헝클어진 삼 가닥을 자른다는 뜻으로, 어지럽게 뒤얽힌 사물을 강력한 힘으로 명쾌하게 처리함을 이르는 말.

계획이거든. 거기에서 누구와 만날지, 무슨 일이 일어날지, 너는 전혀 모르고 있어. 단지 그게 기정되어 있던 과거라는 이유밖에 모르는 거다. 그러니까 대답할 길이 없는 거 아냐?"

후지와라는 큭큭큭, 작게 웃었다.

"역시 대단해. 그렇게 나와야 우리의 그릇에 걸맞은 후보라 할 수 있지. 사사키, 너한테 그럴 자격이 있다는 걸 새삼 확신했다. 스즈미야 하루히 이상으로 너는 이 우주에서 단 하나뿐인 열쇠였어. 곧 자각하게 되겠지. 아니, 그럴 틈도 없을지도 몰라."

사사키는 눈살을 찌푸리며 후지와라의 옆모습을 노려보았지만, 미래인은 전혀 개의치 않는다는 듯이 무시했다. 나는 온당치 않은 공기에 노출되어 있다는 걸 깨달았다.

"그릇이라니 무슨 소리지? 나는 처음 듣는 말인데."

"곧 알게 될 거다."

내게는 철저하게 매정한 후지와라였다.

"원래 너는 더 이상 쓸모없는 존재야. 하지만 기정사항을 거스르는 건 좋은 길이 아니지. 나로서도 최소한으로 그치고 싶다. 그래서 너도 이렇게 불러준 거야. 유일한 과거인 목격자로서 마음껏 방관자의 입장을 만끽하도록 해라."

참 잘도 우습게 보는구나. 조금 반격한다 해도 벌을 받지는 않을 거야.

"여, 후지와라. 너는 자기가 있던 미래를 어떻게 해서든 변화시키려는 거냐?"

침묵.

"그렇다 해도 그건 어려울 거야."

나는 제일 처음에 아사히나 선배와 했던 신비 탐색 데이트에서 들은 설명을 떠올리며 말했다.

"시간이란 파노라마 만화야. 아무리 미래에서 과거에 개입하려 해봤자 그건 정해진 시간의 한 장에 낙서를 하는 것일 뿐이고, 미래와는 아무 상관도 없는 거 아냐?"

침묵.

"실제로 네가 뭘 어떻게 하고 싶은 건지는 모르겠지만 기정사항이 어쩌고저쩌고 하는 걸 봐선 알고 있겠지. 그렇다면 네가 이 시대에서 뭘 하든─."

"조용히 해."

날카로운 목소리가 내 귀에 꽂혔다. 살기가 담긴 시선이 부록으로 따라왔다.

"알았으니까 조용히 입 다물고 있어라, 과거인. 그 이상의 망언을 내뱉는다면 내 금지 사항은 더 이상 금지 사항이 아니게 된다."

소름이 돋을 만큼 차가운 목소리였다. 후지와라는 진심이었다. 내가 녀석의 지뢰를 하나 밟았나보다.

한심하게도 내 얼어붙은 심장이 위기를 호소했다.

은근슬쩍 사사키가 내 소매를 잡아당겨서 무언의 신호를 보내지 않았다면 그대로 후지와라의 페이스로 갔을지도 모른다. 생큐 포 텔링 미, 사사키.

뒷좌석에 앉은 세 사람의 이런 대화를 운전사가 들었다면 제3자의 귀찮은 질문이 시작되지 않을까 하는 걱정은 기우에 불과했다. 운전사는 타치바나 쿄코를 상대로 계속해서 자기 자식 이야기에 열을 올리며 사람이 좋아 이야기를 듣고 있는 처자와의 일방적인 대화에 빠져 있었다.

약간 동정이 가긴 했지만 타치바나 쿄코도 SOS단과는 양립할 수 없는 적이잖아. 자꾸 그런 생각이 사라지는 건 절대로 농락당해서가 아니라 짧은 만남으로도 그녀의 성품을 이해할 수 있었기 때문일 거다. 무엇보다 사사키가 타치바나 쿄코를 전혀 위험하게 보지 않는다는 게 컸다. 사사키는 나보다 똑똑하고 총명하며 사람을 보는 눈이 있다고 나는 믿고 있다. 내 옆에 사사키가 있는 한 나쁜 방향으로 사태가 변할 일은 없을 거라고 생각했다.

그건 분명히 맞을 거다.

택시가 키타고교 교문 앞에 섰고 뒷문이 열렸다. 타치바나 쿄코가 운전사에게 돈을 내고,

"아, 영수증 주세요."

조심스럽게 말하는 목소리를 들으며 오늘 들어 두 번째가 되는 등교를 마친 내가 여전히 활짝 열린 철문 앞에 설 때까지.

이미 하늘은 어두워졌지만 학교 안에서는 아직 동아리 활동을 정리하는 운동부원들의 목소리가 드문드문 들려왔다.

"왜 그래? 가자."

후지와라가 앞서서 학교 안으로 발을 디뎠다. 무섭다는 얼굴로 타치바나 쿄코도 타교의 부지에 발을 들였다. 나는 그저 너무 친숙한 건물을 올려다보며 지극히 자연스럽게 들어섰지만 몇 걸음도 채 걷지 못하고 발길을 멈췄다.

"뭐야…. 뭐야…, 이게?"

눈을 크게 뜨고 입도 크게 벌린 나는 신음했다.

하늘이ㅡ.

옅은 세피아 톤의 크림색으로 물들어 있었다.

몇 초 전까지만 해도 금성이 빛을 발하려던 저녁 하늘이 사라지고 자연현상에서는 있을 수 없는 빛에 둘러싸여 있었다. 부드럽고 고운 느낌이 드는, 따뜻한 난색 계열의 불빛이 삼라만상을 비추고 있었다.

나는 이 빛을 알고 있어.

예전에 커피숍으로 사사키가 불러서 나갔을 때, 타치바나 쿄코에게 이끌려 들어갔던 그 세계다.

아무도 없는, 존재하지 않는, 하루히와는 정반대되는 폐쇄공간….

"!"

순간적으로 뒤를 돌아본 내 조건반사도 영 못 쓸 물건은 아닐 거다. 하지만.

헛수고로 끝났다.

택시에서 내린 후에 분명히 내 바로 뒤에 있던 사사키가 어디에도 없었다. 물론 택시 자체도 말이다.

불과 수십 센티미터밖에 떨어지지 않은 교문 안쪽과 바깥을 기준으로 세계가 일변했다.

내가 서 있는 곳은 마치 무음의 세계 같았다. 방금 전까지 들려오던 운동부의 목소리도 사라졌다. 새소리도, 산에서 불어오는 바람소리도, 아무것도 없는 고요한 공간이 이 자리에 있었다.

내 눈에 들어오는 것은 아무것도 변한 데가 없는 건물과 상공에서 쏟아지는 세피아색의 간접조명 같은 빛뿐이었다.

나는 반사적으로 교문으로 달려가 살짝 밀어보았다.

"이건…!"

예전에 하루히와 갇혔을 때와 같은 부드러운 벽이 막아선 상태였다. 그것이 의미하는 바는 하나, 나 혼자서는 어떻게 해도 이곳에서 탈출할 수 없다—.

"입장을 이해했나?"

뒤에서 후지와라의 목소리가 들렸다.

"여긴 더 이상 네 세계가 아니야. 지금까지의 현실과 상식과는 동떨어진 세계다."

고개를 돌리자 후지와라의 음울한 악당 같은 얼굴이 보였다. 그 옆에서 조바심을 내는 타치바나 쿄코의 모습이 없었다면 나는 이 미래인 녀석의 안면에 정권 찌르기를 선사했을 거다. 이 녀석은 내 자제심이 천정부지라는 점에 감사해야 할 거다.

"고맙다고 하면 너는 만족할 건가?"

"…함정이냐?"

힘겹게 신음을 토한 내게,

"글쎄다."

후지와라는 얼버무리듯 말하고서 내게 등을 돌렸다.

"우리는 아직 최종목적지에 도착하지 않았어. 자, 가보자고. 모든 것에 결판을 내기 위해, 우리의 미래를 위해."

옆모습을 보인 후지와라는 입술을 일그러뜨렸다.

"사사키한테는 고마워해야겠군. 여기까지 너를 데리고 오는 데에 성공한 건 그 녀석 덕분이다. 하긴 자기가 단지 그것만을 위해 이용된 줄은 생각도 못 했겠지만 말이지. 아아, 그렇게 화내지 마. 그녀는 앞으로도 해줘야 할 일이 있다. 그 일이 끝나면 자유의 몸으로 풀어주지. 그렇게 되면 마음껏 시시덕대라고."

역시 때려야겠다고 내가 결심한 순간, 후지와라가 다 안다는 말투로 말했다.

"그럼 가볼까?"

어디로? 이 폐쇄공간 안에서 대체 어디로 가라는 거냐.

"당연한 거 아냐?"

후지와라는 고개를 들었고,

"너희들이 본거지로 삼는 초라한 단칸방이지."

녀석의 시선의 직선방향에 문예부실이 있는 것은 굳이 보지 않아도 알 수 있었다.

하지만 왜? 대체 그 방에 뭐가 있는 거지?

"알고 있는 줄 알았는데."

후지와라의 목소리가 가까이에서 들려온다.

"그곳이 모든 원흉이야. 모든 세력이 모이고 뒤얽혀 서로에게 영향을 주며 미래로 가는 열쇠가 되고 있지. 아니, 쐐기라고 해야 할지도 모르겠군. 그곳에는 모든 가능성이 존재하며 동시에 그곳은 모든 가능성으로 향하는 진전을 방해하고 있다. 촉진과 정체의 프로세스가 동시에 실행되는 곳이야. 뭐, 구 인류는 이해하지 못하겠지만 말이야."

그래, 이해 못 하겠다. 이해하려고 생각도 안 해.

하지만 왜 모두들 우리 동아리방에 집착하는 거지? 폐부 직전이었던 문예부에 홀로 있던 나가토. 거기에 눈독을 들인 하루히. 크리스마스 전에 바뀐 세계에서 내가 도착한 최종 목적지. 아주 좁은 틈으로 떨어진 안내서. 구식 컴퓨터. 모두 갖추어진 열쇠. 엔터 키. 과거로 거슬러 올라간 내가 도착한 여름밤. 7월 7일.

그리고 예전에 코이즈미가 했던 말.

—그 동아리방은 이미 이공간화가 되었기 때문이죠. 여러 종류의 다양한 요소와 역장이 뒤얽혔다가 사라져, 오히려 평범해졌을 정도입니다. 포화 상태라고나 할까요—.

그게 사실이었어?

"타치바나."

비로소 나는 후지와라 이외에도 동료가 있다는 사실을 떠올렸다.

"아…, 네. 네?"

"너는 알면서 나를 이곳으로 데리고 온 거냐?"

"…아니요, 난…."

제대로 된 답변을 기대하기 어렵다는 건 알고 있었다. 타치바나 쿄코는 나와 마찬가지로 지금 이 상황을 이해하지 못한 듯이 보였다. 덥지도 않은데 한 줄기 땀을 흘리며 괜히 두 손을 파닥거리고 있는 걸 보니 알 수 있었다.

그렇다면 이건 후지와라의 시나리오다. 그리고 아마 배후에는 쿠요우가 있을 거다.

후지와라는 천천히 걸음을 옮겼다. 외길의 RPG를 걸어가듯 우리 학교 부지를 밟으며 승강구로 향한다. 문이 잠겼는지 확인도 않고서 유리문을 열더니 그대로 신발을 신은 채 침입하는 후지와라의 뒤를 따라가며 나는 합리적이지 못한 분노에 사로잡혀 있었다.

분명히 이 고등학교에 대해서는 지금까지 실컷 욕을 해 댔다. 역 앞에서부터 길게 뻗은 언덕길에 절대로 호화롭다고는 말할 수 없는 낡은 건물은 창립할 때 예산을 무척 아꼈을 거라고 추측할 수 있었다. 에어컨도 완비되지 않은데다 벽도 휑하고 여름이면 덥고 겨울이면 추워서 칭찬할 구석이라고는 산에 둘러싸인 야성적인 자연과 밤이 되면 내려다보이는 야경의 불빛 정도지만 그래도 이 키타고교는 내 모교다.

하루히와 아사히나 선배와 나가토와 코이즈미와 타니구치와 쿠니키다와 보내는 내 일상의 대부분을 차지하는 공간이다. 그런 내 영역에 거침없이 침입하는 외부인을 보고 마음이 어떻게 편하겠나.

게다가 후지와라는 우리의 적이다. 내가 왜 그런 녀석을 따라가야 하는 거지. 논리 따위 알 게 뭐냐. 내 분노는 천정부지로 치솟고 있었다.

무엇보다 한심한 건 이 녀석의 말대로 해야 한다는 것이었다. 지금의 나는 뭘 해야 좋을지 모르는 상태다. 이곳에서 고집을 부려 문제가 개선된다면 얼마든지 그렇게 하겠다. 하지만 이미 그럴 때는 아닌 것 같았다.

후지와라가 뭘 하려는 건지 모르는 이상, 함정이든 뭐든 따라가보는 수밖에 없었다.

이곳은 사사키의 폐쇄공간이다. 코이즈미도 침입할 수 없다. 그리고 나가토는 병상에 있다. 하루히와 아사히나 선배가 나가토의 간병을 내팽개치고 바람처럼 등장할 일은 더더욱 없을 거다. 가장 최악인 건 당사자인 사사키조차 내 옆에 없다는 사실이다. 그 녀석이 자신이 만든 폐쇄공간을 터치할 수 없다는 건 전에 커피숍에서 있었던 일로 미루어 봤을 때 분명했다.

후지와라, 타치바나 쿄코, 나, 이 세 사람이 사사키가 만든 폐쇄공간에 존재하는 전부다. 스오우 쿠요우가 없는 것도 안심할 요소는 되지 못했다. 그 녀석은 눈에만 안 보일 뿐, 어딘가에 분명히 있을 거다. 오랫동안 초자연 현상에 노출되어온 내 감이 그렇게 말하고 있었다. 약하고 옅은 불빛에 둘러싸인 건물 어딘가에, 최종적으로 적확한 타이밍에 등장하기 위해 대기하고 있을 게 분명하다.

―그러니까.

나는 주위를 완전히 적에 둘러싸여 반격할 실마리조차 찾아내지 못하고 있는 것이다.

후지와라가 목을 돌려 패자를 보는 눈으로 나를 보았다.

"자, 가자고. 아니면 여기에서 눈과 귀를 막고 웅크리고 있을 거야? 뭐하면 업어줄 수도 있는데. 무료 서비스다."

"시끄러워."

가주지. 우리들의 동아리방, 문예부 겸 SOS단의 단실을 그렇게 우습게 보지 마라. 그곳은 우리들의 일상공간이야. 언제나 그곳에 가기만 하면 어떻게든 일이 해결되었다.

나가토는 없지만 열쇠가 숨겨져 있을지도 모를 일이고, 생각지 못한 뭔가를 발견하게 될지도 모른다―.

후지와라와 타치바나 쿄코는 이미 교내를 걸어가고 있었다. 내가 따라오든 말든 신경도 안 쓴다는 모습이었다. 제기랄. 뭐야, 무시하지 말라고. 그 방은 우리 거다. 나와 하루히와 나가토와 아사히나 선배와 코이즈미가 돌아가야 할 곳이란 말이야. 다른 누구에게도 선두를 빼앗길 수는 없지.

나는 힘이 빠져 덜덜 떨리는 무릎을 기력으로 버티며 두 사람의 뒤를 쫓아갔다.

제9장

α-12

얼마 지나자 누군가가 동아리방 문을 노크하는 소리가 들렸다. 조심스럽기보다는 약간 거친 소리로 문 너머에 있는 인간의 대인 매너를 알 수 있었다.

반사적으로 야스미를 쳐다보자 이 이상하기 짝이 없는 1학년 여자애는 공사계획이 막힘없이 진행되는 것을 안 건설회사 현장감독 같은, 매우 만족스러운 미소를 얼굴 가득 짓고 있었다.

…뭐야, 이 녀석은?

내 뒤에 누가 올 거라는 걸 알고 있었나? 아니면 이 녀석이 부른 건가? 그리고 그 누군가가 누구일지도 알고 있는 건가?

…그런 의문을 가질 여유는 없어 보였다.

안에서 대답하지도 않았는데 찰칵거리며 손잡이가 돌아간다. 문이 움직이기 시작하고 곧 직사각형 공간이 동아리방에 입을 벌렸다.

창으로 들어오는 저녁노을 빛에 드러난 형체는 세 개.

하루히와 아사히나 선배와 코이즈미가 돌아왔을 가능성은 방금 흔적도 없이 사라졌다.

세 사람 모두 내가 아는 얼굴이었다. 그렇기 때문에 더욱 의외성이 두드러졌다고도 할 수 있었다. 그것은 돌발성 실언증에 걸릴 만큼 엄청난 경악을 내게 초래하는, 초월적으로 의표를 찌르는 세 명이기도 했다.

"아니…?!"

그렇게 말한 뒤 내 입은 쩍 벌어진 채로 고정되었다. 지금 거울을 보면 생애 베스트 3에 들 멍청한 얼굴을 관찰할 수 있을 거다.

하지만 굳이 거울을 준비할 필요는 없었다.

왜냐하면―.

β-12

후지와라가 이끄는 대로 나는 문예부실 앞까지 오고 말았다.

예감이고 뭐고 아무것도 없었다. 사사키가 없는 사사키의 폐쇄공간에서 내가 할 수 있는 일은 없을 것 같았고, 뭔가 할 수 있을 만한 애는 옆에 있는 타치바나 쿄코 정도인데, 이 녀석은 애당초 후지와라와 담합한 사이다. 미덥지 않아 보이는 모습이 사실이라 해도 이 자리에서 내 아군이 되어줄 거라고는 생각하기 어려웠다.

그렇지 않다면 나를 감쪽같이 이런 함정에 가둬놓지는 않았겠지.

후지와라는 내게 눈길도 주지 않고 방문을 거칠게 노크했다.

안에 있는 인물을 윗사람이라거나 대등하다고는 전혀 생각하지 않는, 완전히 매너를 무시한 소리였다.

안에서 대답하길 기다리지도 않고 후지와라는 무례하게 손잡이를 움켜쥐고 안을 향해 문을 벌컥 열었다.

동아리방 창으로 들어오는 저녁햇살이 눈부셨다. 역광인 덕에 안에 있는 사람에게 완벽하게 그림자가 져서 잘 보이질 않는다.

하지만 두 사람이라는 것과 키타고의 교복을 입은 남녀라는 것은 실루엣만으로도 알 수 있었다.

…하지만…, 그런데….

"으…?"

양쪽에서 신음소리가 스테레오로 들렸다.

"…어떻게 된 거야…?"

억누른 목소리로 말하는 건 후지와라였고,

"…어떻게 된 거지…?"

솔직한 경악을 표명하는 건 타치바나 쿄코의 것이었다.

뒤이어 지금까지 처음 들어보는 감정을 드러낸 목소리로 후지와라가 말했다.

"스오우 쿠요우는 어디 있지? 너희는…, 아니, 너는 대체 누구냐…?"

어떻게 된 거냐고 말하고 싶은 건 내 쪽이었다. 무슨 일이 일어나고 있었다.

쿠요우는 어디에 있냐고? 이건 후지와라와 타치바나 쿄코가 세운 계획이 아니었던 건가?

나는 저녁노을을 손으로 가리며 우두커니 서 있는 후지와라를 밀치고 방으로 걸음을—.

잠깐만.

저녁노을?

여기는 이미 옅은 빛이 지배하는 폐쇄공간이잖아. 왜 태양이 휴식을 앞두고 성대한 향응을 선사한다는 듯이 유유히 저녁노을을 빛내고 있는 거지? 유리창을 통과해 내부를 비추는 햇살은 강한 오렌지빛이었다. 이 방만 이상한 건가?

하지만 그 의문도 안에 있던 두 사람의 얼굴을 인식한 것과 동시에 깨끗이 날아가버렸다.

왜냐하면 그곳에 있는 것은—.

α-13

갑자기 찾아온 세 사람을 보고 말을 잃은 건 나 혼자만이 아니었다.

방문자 세 사람도 각각의 얼떨떨한 감정을 훤히 드러낸 채 멍하니 서 있었다.

"…어떻게 된 거야…?"

"어떻게 된 거지…?"

고장 난 스테레오처럼 말하는 두 사람 중 하나는, 예의 이름 모를 미래인 녀석이었다.

올 2월경에 나와 아사히나 선배(미치루)의 앞에 나타나 거들먹거리며 비아냥대는가 싶더니 아사히나 선배(미치루) 유괴범 차 안에서 마지막으로 나와 환상마술처럼 사라졌던 잘생긴 얼굴을 잊어버릴 만큼 나는 만만하지 않다.

또 다른 한 명의 작은 몸집의 여자애 얼굴도 마찬가지로 이쪽은 세 번째 만나는 게 된다. 분명히 타치바나 쿄코라고 소개를 받았다. 코이즈미와는 다른 조직의 초능력자 그룹으로 아사히나 선배(미치루) 유괴 실행범이기도 하며 내 옛 친구인 사사키와 아는 사이라는 소녀다.

언젠가 SOS단이 자주 이용하는 약속장소에서 우연을 가장해 마주친 사람 중 하나다. 그때는 미래인 녀석은 없었지만 대신 기이한 머리의 우주인인가 하는 애가 있었다. 하지만 지금은 그 녀석의 모습은 없었다. 물론 있어줬으면 하는 생각은 이불을 말린 뒤에 발견되는 집벼룩의 시체만큼도 없기 때문에 그건 좋다. 아무래도 상관없다.

아무래도 상관없지 않은 건—.

"…넌 누구냐?"

그 말을 누가 한 것인지 나 스스로는 자신이 없었다. 말한 것과 동시에 귀에 전해진 말에는 분명히 조금의 오차도 없었다.

"누구야, 넌?"

다시 한번 말했다. 그리고 맞은편도 완벽하게 똑같은 타이밍으로, 똑같은 발음으로, 똑같은 어조로, 똑같은 목소리로, 똑같은 말을 했다. 조금도 어긋나지 않고 조금의 장단도 없이, 그리고 조그마한 차이도 없이 완벽한 조화를 이루며 스테레오 정도가 아니라 완전하게 동일한 목소리로 일체를 이뤄 공간을 진동시켰다.

먼저 와 있던 나와 야스미가 있던 동아리방에 온 세 사람 중 한 명은―.

나였다.

그곳에는 또 하나의 '내'가 서서 어안이 벙벙한 얼굴로 나를 응시하고 있었다.

β-13
나였다.

"누구야, 넌?"
그렇게 말한 뒤 모든 말을 잃은 내가 순간적으로 생각한 건 또다시 타임 슬립을 한 건가 하는 의문이었다.
지금까지 여러 차례 과거로 날려 보내졌던 전적이 있는 나였기에 할 수 있는 발상일 거다. 실제로 후지와라와 타치바나 쿄코에게는 꽤나 의외의 광경이었는지 아직 자세에 대한 감각이 없는 조각 상태에서 벗어나지 못하고 있었다. 미래인인 후지와라마저도 이 지경이니 이건 상당히 대단한 사태임이 분명했다.

하지만 잠깐만. 그것도 이상하잖아.

내 의식에는 '과거, 또 한 명의 나 자신'과 이런 상황에서 마주쳤던 기억은 명확히, 눈곱만큼도 남아 있지 않다. 그렇다는 건 이게 시간 이동을 한 결과라고 친다면 나는 미래에서 온 나를 만난 게 된다. 내가 과거의 기억을 때마침 깨끗이 날려버린 게 아니라면 이렇게 누가 봐도 나 자신인 상대와 얼굴을 마주한 사실은 없기 때문이다.

하지만 그런 것치고는 상대인 '내' 반응이 조금 묘했다.

만약 이 '내'가 미래에서 온 거라면 과거인인 지금의 나와 만나 이렇게까지 동요하는 표정을 노골적으로 보여줄 리가 없다. 그 '나'에게는 기정사항일 테니까 말이다. 하루히 소실사건 때 나는 나가토와 아사히나 선배와 함께 과거로 날아가 나 자신과 버그가 난 나가토를 구했다. 저기에 있는 '내'가 정말로 나의 미래형이라면 분명히 알고 있을 거다. 그렇지 않아 보인다는 건 이 '나'는 누가 둔갑한 모습인 건가?

"아···."

'내'가 소리를 냈다.

그 목소리에 담긴 성분과 표정으로 나는 지금 생각해낸 과정을 저쪽의 '나'도 동시에 깨달았다는 걸 알았다. 이 녀석은 틀림없는 나 자신인가보다. 과거에서 온 것도 아니고 미래에서 날아온 것도 아니다. 그렇다는 건 시간 이동이 아닌 것이다. 이건 좀 더, 뭔가 다른 별개의 현상이다.

나는 나대로 어안이 벙벙한 심정으로 '나'와 함께 있는 소녀를 보았다. 이 녀석은 누구지? 작은 몸집에 헐렁한 교복을 서투르게 입고 머리에는 어린애 같은 스마일 마크 끈이……. 잠깐만, 어디선가—.

그때 내 등을 타고 전류가 흘렀다. 어제 동아리방에서 마주쳤던 수수께끼 소녀와 그녀가 놔두고 간 한 송이 꽃의 영상이 머릿속을 특급전차처럼 통과했다.

눈을 돌리자 하루히의 단장석 뒤, 창가에 그 꽃이 있었다.

이어져 있다.

이 세계와 내가 지금까지 있던 세계는 전혀 다른 게 아니야. 하지만 시간 이동도, 시공 개변도 아니라면 이건 대체 뭐지?

"후훗."

이런 상황에서도 이 여자애는 뒤에 놓인 꽃에 뒤지지 않을 만큼 부드러운 미소를 짓고 있었다.

완전히 변칙적인 침입자, 이 아이는… 대체 누구지?

그 해답을 또 다른 '나'는 알고 있을까?

α-14

나는 '나'한테서 눈을 뗄 수가 없었다.

이 녀석은 나다. 나 자신이다. 과거에서 온 것도, 미래에서 온 것도 아니다. 바로 지금 현재의 나와 조금도 다르지 않은, 머리끝에서 발끝까지 모두 똑같은 나였다.

상대편도 나와 같은 결론을 얻었는지 경악과 의혹의 이

중 나선에 빠져 있는 걸 잘 알 수 있었다. 지금의 나처럼 말이야.

그리고 이렇게 생각하고 있을 거다.

—도대체 뭐가 어떻게 된 거지?

그리고 또 이렇게도.

—나와 같이 있는 야스미는 도대체 누구냐?

그 정도는 '내' 시선을 한번 보면 알 수 있다. 아무래도 상대는 나 자신이니까.

마치 농담 같은 교착 상태가 계속되고 있었다. 모두 다 놀라고 있다. 이름 모르는 미래인 남자, 타치바나 쿄코, 나와 '나'.

모두 해야 할 일을 잃어버린 상태였다. 딱 한 명을 제외하고는.

"선배."

야스미가 조용히 앞으로 나왔다. 동안인 얼굴로 기쁘다는 듯이 나와 '나'를 번갈아보더니 다시 웃는다.

"야스미."

나는 바싹 마른 목소리로 물었다.

"넌… 누구냐?"

쿠후훗, 야스미는 어린애처럼 소리 내어 웃더니 우두커니 서 있는 것밖에 가진 재주가 없는 내 한쪽 손을 잡았다.

그리고 나와 같은 반응밖에 보이지 못하고 있는 '내'게로 손을 내밀었다.

'나'는 빨려 들어가듯이 팔을 들어 야스미가 내 손을 쥐도록 가만히 있었다. 마치 그게 자연스러운 행위라는 듯이.

야스미는 나와 '나'를 힘껏 끌어당겼다.

그리고,

"나는 와타하시."

라고 말하며 나와 '나'의 손을 약간 강제로 겹치게 했다.

그 직후, 나는 모든 것을 이해했다.

β-14

모두가 딱딱하게 굳은, 마치 시간이 정지된 것만 같은 공간에서 유일하게 움직임을 보인 것은 수수께끼 소녀뿐이었다.

"선배."

소녀가 조용히 앞으로 나왔다. 동안인 얼굴로 기쁘다는 듯이 나와 '나'를 번갈아 바라보더니 다시 웃는다.

"야스미."

나를 쏙 빼닮은 '내'가 건조제를 삼킨 듯한 목소리로 묻는다.

"넌… 누구냐?"

그렇다면 또 한 명의 나도 이 여자애는 고작 이름만 아는 수수께끼 인물이었다는 소리인가.

쿠후훗, 야스미라 불린 소녀는 어린애처럼 소리 내어

웃더니 우두커니 서 있는 것밖에 가진 재주가 없어 보이는 '내' 한쪽 손을 잡았다.

그리고 '나'와 같은 반응밖에 보이지 못하고 있는 내게로 손을 내밀었다. 자, 어서요. 마치 그런 목소리가 들린 것처럼 자연스러운 환대의 감정이 느껴졌다.

나는 빨려 들어가듯이 손을 들어 야스미라는 키타고교 여학생에게 순순히 맡겼다. 이 따뜻하고 부드러운 손가락의 감촉은 어딘가에서 아는 것과 무척 닮은 것 같다.

야스미는 힘껏 '나'와 나를 끌어당겼다.

그리고,

"나는 나."

이렇게 말하며 '나'와 나의 손을 약간 강제로 겹치게 했다.

그 직후, 나는 모든 것을 이해했다.

최종장

"우왓?!"

그 말이 어느 나한테서 나온 건지는 알 수 없었다. 아마 양쪽이었고 또 동시였을 거다. 하지만 귀에 들린 것은 합창도, 듀엣도 아닌 한 개체의 인간이 내뱉은 소리에 불과했다.

그 직후, 머릿속에 어마어마한 기억의 격류가 침입해 들어왔다. 처음 맛보는, 이물질이란 말 외에 달리 표현할 길이 없는 누군가의 기억이었다. 나는 눈을 감고 몸을 웅크렸다. 반사적으로 귀를 막은 것은 더 이상의 정보를 외부에서 받아들이기를 거부하라고 본능이 소리쳤기 때문일 것이다.

"으으…."

아사히나 선배와의 시간 이동은 비교도 안 될 혼란이 내 뇌수를 휘저어댔다.

내가 알지 못하는 정경, 내가 알지 못하는 상황, 내가 알지 못하는 역사…. 그것들이 내가 아는 정경, 행동, 상황, 역사로 몰려들어온다. 태극도처럼 소용돌이를 그리며 나를 빙글빙글 회전하는 소용돌이 한가운데로 던져버린다.

다양한 기억들이 굳게 감긴 눈꺼풀 뒤에서 가속장치 발동 후의 주마등처럼 흘러가고 있었다.

　—나가토가 쓰러져 단원 모두 간병하러 온 SOS단—격노한 내가 쿠요우와 해후했고 아사쿠라의 부활과 키미도리 선배의 중재를 받았다—사사키와 타치바나와 후지와라, 쿠요우와 여러 차례 회합을 하던 나—타치바나에게 끌려갔던 어스름한 사사키식 폐쇄공간—방과 후에 하루히에게서 과외수업을 받던 나—하루히가 입단시험에 매진했고 모조리 실격하던 단원 후보들—유일하게 살아남은 와타하시 야스미—그 야스미가 동아리방에서 차를 타는 법을 아사히나 선배에게서 배우고 사이트를 만들고—MIKURU 폴더 발견이라고 적힌 종이비행기—그녀가 가져온 한 송이 꽃—수수께끼의 꽃

　양쪽 모두 틀림없이 나다. 아무 오차도, 모순도 없는 내 기억이었다.

　이게 대체 뭐야.

　새 학기가 되어 봄기운에 맞이 간 하루히의 부원 모집. 아무도 오지 않았던 동아리방. 신입단원으로 흘러넘치던 동아리방. 목욕을 하던 내게 걸려온 전화. 그 상대—.

　여기부터가 달랐다.

　지금은 와타하시 야스미라는 것을 알고 있지만 당시에는 처음 듣는 목소리였다.

　사사키가 걸어온 전화는 나와 SOS단에게는 심각한 것이었다.

　그때다.

　바로 그때부터 세계가 두 개로 분열했다.

아무 생각 없는 단원 시험과 심각한 세계 담의(談義)로. 후자의 시계열은 나를 죽도록 고민하게 만들었다. 사사키의 밝은 폐쇄공간과 스오우 쿠요우의 코스믹 호러 같은 반응. 게다가 아사쿠라 부활에 키미도리 선배의 진지 모드….

단 한 명의 합격자, 신입단원 와타하시 야스미의 이해할 수 없는 적극적인 행동과 나가토의 무반응에 코이즈미의 영 시원치 못한 발언….

요 일주일 동안의 기억은 내 머릿속에 두 종류가 공존하고 있었다.

이게 도대체 뭐람. 뭐가 진실이고 뭐가 가짜냐 하는 이야기가 아니다. 둘 다 진짜로, 실제로 있었던 기억이다. 완전히 똑같은 시계열을 나 자신이 분열해 지냈다고밖에 생각할 수 없었다.

두 개의 기억 모두 전혀 위화감이 없으니까 말이다. 자신의 기억력을 절대적으로 신용하는 건 아니지만 경험한 거라면 별개다.

공통되는 건 목욕 중에 걸려온 전화 상대가 야스미냐 사사키냐의 차이밖에 없었고, 거기에서부터 완전히 달라진다.

그때부터 지금까지 나는 동시에 두 종류의 인생을 살아왔다. 그렇게밖에 생각이 되지 않았다.

그리고 그 두 개의 기억이 현재 소립자의 이동속도 못지않은 속도로 융합하려 하고 있었다. 신경 시냅스가 파직파직 소리를 내는 것 같은 착각에 사로잡혀 나는 머리를 감싸 쥐었다.

"으…, 크으…."

두통이나 구토나 현기증 같은 건 전혀 없이 기억만이 맹렬한 속도로 회전하는 감각을, 이런 것은 설명할 길이 없긴 할 텐데, 마치 태극도에 있는 흑백의 곡옥이 고속회전해서 회색으로만 보이게 되는 것 같은 일체감이라고 하면 될까? 이질적이던 두 가지 다른 색의 모양이 한 가지 색으로 맺어진다. 회전은 멈추지 않고, 그것은 계속 회색으로 존재한다….

"…으…, 후…, 으으."

소라게처럼 굳어 있다가 겨우 뇌 안의 태풍이 지나간 느낌이 들었다. 아직까지 혼란스럽긴 하지만 눈과 귀를 열 정도로는 회복했다. 옆에 있는 단장석을 손으로 짚으며 가늘게 떨리는 두 다리를 다독거리면서 일어설 수 있을 정도로는 말이다.

몽롱했지만 동아리방 안을 둘러볼 정도의 기력은 겨우 남아 있었다.

그리고 깨달았다.

내가 한 명이 되었다. 조금 전까지 분명히 있었던 또 한 명의 나는 어딘가로 사라져버렸다. 하지만 왠지 신기하게 여겨지지 않았다. 왜냐고? 그건 참으로 간단한 이치다. 1+1은 분명히 2다. 하지만 그렇지 않은 경우도 있다는 걸 나는 알고 있다. 예를 들어 하나의 모래언덕과 다른 모래언덕을 섞는다면 거기에서 탄생하는 건 커다란 하나의 모래언덕이다.

덧셈과는 다른 계산방법, 지금 걸맞은 건 다름 아닌 곱셈이었다. 1×2, 그 답은 초등학생이라도 구할 수 있다. 바로 2다.

다른 나는 사라졌다. 그 대신 내 안에 두 사람 몫의 기억이 있다.

하나는 나가토가 팔팔하고 하루히가 입단시험에 들뜨며 야스미가 등장한 며칠간의 기록, 또 다른 하나는 나가토가 병상에 누워 있고 사사키 무리와 회담을 하고 쿠요우의 습격을 받고 아사쿠라가 부활했던 며칠 동안의 기억이다.

이 두 가지가 완전히 공존해 내 머릿속에 남아 있다. 그것도 아무런 위화감도 없이 존재하고 있었다. 너무 잘 이해가 돼서 오히려 뭐가 뭔지 모르겠다. 이질적인 두 개의 기억이 공존한다면 보통은 혼란스러워지지 않나?

—그렇지도 않아요.

야스미의 목소리가 명랑하게 대답했다. 목소리만이.

—양쪽 모두 선배예요. 한쪽이 옳고 다른 한쪽이 가짜인 게 아니죠. 단지 조금 다른 역사를 갖고 있을 뿐, 그건 같은 시간, 같은 세계랍니다.

목소리가 난 쪽으로 시선을 돌렸다.

없다.

와타하시 야스미가 사라졌다. 한 명 더 존재했던 '나'처럼 하얗게 타버린 불꽃에서 피어오르는 연기처럼, 마치 처음부터 없었던 것처럼 완전히 소실했다.

어디로 사라진 거지? '나'에 대해서는 쉽게 이해할 수 있다.

융합이다.

야스미에 의해 나와 '나'의 손이 겹쳐진 순간, 나와 '나'는 이 시계열 상에서 동일인물로 합체한 것이다. 간단한 이야기잖아. 우리는 원래 같은 개성을 가진 한 명의 인간이었으니까. 그게 어떤 사정으로, 혹은 누군가의 의도로 일시적으로 분열했던 것에 불과하다.

따라서 원래대로 돌아간 것뿐이다.

하지만 야스미는? 어떻게 야스미는 그렇게 할 수 있는 거지? 그리고 어디로 간 거야? 창과 문 모두 굳게 닫힌 상태다. 밀실에서 여러 사람이 지켜보는 가운데 사라져버리다니 텔레포트를 쓸 줄 알았던 거냐, 아니면 환영이었어?

하지만 그것만으로는 설명이 안 되는 것이, 후지와라와 타치바나 쿄코도 야스미를 목격한 것 같다는 사실이다. 완전한 변칙으로 그 놀라던 표정은 절대로 속임수가 아니다. 그리고 참고로 방에 있던 나를 본 감상으로 볼 때 이것 또한 예상하지 못한 일이었을 것이다.

이리하여 후지와라는 보기 드물게 감정을 드러냈다.

"기정사항에서 벗어났어…? 말도 안 돼…. 나보다 먼저 금지 사항에서 벗어난 자가 있었다니…? 이건 대체 누가…?"

분노와 당혹, 초조감이 뒤섞인 목소리로.

"스케줄에 없는 규격외 이분자라고? 그런 말은 못 들었는데. 누가 한 짓이지? 누가 녀석을 여기로 부른 거야?"

짜증난다는 듯이 바닥을 차며.

"제길, 이런 건 내 예정에 없었는데. 쿠요우, 어디 있냐? 어떻게 된 거야?"

천둥소리가 났다.

동아리방의 자그마한 창문이 플래시를 터뜨린 것처럼 번쩍이면서 이곳에 있는 모두에게 그림자를 드리웠다. 하늘에서 떨어진 갑작스러운 벼락은 하지만 설명하기 어려운 색채를 띠고 있었다. 반사적으로 밖을 내다본 나는 더욱 믿기 어려운 풍경을 보고 신음했다.

"…뭐야, 이 하늘은…?"

하늘이 소용돌이치고 있었다. 흐릿하게 빛나는 크림색 하늘에 청회색의 어두운 빛이 뒤섞이며 마치 은하단이 충돌하는 듯한 기괴한 정경을 그려내고 있었다. 곳곳에서 희미하고 밝은 빛과 부옇고 어두운 회색의 촉수가 얼크러지며 서로의 세력범위를 다투듯이 꿈틀거리고 있었다. 그림물감을 푼 용기에 먹물을 떨어뜨린 것 같은, 미친 화가가 붓을 자유로이 놀린 것 같은 색감이다.

하늘뿐만 아니라 직사각형의 창에 의해 잘린 세계 전부가 두 종류의 색채에 파묻혀 있었다. 안마당의 잔디도, 우뚝 솟은 건물도, 구름다리도, 잎만 돋은 벚나무도, 모든 것이 다.

담색 계열의 색조를 가진 세계가 뭔지는 안다. 나는 사사키가 무의식중에 만들고 있는 폐쇄공간 안에 있는 거니까.

그 공간에 대항하듯 꿈틀거리고 있는 다른 색, 당연히 이것도 눈에 익은 것이었다.

하루히가 만들어내는 폐쇄공간.

사사키와 하루히의 것이 지금 이 자리에서 싸우고 있었다.

왜? 조금 전까지 같이 있던 사사키의 세계가 있는 건 이해하겠다. 타치바나 쿄코가 굳이 키타고교까지 온 건 나를 그 안에 밀어넣기 위해서였을 것이다.

하지만 어째서 하루히의 폐쇄공간까지 발생하고 있는 거지? 하루히는 지금쯤 나가토네 집에…, 아니, 그게 아니지. 평소처럼 하교를 하는 도중인가…. 제길, 모르겠다.

그보다 더 이해가 안 가는 건 눈에 보이는 범위의 세계 곳곳에서 기하학 모양의 선이 깜박이고 있다는 점이다. 이것도 물론 전에 본 적이 있다. 아사쿠라가 발생시킨 정보조작공간의 그것과 흡사했다.

대체 내가 있는 이 세계는 어떻게 되어버린 거야? 모든 괴이현상이 혼재한 상태잖아. 이게 뭐야. 도대체 뭐냐고.

"—이것이 시작. 모든 가능성으로 갈라지는 분기점…."

음울한 목소리가 귀를 때렸다. 고개를 든 내 눈앞에는, 기이할 정도로 칠흑빛을 한 머리칼을 무릎까지 늘어뜨리고 검은 재킷을 입은 형체가 있었다.

로마 시대 석고상보다 무표정한 스오우 쿠요우가 후지와라와 타치바나 쿄코 사이에 서 있었다. 그 눈에는 아무 감정도 없었지만 옅은 색의 입술이 미미하게 움직여 공기를 진동시켰다.

"—과거도, 미래도, 현재마저도 이곳에는 존재하지 않는다. 물질, 양자, 파동, 그리고 의지. 현실에 대한 인식. 미래는 과거로, 과거는 지금으로…."

쿠요우가 갑자기 나타나는 거야 새삼 놀라줄 의리는 없어. 그 정도야 숨 쉬듯이 하겠지, 이 녀석이라면.

하지만 내가 무슨 말을 하기도 전에,

"너는 나를 배신한 거야?"

후지와라가 그렇게 말하며 쿠요우를 마치 육식동물이 천적을 보는 듯한 눈으로 쳐다보았다.

쿠요우는 미소를 언뜻 보였다. 모든 것이 갑작스러운, 이 지구외 생명이 만든 에이전트의 감정 변화에도 이젠 아무도 반응을 하지 않는다.

"아니. 나는 이곳에 왔다. 그것이 대답."

"그렇다면 이건 뭐지? 마치 세계가—."

말을 끊은 후지와라는 그 직후 무언가로부터 계시를 받은 것처럼 경직되더니 쥐어짜내듯이 힘겹게 말했다.

"—그렇군, 이럴 수가. 이미 분기해 있었던 거냐. 대체 누가…."

후지와라의 말에 쉼표를 찍어줄 여지도 주지 않겠다는 타이밍으로,

찰칵.

느닷없이 방문이 열렸다.

"이거 안녕하십니까."

마치 방과 후에 늘 그렇게 하듯이 가벼운 미소를 지으면서 한 손을 들어 인사하며, 그리고 내친김에 나한테 윙크까지 날린 그 모습에 내가 제일 먼저 반응한 것도 당연한 일일 거다.

"코이즈미?!"

"네, 말씀하신 것처럼 코이즈미 이츠키, 조금의 거짓도 없는 본인입니다. 사실은 좀 더 드라마틱하게 등장해보고 싶었습니다만. 창을 부수고 들어온다거나 하는 식으로요. 하지만 검토할 시간이 없었기 때문에요."

이제 '경(驚)'이라는 한자가 쓰고 싶지 않은 글자 제1후보로 뛰어오른 순간이었다. 두 번째가 '악(愕)'이겠지. 하지만 그럼 어떤 표현을 써야 좋을지 나는 이제 알 수가 없었다.

성큼성큼 안으로 들어온 코이즈미 이츠키는 나와 후지와라, 쿠요우를 확인하듯 스윽 쳐다본 뒤 마지막으로 타치바나 쿄코에게 마치 여동생을 보는 듯한 시선을 던졌다.

코이즈미의 시선을 받은 타치바나 쿄코의 놀라움은 나보다 더 컸는지,

"설마." 흥분해서 떨리는 목소리로 말했다.

"여긴 사사키 씨의 폐쇄공간이야. 코이즈미 씨, 당신이 들어올 수 있을 리가 없다고요!"

정답이라고만 생각했던 답안지에 커다랗게 X 표시가 찍힌 우등생 같은 반응이었는데,

"유감스럽게도."

이렇게 말하며 코이즈미는 연극배우처럼 과장된 인사를 했다.

"지금 이 학교에 한해서는 당신들의 닫힌 세계가 다가 아니랍니다. 밖을 한번 보시죠."

볼 것도 없다. 그곳에 회색과 세피아색이 뒤섞인 풍경이 있는 걸 방금 전에 깨달았는걸. 하루히의 폐쇄공간과 사사키의 것이 혼합된 세계—라고밖에 형용할 수 없는 세계가 그곳에 펼쳐진 것을 나는 두 눈으로 똑똑히 봤으니까 말이다.

타치바나 쿄코도 그 사실을 깨닫고 있었는지,

"그럴 리가 없어. 여기에는 스즈미야 씨가…."

그렇게 말을 하려던 타치바나 쿄코가 허공을 올려다보았다. 그리고 천적인 사냥꾼의 발소리를 감지한 암사슴처럼 몸을 움찔 떨었고.

"아까 그 애…, 그런 거였나요…?"

무언가를 깨달은 말투인데 어떻게 된 거지? 왜 이 녀석들은 아는 걸 나는 모르는 거야? 나는 혼란에 빠진 두 손으로 머리를 감싸 쥐지 않으려는 데에 모든 정신력을 발휘할 수밖에 없는 상황인데 말이다.

게다가 내 정신력이 더 큰 시련을 겪게 될 사태가 기다리고 있을 게 그 직후에 밝혀지다니.

불의의 방문객은 코이즈미뿐만이 아니었던 것이다.

장신의 부단장 뒤에서 미끄러지듯이 모습을 드러낸 인물을 목격하고 나는 그 자리에 주저앉을 뻔했다. 정말 용케 쓰러지지 않았다. 가까스로 엉덩방아를 면한 건 매일이 에브리데이한 언덕길 등교로 강인한 하체가 자연스레 완성되었기 때문이라고 볼 수밖에 없었다. 입학한 이후에 처음으로 나는 그 가혹한 등하굣길에 감사했다고 말하고 싶은 바이지만, 에잇, 거듭 말하지만 그때의 나는 주위 몇 미터 범위의 시각영상을 처리하느라 바빴고 두뇌는 폭발 직전이었다고.

그러니까 그 사람의 등장에도 순간적으로 머리와 입이 제대로 돌아가지 않았던 것도 당연한 거다.

"안녕, 콘."

하얀색 블라우스와 타이트스커트로는 도저히 감출 수 없는 초 글래머러스한 몸매, 내가 몇 번이나 여러 가지로 수없이 신세를 졌던 묘령의 미녀, 여교사의 견본 코스튬 플레이를 하는 건가 싶은 그녀는 이미 여러 번 본 적이 있는 자애로운 미소를 내게 짓고 있었다.

"…아사히나 선배, 당신이 어떻게 여기에…!"

기껏 쥐어짜 낸 말은 그게 전부로, 마침내 내 목 위쪽이 막다른 길에 몰렸다는 것을 표현하는 참으로 쓸데없는 질문이기도 했다.

아사히나 선배 어른 버전. 아사히나 선배(대)이자 나의 아사히나 선배가 성장한 모습. 틀림없는 미래인이 코이즈미의 뒤에서 불쑥 나왔다.

"코이즈미가 데리고 와줬어요. 폐쇄공간에 침입하려면 그의 능력이 필요하니까. 당신도 알고 있죠?"

코이즈미에게 이끌려 시내의 폐쇄공간에 들어갔던 기억이 뇌리를 스치고 지나간다. 우무 같은 촉감의 폐쇄공간 바깥둘레라면 코이즈미와 한번, 하루히와도 한번 정도 체험했다.

"사실은 청소용구함에서 등장하고 싶었지만…. 시공간 이동으로는 여기에 침입할 수 없더라고요."

장난스럽게 말하며 아사히나 선배(대)는 살짝 혀를 내밀었다. 여전히 흐물흐물 녹아내릴 만큼 고혹적인 동작이다. 4년 전 칠석 때 여러 번 만났을 때와 변함없이 사랑스럽고 아름다운 묘령의 신체, 곳곳에서 자기주장을 펴고 있는 풍만한 보디….

순간 주마등을 환시하고 있는 나를 무시한 채 하이스쿨 소년 에스퍼 전대 부단장은 매우 만족스럽다는 듯이 옆에 있는 인물에게 말을 걸었다.

"드디어 이렇게 만나게 되다니 영광입니다. 아사히나 씨의 원래 모습을요. 과거보다 더 건강해 보이시니 참 좋네요. 지금의 당신은 금지 사항으로 처리하는 기준이 그리 엄중하지 않을 테니 가능하다면 오래 이야기를 나누고 싶다면만."

"그렇지도 않아. 나도 처음 알았거든요. 최대급의 특급 비밀 금지 사항이었죠. 이 건에 관해서는 나도 하나의 장기말이었던 거예요."

그 말을 인식하기에는 약간, 그리고 이해하기에는 무한대의 시간이 필요할 것 같다. 뭐가 뭔지 나는 도통 이해가 안 갔다.

아사히나 선배(소)를 조종하는 아사히나 선배(대)를 장기말처럼 부리는 누군가가 있다는 거야? 대체 어떤 녀석이냐. 아사히나 선배에게 또 위가 있단 말인가. 아사히나 선배(특상)인가? 아니, 이런 생각을 하고 있을 때가 아니지 않나?

"어이, 코이즈미." 나는 간신히 말을 꺼냈다.

"너는 어느 쪽 코이즈미냐?"

코이즈미는 눈에 익은 동작으로 두 손을 펼쳤다. 모두 받아들이 겠다는 듯이 오버액션을 하는 모습은 이 녀석의 특기다.

"양쪽입니다. 저도 조금 전에 저와 융합했어요. 굳이 말하자면 α (알파)라고 할까요."

α? 그건 또 무슨 암호냐.

"이거 실례했습니다. 편의상의 코드예요. 당신도 그렇겠지만 지금 SOS단에 있는 우리들에게는 두 종류의 기억이 있을 겁니다. 하나는 신입단원 시험에 매진한 속 편한 역사, 다른 하나는 나가토 씨가 쓰러진 뒤 SOS단이 실질적인 기능부전에 빠진 역사, 그 두 가지죠. 구별이 필요할 것 같아서 전자를 α, 후자를 β(베타)라고 부르고 싶은데 이의가 있으신가요?"

없다, 없어. A든 B든 N이든 네 마음대로 불러. 어차피 지금은 하나가 된 것 같으니까.

코이즈미는 후지와라, 타치바나, 쿠요우를 차례로 돌아본 뒤 큭큭거리며 웃었다.

"아무래도 그쪽 분들의 의도와는 크게 빗나가고 만 것 같군요. 그거야 그렇겠죠. 저희를 우습게 보시면 곤란합니다. 당신들은 아직 스즈미야 하루히 씨를 이해하지 못하고 있어요. 물론 충분히 연구를 거듭하고 대책도 세우셨겠죠. 그렇지 않다면 이렇게까지 대담한 작전을 결행할 리가 없을 테니까요. 하지만 스즈미야 씨는—우리들의 무서운 단장 각하는 어중간한 미래인이나 시시한 초능력 조직,

지구에 온 지 얼마 안 되는 우주인 등에는 허를 찔릴 분이 아니십니다. 그녀는 신은 아닐지도 모르죠. 하지만 어쩌면 신과 같은 힘을 가진 존재조차도 해석할 수 없는 반칙적인 인간일지도 몰라요."

코이즈미는 교복 주머니를 뒤져서 귀엽게 생긴 편지를 꺼냈다.

"오늘 아침에 제 신발장에 들어 있던 겁니다. 읽어보시겠어요?"

그 자리에 있던 모두를 대표해 내가 받아들었다. 읽었다. 단 한 줄.

『오후 6시에 교문으로 와주세요.』

발신자의 이름은—와타하시 야스미.

야스미는 나 말고 다른 사람한테도 편지를 남겼던 건가. 하지만 왜 코이즈미한테까지?

"β인 저는 당신의 뒤를 밟았어요. 사사키 씨와 타치바나 쿄코, 그리고 저 미래인과 함께 이곳으로 향하는 당신을요. 한편 α의 저는 호출을 받고 그 말대로 교문으로 왔죠. 거기에서 두 종류의 제가 본 것은 동일합니다. 익숙한 폐쇄공간이었죠. 전혀 전조를 느끼지 못했기 때문에 놀랐답니다. 게다가 β의 저한테 여기 계신 아사히나 씨가 말을 건 겁니다. 그리고 그녀를 데리고 폐쇄공간에 들어오기 직전, β의 저는 홀로 그곳에 있던 α인 저와 마주하게 되죠. 그 다음은 아시겠죠? 서로 접촉한 순간 저는 한 명이 되었습니다. 그리고 모든 것을 이해했어요."

"그게 당신의 난점이에요, 코이즈미"라고 말하는 아사히나 선배(대).

"당신이 필요한 존재였다는 건 확실하지만 말이죠."

"웃기지 마!"

후지와라의 격앙된 말이 큰 소리로 실내에 메아리쳤다.

코이즈미의 장황한 이야기에 짜증이 난 줄 알았는데 녀석의 날카로운 시선은 아사히나 선배(대)만을 수술용 레이저 메스처럼 찌르고 있었다.

몸을 떨며 속에서 치미는 분노를 주체하지 못하겠다는 듯이 얼굴을 일그러뜨린 후지와라, 그것은 늘 남을 우습게 여기며 깔보던 모습과는 완전히 달랐다. 내가 처음 보는, 이 녀석의 살아 있는 감정이었다.

"당신…, 당신 이렇게까지 나를 방해할 작정이야! 세계를 둘로 쪼개면서까지 그런 미래를 고정시키려는 건가!"

"이미 결정된 시간평면을 개찬(改竄)해도 우리들의 미래는 변하지 않아요. 아니, 변해서는 안 되죠."

아사히나 선배(대)는 쓸쓸함이 가득한 표정으로 말했다.

"변할 거야. 당신한테는 어렵겠지. 나도, 여기에 있는 어느 누구도 그건 할 수 없어. 하지만 스즈미야 하루히가 가진 힘이라면 가능하다. 그 여자의 힘을 이용하면 나는 내가 살아온 모든 시공간 정보를 새로운 걸로 만들 수 있다고."

후지와라는 말했다.

"이 시점에서 미래의 시공연속체를 완전히, 완벽하게 새로 고쳐 쓸 수 있어. 시간평면에 대한 축차수정 정도가 아니라 무한하게 이어지는 시간평면 전부를 수정할 수 있단 말이야!"

그렇게 외친 후지와라는 모두 다 토해냈다는 듯이 밑을 보며 이렇게 속삭였다.

"나는…, 나는 당신을 잃고 싶지 않아. …누나."

경악스러운 말이었다. 뭐? 뭐라고? 누나? 아사히나 선배가? 이 후지와라의? 그렇다면 후지와라는 아사히나 선배의 동생…. 하지만 내가 아는 아사히나 선배한테는 그런 기색이라고는 조금도 없었고, 그런 분위기를 풍기는 언동도 하나 없었는데? 이건 후지와라 일생일대의 개그인 건가?

아사히나 선배(대)는 고개를 가로저었다. 밤색 머리가 슬프게 흔들린다.

"…내게 남동생은… 없어요. 마찬가지로 당신의 누나인 나는 존재하지 않습니다. 잃어버린 과거는…, 사람은… 두 번 다시 돌아오지 않는 법이에요."

혼란에 박차를 가하기만 하는 아사히나 선배(대)의 대답이었다. 하지만 후지와라의 표정은 더욱 진지해질 뿐이었다.

"그래서 나는 여기까지 온 거야. 이 시간평면, 인류가 우둔한 행동을 과시하는, 우리들이 잊고 싶어도 잊을 수 없는 어리석은 과거까지. 나는 당신을 되찾을 거다. 지구외 지성과 손을 잡은 것도 그 때문이었어. 그렇지 않다면 누가 저딴 녀석들하고—."

"나에 대해선 잊어요. 그런 것을 위해 TPDD를 사용해서는 안 돼. 우리는 원래 이곳에 있어도 될 존재가 아니야. 당신은 이 시간평면이, 스즈미야 씨가 얼마나 귀중한 사람인지 알고 있을 텐데. 만약 그녀가 없다면 우리들의 미래는…."

"알고 있어. 그래서 나는 제2의 가능성에 걸어본 거다. 미래가 필요로 하는 건 스즈미야 하루히가 아니라 그 힘이야. 다른 사람한테

옮길 수 있다면 선택의 여지는 넓어지지. 안성맞춤인 인물을 우리 쪽 협력자, 타치바나 쿄코가 찾아줬다."

타치바나 쿄코의 어깨가 다시 들썩였다. 쳐다보자 고개를 숙이고 선 눈물이 글썽글썽한 얼굴로 나와 눈을 마주쳤다.

조금씩 이해가 되기 시작했다.

그래, 그게 사사키였던 거구나.

"그 여자라면 스즈미야 하루히보다 잘 제어할 수 있어. 우리에게는 딱이지. 무한한 가능성을 얻을 수 있다고. 기정 사항에 얽매일 것 없어. 기정 사항을 없었던 걸로 만들 수도 있다. 우리는 미래를 선택할 수 있어. 나는 그렇게 하고 싶어, 누나. 나는 당신이 있는 세계를 선택하고 싶단 말이야."

자기 멋대로 떠들어대는구나. 바보라고 말해주고 싶네. 아사히나 선배(소)가 얼마나 선량한지 이제야 잘 알겠다. 그 사람은 아무것도 듣지 못했다. 미래의 의도도, 하루히와 사사키의 이용가치도.

그것이 귀중한 특성이었던 거다. 도움이 안 된다는 건 말도 안 되는 소리다. 아사히나 선배(소)는 최대 레벨로 사랑스러운 미래인이다. 그녀만이 우리가 있는 시간대의 아군이야. 과거를 바꾸려고도, 하루히를 조종하려고도 하지 않으니까.

그래. 생각해봐라. 만약 내가 언제든지 좋으니까 과거로 시간 이동을 해서 자유로이 돌아다닐 수 있다면 분명히 내가 아는 모든 지식을 총동원해 역사에 개입하려 했을 거다. 10년 전, 백 년 전, 장기적이 될수록 그 욕구에 맞설 수 없을 거다.

하지만 아사히나 선배는 아무것도 하지 않는다. 미래에서 와서 단지 하루히에게 마구 휘둘리고 있을 뿐이다. 이게 얼마나 굉장한 일인지 나는 비로소 깨달았다.

　아사히나 선배 말고는 아무도 이 임무를 맡을 수 없다. 후지와라가 아사히나 선배의 입장이었다면 SOS단은 성립하지 않았을 거다.

　"안 돼."

　후지와라는 다시.

　"세계가 어떻게 된다 해도, 누나, 나는 당신을 잃어버린 채 살 수는 없어."

　"당신의 시간선상에 있던 그 사람은 나와는 달라요. 내게는 남동생이 없습니다."

　"마찬가지지. 내 시간선에 있던 당신을 잃어버렸다는 건 미래에 찾아올 교차로에서 당신도 반드시 잃어버리게 될 거야."

　"미래는 바꿀 수 있잖아요. 그렇게 되지 않도록 할 수도 있죠."

　가까스로 그 말을 놓치지 않은 내 귀와 두뇌를 칭찬해주고 싶다. 뭐라고? 아사히나 선배가 지금… 뭐라고 그랬지?

　"그게 어떻게 가능해. 당신이 본 미래는 그 시간 앞쪽에 있는 다른 관측자에게는 과거야. 고정된 사실은 항상 불변상태를 유지해야 한다는 걸 당신도 알고 있잖아."

　"그걸 위한 우리들이니까요."

　"하지만 이젠 여기에서 4년 전보다 그 앞으로는 거슬러 올라갈 수 없어. 시간평면을 수정할 수 있는 기회가 없다고. 반드시 어딘가에서 파탄이 날 거다. 그렇다면 지금 이곳에서 그렇게 해도 되잖아."

　"허락할 수 없어요. 당신은 자신이 무슨 말을 하는 건지 이해하고 있나요?"

"누구보다도 잘 알고 있지. 와야 할 미래를 고정시키기 위해 계속 시간평면을 조작해온 건 당신들뿐만이 아니니까. 그래, TPDD다."

후지와라는 말을 계속했다. 나와 코이즈미, 타치바나 쿄코는 물론 스오우 쿠요우의 존재마저도 모두 잊었다는 듯이.

"양날의 검이란 참 멋진 표현이야. 시간평면을 정상치로 유지하기 위해서는 TPDD를 이용한 시간 역행이 불가피하지. 그런데 역행을 할 때마다 시간평면을 파괴하게 돼. TPDD로 뚫린 시간의 구멍을 메우기란 간단하지 않았지. 하지만 그 일에 종사하는 사이에 몇 가지 현상을 발견했다. 우리는 과거를 바꿀 수 없어. 미래도 마찬가지고."

"그럼 당신은 왜 여기에 있는 거지?"

"지금 이때를 위해서다. 한순간인 지금, 찰나의 한때가 겹쳐져 시간은 구축된다. 그렇다면 '현재'의 구성요소를 우리의 미래까지 영원토록 바꿔가면 되는 거야. 시간평면을 단층마다 수정해나가면 되는 거다."

"불가능해요. 기정사항의 소멸에 대체 얼마나 큰 에너지가 필요한지나 알아요?"

"가능하다마다. 얼마든지 말해주지. 스즈미야 하루히의 힘을 사용한다면 가능해."

타치바나 쿄코는 전개를 따라가지 못하겠는지,

"아… 어…? 이게… 대체 무슨…."

얼떨떨한 표정을 지우지 못하고 있었다.

후지와라는 그런 가엾은 소녀를 완전히 무시한 채 말을 이어나갔다.

"이 시간평면에서 미래로 시공연속체를 단숨에 바꿔버리는 거야. 도중의 역사야 어떻게 되든 상관없지. 시공간이 우리들의 미래에서 확정되면 나중에 과거를 되돌아볼 여유도 생길 테니까."

그리고 나서 후지와라는 약간 창백한 얼굴로 침을 삼켰다.

"그리고 스즈미야 하루히는 이미 '그것'을 하고 있었어. 우리가 이곳에 오기 훨씬 전에…."

"허락하기 힘든 폭거로군요. 당신은…, 당신의 시간선은 중대한 시간범죄를 저지르려 하고 있어요."

비애에 가득 찬 아사히나 선배(대)의 표정은 틀림없는 적막의 성분이 차지하고 있었다.

그런 미래인들의 문답이 진행되는 와중에 갑자기 코이즈미가 분위기 파악 못 하는 장난기 가득한 목소리로 끼어들었다.

"격론하시는 도중인 것 같은데 이제야 드디어 만났잖아요, 아사히나 씨. 처음 뵙겠다는 건 이상한 인사가 되겠지만 이참에 말해두는 게 좋겠다 싶어서요."

"코이즈미…."

아사히나 선배(대)는 내리깐 눈을 억지로 치켜 올려 코이즈미를 바라보았다.

"아사히나 씨, 당신에게는 나와의 해후가 오랜만인 게 아닌가요?"

"그럴지도 모르죠."

아사히나 선배(대)는 코이즈미 못잖은 가면 같은 미소를 환하게 지었다. 마치 유도심문을 알아차린 검찰 측 증인처럼.

"코이즈미, 당신에게는 아무 말도 할 수 없어요. 과거의 인간 가운데 당신은 상급 요주의 인물이죠. 지금의 나에게조차 금지 사항이에요. 하지만 글쎄요, 말했다고 해도 나는 자신의 판단으로 말하는 건 아닌 거겠죠. 당신은 지나치게 총명해요. 나의 사소한 한마디에서도 열 가지 정보를 얻게 됩니다. 사실은 옛날이야기를 나누고 싶어요. 이건 내 본심입니다."

"알고 있습니다. 당신의 그 말만으로 저는 충분해요. 제가 누구인지, 미래에서 어떻게 여기고 있는지를 당신은 가르쳐주었죠. 만약 그게 속임수라 해도 마찬가지입니다. 정보 분석은 제가 하겠어요. 무엇보다 감사해야겠네요, 아사히나 씨. 당신이 이곳에 와준 덕분에 저는 제가 해야 할 일을 이해할 수 있게 됐으니까요. 당신이 제 앞에 나타나는 건 엄청난 큰일이에요. 그러니까 그 엄청난 일에 맞서야만 하는 거죠. 앞으로 일어날 일은 당신 혼자서는 어떻게 할 수 없는, 제 힘이 필요한 일이겠죠. 아니, 저뿐만이 아니군요. 스즈미야 씨의 힘이 꼭 필요한 거예요. 아닙니까?"

"벌써 다 알면서 질문을 하다니 좋은 취미는 아니군요. 전부터 느끼던 거지만요, 코이즈미. 당신은 역시 STC 데이터 내에서도 대응할 게 보이지 않는 인간이에요. 그래서 SOS단의 권유를 받은 거겠죠. 스즈미야 씨에게 선택된 거예요."

"지금은 자각하고 있답니다. 처음에는 반신반의, 우연의 산물로 설명이 됐지만 지금은 의심할 여지가 없네요. 저와 SOS단은 일심동체입니다. 그리고 나가토 씨도, 당신의 젊은 모습인 아사히나 씨도요. 그럼 당신은 어떨까요? 성장한 아사히나 씨. 미래로 돌아가 당신은 뭘 알게 됐죠? 뭘 하기 위해 이 과거와 예전의 자신에게 간섭하고 있는 겁니까? 입장을 알려주셨으면 좋겠네요."

"금지 사항입니다… 라고 한다면요?"

"단순히 그렇군요, 이렇게만 생각하겠죠. 제가 과거로 타임 슬립을 해서 현지인에게서 질문을 받는다면 똑같은 대답을 할 테니까요. 다만—."

날카로운 눈동자 두 개가 아사히나 선배(대)와 후지와라에게로 균등하게 향했다.

"과거에 사는 인간을 우습게 보지 말아주셨으면 좋겠군요. 저희는 그렇게 어리석지는 않습니다. 전 인류가 그렇다고는 저도 단언할 수 없죠. 하지만 미래에 대해 우려하는 현대인은 분명히 존재해요."

코이즈미의 두 눈에는 내가 처음 보는 공격적인 빛이 얽혀 있었다.

"조금씩이긴 하지만 저도 이해가 되더군요. 우주인인 분들이 이렇게까지 큰 소동을 벌여준 덕분에요. 스즈미야 씨가 가진 능력…, 현실을 개변하는 힘은 항구적인 건 아니죠? 사용한다고 줄어드는 건 아니지만 영원히 그녀가 갖고 있는 것도 아니에요. 그건 언젠가 사라지게 됩니다. 아닌가요?"

"글쎄요…."

아사히나 선배의 얼버무리는 말은 전혀 통하지 않는다는 듯이 몰아붙이고서,

"당신이 선택해야 하는 상황에 몰린 건 아닙니다. 그들은 하려고 마음만 먹으면 얼마든지 당신을 조종할 거고, 그 결과로 스즈미야 씨도 조종할 수 있어요. 그녀가 가진 능력을 다른 사람에게 옮길 수도 있죠. 예전에 나가토 씨가 실행했을 정도니 여기 있는 이 우주인

도 할 수 있을 겁니다."

목상처럼 오도카니 서 있는 쿠요우를 경멸하는 시선으로 쳐다본다.

"이건 제가 하기에는 주제넘은 소리지만 말하고 싶어서 참을 수가 없군요. 그러니까 하도록 하겠습니다."

크게 숨을 들이마신 코이즈미는 다시 본성을 드러냈다.

"지구인을 너무 우습게 보지 말아주셨으면 좋겠군요. 저희는 그렇게 우매한 존재는 아닙니다. 정보 통합 사념체와 기타 지구외 지성이 뭐라고 하든 간에 우리도 우리 나름대로 머리를 굴리고 있거든요. 적어도 그러려는 인간은 수없이 존재합니다."

적인 미래인에게 미소와 도전을 잘 섞은 듯한 시선을 던진다.

"당신도 같은 의견 아닙니까? 후지와라 씨?"

"조용히 해라. 교활하기만 한 헛소리에는 구역질이 나."

마치 선언하듯 그렇게 내뱉은 후지와라는 파멸적인 각오를 다진 듯한 눈빛을 띠었다.

내 머릿속에서 위험신호 사이렌이 울리고 빨간색과 노란색의 회전등이 깜박였다. 위험해. 이 녀석은 맛이 가고 있다. 분명히 후지와라는 자신의 자폭 도화선에 불을 붙였다. 그런 예감이 매그니튜드 9급의 쓰나미처럼 내 정신을 향해 몰려왔다.

그것은 나지막이 중얼거리듯이 어두운 자문자답을 하고 있는 후지와라의 모습을 봐도 명백했다.

"…내가 바보였어. 처음부터 이렇게 하면 되는 거였는데. 후훗. 아무리 말을 해도 못 알아듣는 녀석은 못 알아듣지. 쿠요우. ―해라."

전원이 긴장했다. 하지만 쿠요우는 눈도 한번 깜박이지 않았다.

"왜 그래, 쿠요우? 약정을 지켜."

후지와라가 거만하게 명령했다.

"스즈미야 하루히를 죽이고 와라."

이 상황, 이 전개에서 꺼낸 이 말. 나치고는 그래도 이 충격적인 말을 냉정하게 곱씹었다고 해야 할 거다.

그릇. 그렇다, 하루히의 능력은 빼앗을 수 있는 것이다. 예전에 나가토가 한 일이기도 하다.

그릇. 그렇다면 하루히의 능력은 누구에게 있어도 상관없는 게 된다. 하지만 역시 그 인간에 따라 다를 것이다.

그릇. 지금 가장 하루히에게 가까운 건 누구지. 말할 것도 없다.

신적인 능력을 잃게 만드는 가장 즉결적인 방법은 하루히의 죽음이다. 시체는 아무 의사도 갖지 않는다. 기왕의 초자연 능력인데 그대로 잃어버리는 건 아깝다… 고 우주인도, 미래인도, 초능력자도 생각할 거다.

그리고 마침 좋은 그릇이 될 수 있는 인간이 있다. 하루히처럼 변덕스럽지도 않고, 하루히처럼 별나지도 않고, 하루히처럼 무슨 생각을 하는 건지 이해가 안 되는 것도 아니고, SOS단의 단장도 아니고, 하루히보다 상식적이며 평화주의적이고 어딘지 모르게 초연한 내 옛날 동창.

사사키.

나 자신이 잠깐 생각한 적이 있을 정도다. 만약 하루히의 신과 같은 능력이 처음부터 사사키에게 싹텄었다면 어떨까 하고.

후지와라는 그렇게 하려는 거다. 하루히를 죽이고 사사키를 새로운 신으로 만든다. 사사키라면 하루히처럼 상황을 엉망으로 만들지는 않을 거다. 물론 사사키가 후지와라의 명령대로 조종당할 리는 없겠지만 후지와라와 쿠요우라면 할 수 있다는 확신이 있는 게 분명했다. 세뇌든 성격개조든 혹은 어떤…, 인질을 잡고 협박을 할 수도 있겠군. 그 인질은 이 세계 전부일지도 모른다.

아니면 나인가. 내가 그 말이 되는 건가.

망할 녀석들, 이 바보천치해삼말미잘에 비열한 쓰레기들아.

사사키가 고생하게 만드느니 나는 이 자리에서 할 수 있는 모든 저항을 할 거다. 나뿐만이 아니야. 코이즈미와 아사히나 선배(대)의 존재가 이렇게 믿음직스러웠던 적은 없었다. 나가토도 있어준다면 얼마나 좋을까 하는 것도 본심이긴 하지만 그 녀석은 아마 움직일 수 없는 상태겠지. 아니었다면 쿠요우의 출현과 함께 이곳에 와주었을 테니까. 이런 상황이라면 아사쿠라나 키미도리 선배라도 좋다.

와라. 오라고. 아니, 왜 안 오는 거야. 제길, 이런 도움도 안 되는 우주인 녀석 같으니라고. 다음에 만나면 질식하지 않을 정도로 목을 졸라주마.

후지와라는 다시 쿠요우를 재촉했다.

"스즈미야 하루히의 생명활동을 정지시켜. 너는 할 수 있다고 했을 텐데."

"＿＿＿."

쿠요우의 멍한 표정은 변함이 없었고, 기이하게 빨간 입술만이 움직였다.

"—내 전이를 저해하는 현상이 발생하고 있다. 그리고 이 시공연속체에 현존하는 스즈미야 하루히에게는 나에 대한 대항수단이 3중으로 에워싸여 있어 보호 중이다. 또 하나, 이 폐쇄공간 내에서는 탈출할 수 없다. 너의 명령코드에 따르는 게 곤란하다."

혀를 찬 것은 후지와라였다.

"너 여기까지 와서 그딴 소리로 끝내려는 건 아니겠지?"

"곤란하다고는 했다―."

쿠요우의 긴 머리카락이 갑자기 꿈틀거렸다. 그 다음으로 보여준 것은 빨갛게 빛나는 눈동자와 V자형으로 치켜 올라간 입술이었다. 나쁜 마녀. 순간적으로 그런 단어가 의식의 표층에 떠올랐다.

"―하지만… 대상을 불러올 수는 있다…. 그래, 이렇게―."

가느다란 팔이 위로 올라가고, 똑바로 뻗은 손가락이 동아리방 창문 밖을 가리켰다.

나를 포함한 모두의 눈이 그곳으로 향했고,

"큭…!"

엉겁결에 신음을 내지르고 만 자신의 실수를 꾸짖을 여유도 없었다.

왜냐하면―.

지상 3층에 있는 동아리방 바깥, 단장석 뒤에 난 창문에서 몇 미터 떨어진 공중에 떠 있는 것은,

"하루히!"

고등학교 생활 1년과 얼마 남짓 동안 매일 얼굴을 마주해야 했던 동급생이자 같은 반 친구이자 내 뒷좌석의 점유자이며, 강탈한 문예부실의 진정한 주인, 그리고 SOS단의 단장의 교복 차림 모습 이외의 그 무엇도 아니었다.

나는 추호도 지체하지 않고 달려가 창문을 활짝 열었다. 그동안 조금도 눈을 피하거나 깜박이지 않았다는 건 내기를 해도 좋다.

"하루히!"

반응은 없었다. 공중에 떠 있는 하루히는 잠든 것처럼 무방비한 표정으로 눈을 감고 입술을 살짝 벌린 채, 마치 숨 쉬는 물체가 되어버린 것 같았다. 정말 잠든 건지, 강제적으로 의식을 빼앗긴 건지는 구분이 가지 않았다. 손발을 축 늘어뜨린 것이 마치 고장 난 인형 같은 하루히는 내 외침에도 눈을 떠주지 않았다.

"—폐쇄공간 밖에 있는 스즈미야 하루히를 강제 전송했다. 저곳에 있는 존재는 이곳에 있는 전원이 스즈미야 하루히로서 인식하고 있는 존재다. 이걸로 약정을 완수했다."

"아직이야."

후지와라가 몸을 돌려 쿠요우를 노려보았다.

"내 희망은 스즈미야 하루히의 완전한 죽음이다. 산 채로 데리고 오라고 명령하지 않았어."

"—곧 실현된다."

쿠요우는 무기질의 얼굴을 살짝 붉혔다.

"이 고도에서 지표로 떨어뜨리면 행성의 중력가속도에 의해 인간은 치명상을 입게 된다—. 대질량물체의 대기권 내에서는 가장 원시적인 죽음을 안겨주게 된다. 유기생체의 생명유지를 정지시키기 위한 수단으로서 이 방법이 가장 자연현상에 적합하다고 판단했다."

"그렇군."

후지와라는 아니꼽다는 듯이 보이긴 했지만,

"참 쓸데없는 방법이군. 그게 천개영역의 생각이라면 존중하겠어."

그렇게 말한 뒤 나를 쳐다보았다.

"보는 바와 같다, 과거인. 저 여자를 죽이는 건 아주 쉬워. 자, 어떻게 하겠나? 네 선택을 들려주지그래. 스즈미야 하루히의 생명을 이 자리에서 없앨 건지, 아니면 네 친애하는 사사키를 새로운 신으로 삼을 건지. 자, 어느 쪽이냐?"

값싼 협박이었다. 게다가 너무 뻔한 연출이었다.

분노가 부글부글 끓어오른다. 미래인도, 우주인도 진짜 바보다. 이런 걸로 나—그리고 하루히를 어떻게 할 수 있을 줄 알았냐. 그리고 뭐, 죽인다느니 죽이라느니 이딴 소리를 참 쉽게 하는데, 네가 무슨 이성 잃은 애냐. 미래인이 이런 꼴이라니, 정말이지 인류의 앞날에 대해서는 절망밖에 안 느껴진다. 이런 녀석한테 어떻게 미래를 맡길 수 있겠어, 이 쓰레기 같은 녀석아.

나를 우습게 보지 마. 현대 지구인을 우습게 보지 마라. 무엇보다 하루히를 우습게 보지 마.

"그러지 마."

아사히나 선배(대)가 비통한 목소리로 말했다.

"무의미한 행위야. 파국을 바라는 건가? 그건 항시법(航時法) 중에서도 최대의 중죄라고."

"바라지는 않아. 하지만 나는 내 시간선이 존속하느니 차라리 새로운 시간을 바란다. 비록 내 자신이 사라진다 해도 그쪽에 걸겠어. 누나, 당신은 남는 거야. 아니, 남아줘야 해. 내가 바라는 건 그것뿐이니까."

큭큭, 후지와라는 일부러 사악하게 웃었다.

"쿠요우, 이 이해력 떨어지는 관객들에게 보다 이해하기 쉬운 상 징을 구축해줘라."

말이 없는 쿠요우는 몸도 움직이지 않고 하루히를 향한 눈만을 살짝 빛냈다.

동아리 건물 3층 밖, 안마당 상공에 떠 있던 하루히의 위치가 변 하기 시작했다. 상체가 일어서고 발끝이 밑으로 향한다. 대신 두 팔 이 올라가 옆으로 뻗더니 그대로 고정된다. 하루히의 뒤에서 검은 그림자 같은 물체가 밖으로 번지듯이 나타나더니, 순식간에 어떤 세계에서도 공통적인 단어로 표현할 수 있을 십자가를 형성하고는 움직임을 멈추었다.

이… 자식…. 이게… 무슨 개그냐….

암흑의 십자가에 못 박힌 하루히가 그곳에 있었다.

의식 없이 고개를 축 떨구고 숙면 중인 것처럼 눈을 감고 있는 하 루히. 어딘지 모르게 괴로워 보인 것은 내 착각일지 몰라도 이게 하루히가 바란 광경이 아니라는 건 분명했다.

게다가 후지와라와 쿠요우는 하루히를 살해할 거라 선언했다―.

이 자식들, 바보 아냐? 지난 세기의 삼류 만화에서도 이렇게 알 아보기 쉬운 못된 수단을 쓰는 무능한 녀석은 안 나올 거다. 책형에 처해진 소녀를 앞에 두고 기쁨에 젖는 행위도 삼류라면, 그걸 나한 테 보여주며 조소하는 건 삼류 이하의 벽창호다. 너무 이해하기 쉬 운 게 이건 완전히 개그나 슬랩스틱의 영역이다. 썰렁해. 완전 썰렁 하다고, 후지와라. 너한테는 무대연출이나 개그맨 쪽 재능은 없구 나. 아주 잘 알았다. 너는 현재 이 시공에 존재하는 생명체 중에서 누구보다도 월등한 저능아다. 규조식물보다도 못해.

하지만 뻔한 만큼 효과는 직설적이었다. 그래, 직설적이었다고.

"제기랄…!"

나는 활짝 연 창 밖으로 몸을 내밀고 손을 뻗었다. 닿을 수 있는 거리가 아니었다. 그래도 나는 하루히를 붙잡고 싶었다. 안아서라도 이 방으로 끌어들이고 싶었다. 뺨을 때려 정신이 들게 하고 싶었다.

무엇보다도 후지와라와 쿠요우가 하루히를 자기 마음대로 하는 게 용서가 되지 않았다. 두 사람 다 가만 안 둘 줄 알아. 반드시 꼭 완벽하게 죽여주겠다.

내 증오에 미친 두 눈을 정확하게 읽었는지 후지와라가 도발하듯이 말했다.

"너의 가장 소중한 존재가 말이 된 기분이 어떤가? 지금까지 네가 어떻게 생각했든 우리에게 제일 중요한 사항은 스즈미야 하루히이고, 그 이외의 인간에게 존재가치는 없어. 네가 앞으로 어떤 인생을 살든 관심도 없고 의미도 없다. 스즈미야 하루히에게 발현한 힘만이 모든 것을 결정하는 거야. 그녀의 의지나 무의식, 그것도 다른 그릇으로 이송만 시키면 스즈미야 하루히에게도 더 이상 가치는 없지."

빠드득 소리가 나게 이를 간 덕분에 앞니가 깨졌다. 이 녀석만큼은 절대로 용서할 수 없어.

"잠깐만!"

처절한 목소리로 외친 것은 아사히나 선배였다.

"저기 있는 스즈미야 씨가 진짜라는 확증은 없어. 저건 환각일지도 몰라요. 콘, 당신의 결단을 촉구하기 위한 시각적 트릭일 수도 있어요."

"아니요, 그렇지 않습니다."

코이즈미가 단언했다.

"다른 누구를 속일 수 있다 해도 저한테는 통하지 않아요. 말하자면 저는 스즈미야 씨의 무의식이 구현화한 존재니까요. 저기에 계신, 잠자는 공주와 같은 스즈미야 씨는 환영도, 클론도 아닌 백 퍼센트 진짜 스즈미야 씨입니다. 제가, 저희들이 사랑하는 단장 바로 그분이에요."

진실일 거다. 코이즈미가 내게 거짓말을 할 이유도 없고 여기에서 허세를 부려봤자 아무 이점도 없다. 그렇다면 내가 해야 할 일은 뭐지…!

"———."

쿠요우는 아무 말이 없었다. 마치 다른 사람의 지령을 기다리고 있는 것처럼.

"…아…, 으? …저기요…."

타치바나 쿄코는 당황하고 있었다. 상황의 급작스러운 전개에 머리가 따라가지 못하겠다는 듯이.

"교섭할 거리도 안 되는 것 같군."

후지와라가 차분한, 각오를 단단히 한 음험한 목소리로 중얼거렸다.

"스즈미야 하루히를 없애겠다. 안심해라. 남은 업무는 사사키가 이어받을 거니까. 너희 과거인에게 있어 세계는 아무것도 변하지 않아. 다만 스즈미야 하루히가 빠진 생활을 마음껏 즐기다 늙어 죽으면 되는 거다."

정말 그런 건가? 아무것도 손쓸 길이 없는 거야?

나는 도움을 찾아 아사히나 선배(대)를 보았다. 여교사 차림의 성인판 아사히나 선배는 촉촉한 눈을 내리깔고 있었다. 조금 전에 후지와라와 나눈 문답, 누나니 동생이니 하는 말이 어떤 의미를 가졌는지는 모르겠다. 누구의 말이 맞는지는 더더욱 알 길이 없었다. 다만 후지와라의 목적은 이해가 된 것 같다. 그렇다면 아사히나 선배(대)의 의도는 그걸 저지하는 건가. 단지 그것뿐인가?

의혹의 소용돌이에 휘말릴 뻔했던 나를 현실로 되돌린 것은 청량감의 절정에 이른 동료의 목소리였다.

"할 수 있다면 어디 한번 해보시죠."

희망의 반격은 뜻밖의 인물로부터 시작되었다. 코이즈미가 후지와라의 앞을 가로막았다. 미래인의 하루히 살해 계획에 감히 반론을 펴려는 모양인데, 어떻게 그렇게 여유로운 표정을 지을 수 있는 거지.

혹시 코이즈미, 너한테는 무슨 계책이라도 있는 거냐?

말해두겠지만 나는 지금 당장에라도 3층 상공에서 낙하할 것 같은 하루히를 보고 도저히 냉정을 유지할 수가 없거든.

잔꾀나 계략을 꾸밀 시간도, 상의를 할 시간도 없을뿐더러 애드리브도 먹일 수 없을 것 같다. 제길, 제길, 제길, 너무 한심해서 눈물이 날 지경이네.

여기에서 날뛰어서 어떻게든 해결이 된다면 얼마든지 그렇게 하겠지만 내 수많은 체험 이력에는 변변찮은 남고생이 폭력에 호소해 봤자 아무 해결도 되지 않는다는 사실이 선명히 새겨져 있었다. 최소한 이곳에 사사키가 있었다면 그 녀석의 달변에 의지할 수 있을 거고, 나가토가 평상 모드였다면 쿠요우에게 두려움을 느끼지도 않았을 거다.

압도적으로 저쪽이 유리했다. 기가 죽어 뒤로 빠져 있는 타치바나 쿄코는 무시할 수 있다 치더라도 스오우 쿠요우, 정보 통합 사념체의 인간형 단말인 아사쿠라나 키미도리 선배조차 애를 먹는, 완전히 이질적인 우주인이 후지와라와 손을 잡고 지금 이 방을 위험한 구역으로 바꿔놓고 있었다.

이를 갈고 있는 내 등을 떠미는 사람이 있었다.

"가시덩굴에 사로잡힌 공주님을 구할 수 있는 건 언제나 왕자님의 역할이죠. 아니, 의무라고 해야 하나요."

코이즈미가 어깨를 한번 들썩였다.

"하지만 저는 붙잡힌 채 가만히 있기만 하는 공주님이 누군지 짐작이 가는 사람이 없습니다만. 안 그런가요?"

그래, 확실히 없긴 하네. 하지만 코이즈미, 아직 내게는 후지와라를 두들겨 팬다는 중요한 볼일이 남아 있거든.

"그건 제가 해두겠습니다."

코이즈미의 오른손바닥 위에 커다란 배구공만 한 빨갛게 빛나는 구슬이 떠올랐다.

"지금 초능력 만화의 주인공이 된 것 같은 기분이거든요. 모처럼의 자리이니 마지막에 저한테도 활약할 기회를 주셨으면 좋겠네요. 이게 제 꿈이 이뤄질 마지막 기회일지도 모르니까요."

기쁜 듯이 말하지만 상당히 화가 난 것 같았다.

그렇구나. 사과하마. 가끔은 너도 육체노동에 종사하지 않으면 몸이 둔해질 거야.

코이즈미는 내 어깨를 두드린 뒤 등을 떠밀듯이 하며 미쳐버린 하늘이 비추는 안마당 쪽으로 나를 이끌었다.

창틀에서부터 공중에 뜬 하루히에 이르기까지 몇 미터의 공간이 펼쳐져 있었다. 도저히 손을 뻗어도 닿을 수 있는 거리가 아니었다. 어떻게 이쪽으로 끌어들이지?

아니면—.

"쿠요우!"

후지와라의 외침이 귀를 긁었다.

"해라!"

그러자 하루히가 십자가의 멍에에서 풀려났다. 머리가 축 처지고 책형의 포박에서 풀려난 성인처럼 천천히, 정말로 천천히 머리를 밑으로 한 낙하 자세를 취했다. 그 밑에는 안마당의 돌바닥. 떨어진다.

"하루히!"

아무 생각도 없었다. 앞뒤도, 추억도, 의무감도, 정의감도 아무것도 없었다. 필요 없었다. 나는 오직 창틀을 박찼다. 허공으로 뛰었다. 마치 날개라도 돋은 것 같았다. 누군가의 보이지 않는 양력에 떠밀린 것처럼 나는 낙하 직전이던 하루히를 끌어안을 수 있었다. 그리고 당연히 지구의 중력에 따라 두 사람은 나란히 추락했다. 머리 꼭대기에서부터.

하루히의 몸은 생각 외로 가냘팠다. 지금까지 진지하게 안아본 적이 없었으니 물론 내가 알 수 없는 일이긴 했지만 이렇게 직접 해봐도 뜻밖일 만큼 하루히는 가냘프고—가볍게 느껴졌다.

오직 따뜻하고 부드러운 감촉에 나는 이 녀석이 진짜라는 걸 실감했다. 이제 막 고등학교 2학년이 된, 나이에 걸맞은 사춘기 소녀에 불과하다.

그게 잠자는 공주의 정체다. 지금 내 팔 안에서 눈을 감고 느린 호흡을 빈복히고 있는 이 여자는 내가 죽은 뒤에도 그 이름을 역사에 계속 새길 스즈미야 하루히와 아무것도 다른 게 없었다.

이 녀석은 진짜 하루히다. 쿠요우가 만든 환상도, 누군가가 준비한 가짜도 아니다. 후지와라는 나를 협박하기 위해 정말로 하루히를 쓴 거다.

진심이었던 거다…. 그렇게 해서까지, 후지와라. 너는 하고 싶었던 거냐. 아사히나 선배를 잃고 싶지 않다는 불온한 미래 상황의 편린을 내게 알려주면서까지, 하루히를 사망자 리스트에 추가하려 하면서까지, 네게는 반드시 달성해야 할 미래의 모습이 보였던 거냐.

하지만 내게 보이는 건 눈앞에 있는 유일한 사람의 모습뿐이었다.

코이즈미, 아사히나 선배(대), 미안하다. 내 눈에는 다른 건 아무것도 보이지 않아.

스즈미야 하루히.

우리들의 단장이자 군림하는 동아리방의 지배자. 오만불손하고 자신만만한 낙천가. 모든 사람을 자기 멋대로 휘두르고, 그 어떤 것도 극복해 골인 지점으로 돌진해 나아가는, 리니어 캐터펄트(주21)로 사출되려는 볼링공 같은 기세의, 나의 하나뿐인 상사의 잠든 얼굴뿐이었다.

아아.

주21) 리니어 캐터펄트: linear catapult, 리니어 모터를 이용한 사출기. 리니어 모터는 가동부가 직선운동을 하는 전동기. 캐터펄트는 항공모함 등에서 항공기가 이륙 속도를 확보하기 위해 사용하는 기계.

지상이 다가온다. 하루히의 몸은 의식이 없어서 그런지 힘없이 부드러웠고, 조금 열이 나는 것 같기도 했다. 코이즈미의 말이 맞았다. 살짝 마른 듯하면서도 나올 데는 나온 몸과 생각 외로 가녀린 어깨, 맡아본 적 있는 독자적인 향기는 내가 누구보다도 잘 알고 있는 히루히였다.

인간은 높은 곳에서 떨어지면 어디를 부딪치느냐에 따라 죽을 수 있다. 게다가 이대로 중력가속도에 따라 거꾸로 격돌한다면 돌바닥과 하드랜딩한 두개골이 어떤 꼴이 될지는 상상할 것도 없었다.

너무 성급했나? 밑에 매트를 깔거나 낙하산을 짊어지고 있었어야 했나—.

하지만 반성할 시간 자체가 없다. 내 머릿속에 떠오른 건 내 몸을 하루히 밑으로 끌고 가 충격의 부담을 하루히에게 최대한 주지 않으려는 하찮은 지혜뿐이었다.

대기를 가르는 소리가 귓불을 때린다. 슬슬 지표에 도달할 때가 된 것 같군.

나는 눈을 감았다. 질끈.

나는 하루히를 끌어안았다. 이보다 더할 수 없을 만큼 굳게. 힘껏.

투신자살과 다를 게 없는 자유낙하는 주마등조차 볼 수 없을 거리였다. 접근해오는 지면은 보고 싶지도 않던 나는 눈을 굳게 감고 어머니 대지가 우리의 쿠션으로서의 직업의식에 눈떠주길 기도하는 수밖에 없었다.

그랬다. 그랬… 는데.

각오를 단단히 하려던 순간, 내 눈꺼풀 안쪽이 창백한 빛으로 물들었다.

"?!"

아슬아슬하게, 땅바닥에 내동댕이쳐지기 직전에 나는 부드러운 물체 속에 빠지는 것을 느꼈다.

눈을 떴다.

나와 하루히의 주위에 푸른빛이 가득 차 있었다. 순간적으로 시선을 앞뒤좌우로 움직여보니 우리는 돌바닥 몇 센티미터 위에 떠 있었다. 파랗게 빛나는 무언가가 쿠션 역할을 해준 것 같았다.

눈을 들자 그곳에는 거대한 벽이 미친 듯한 문양을 그리는 하늘 꼭대기까지 뻗어 있었다.

"이건—!"

아니, 아니야. 이건… '신인'이다.

안마당에 '신인'이 서 있었다. 애매한 윤곽의 어렴풋한 푸른빛을 두른, 그 팔로 모든 건물을 파괴하는 회색 공간의 고독한 주인.

"말도 안 돼!"

후지와라의 목소리가 멀리서 들려왔다.

"어떻게 여기에 저게….."

'신인'의 거대한 손바닥이 나와 하루히를 받아들였다.

건물보다 크고 어렴풋이 빛나는 거인. 예전에 하루히의 폐쇄공간에서 난동을 부리던 모습은 잊을 수도 없었다. 하루히의 욕구불만이 형상화해서 출현했다는 폐쇄공간의 허왕(虛王).

그 녀석의 손바닥에 나와 하루히는 나란히 올라타고 있었다.

'신인'의 의도, 그것은 우리를 추락사에서 구하려 한 것 외의 행위일 리가 없다.

하지만 어떻게 '신인'이 이 자리에 등장할 수 있는 거지? 발생원인 하루히는 의식을 잃은 채고, 게다가 이곳은 하루히와 사사키의 폐쇄공간 두 종류가 혼합된 세계다. 만약 등장할 수 있다 치더라도 하루히조차 제어할 수 없는 거인이 마치 충실한 하인처럼 하루히를 모시며 구출하다니, 이 상황은 아무리 생각해도 연결이 되질 않는다.

폭신폭신한 '신인'의 손바닥 위에서 동아리방을 올려다보니 마침 오렌지색 폭발이 격류가 되어 창틀째로 날려버리고 있었다. 코이즈미가 마침내 폭발했나보다. 후지와라는 상관없지만 아사히나 선배(대)와 타치바나 쿄코는 무사하면 좋겠는데.

"음…."

품속의 하루히가 몸을 꿈틀거리더니 가늘게 벌어진 입술 사이로 작은 신음을 흘려보냈다.

호응하듯이 '신인'이 다른 손을 들어 주먹을 쥐었다. 그리고 그대로 강렬한 펀치를 동아리방에 날린다─.

그러자마자 시간 정체 현상이 나를 덮쳤다. 모든 것이 느리게 보인다.

상공을 우러러본 나는 동아리 건물 옥상에 작은 형체가 있다는 걸 깨달았다.

헐렁헐렁한 교복을 입고 약간 파마기 섞인 머리를 한 여고생의 실루엣은─와타하시 야스미였다.

두 사람의 내가 순간 융합함과 동시에 사라져버린 신입단원 1호는 난간도 없는 옥상 끝에 서서 나와 하루히를 내려다보고 있었다. 흐릿한 광원밖에 없는 이 공간에서는 표정까지 알아보기는 어려웠지만 미소를 짓고 있을 거라는 확신이 나를 관통했다.

야스미는 서투른 경례를 마치더니 고개를 들어 정면으로 시선을 옮겼다.

나도 덩달아 동아리 건물과는 반대편, 안쪽 건물로 시각을 돌렸다—하지만 거기까지가 한계인 것 같았다.

내 시야가 흐느적거리며 일그러졌다. 하지만 그 직전, 눈앞에 있는 건물 옥상에 세 개의 형체가 있다는 것만은 확인할 수 있었다. 하나는 짧은 머리, 하나는 긴 머리, 하나는 그 중간 정도의 머리를 한 키타고교의 세일러복을 입은 모습….

와 있었던가. 역시…. 키미도리 선배와 아사쿠라, 그리고—.

병상에 누워 있지 않고 평소처럼 조용히 팔팔하던, 또 다른 나가토 유키. 이 세 사람이 시간축의 분기를 알아차리지 못했을 리가 없지. 정보 통합 사념체는 알고 있었을 거다…. 저 되풀이되던 8월처럼 세계의 바깥에서.

그녀들은 우리를, 자신을 포함한 모든 것을 관측하고 있었던 게 분명하다….

"……!"

시야가 갑자기 어두워지고 부유감이 내 신경을 미친 듯이 흔들어 놓기 시작했다. 이건 저거다. 예전에 질리도록 맛봤던 시간 이동의 전 단계, 그 현기증이 지금 이 순간 찾아왔다.

완전히 의식이 끊기기 직전, 야스미의 형체가 살랑살랑 손을 흔들었다. 안녕을 고하는 행위로는 지나치게 충분했다. 그게 나를 향한 건지, 아니면 세 명의 휴머노이드 인터페이스에게 바치는 건지는 아마 두 번 다시 물어볼 수 없겠지. 그런 생각이 든다….

괜찮아. 나는 하루히를 힘껏 끌어안았다. 어디에 떨어지든 반드시 둘이 같이 있을 수 있도록.

암전.

부유감 뒤에 자유낙하가 찾아왔다. 하루히만은 놓지 않겠다는 생각으로 팔에 더욱 힘을 주었다.

어딘지 멀리서 아사히나 선배(소)의 목소리가 들려온 것도 같았다.

쿵.

"아얏!"

충격은 꼬리뼈에서부터 찾아왔다. 엉덩이에서부터 떨어지다니 참 꼴불견이라는 생각을 하며 눈을 뜬 나는 너무나 눈이 부셔서 서둘러 다시 눈을 감았다.

어두컴컴한 주위에 익숙해졌던 탓에 쉽게 광수용기(주22)를 조절할 수가 없었다. 그런데 도대체 여기는 어디지? 시각 이외의 정보에 따르면 내가 엉덩이와 손을 짚고 있는 이곳의 감촉은 아무래도 잔디 같았고, 청각이 인식하는 건 여러 젊은 남녀의 목소리가 뒤섞인 혼잡이었다.

조심스레 가늘게 눈을 뜨자 역시 넓은 잔디 한 모퉁이에 앉아 있었고, 주위에는 학생으로만 보이는 사복 차림의 남녀가 여기저기에 있었다. 어떤 무리는 모여서 걸어가고 있었고, 어떤 커플은 나란히

주22) 광수용기: 光受容器. 생물체가 광자극을 수용하는 기관으로 광자극을 신경신호로 전환한다. 척추동물의 눈에는 광수용기의 일종인 간상세포가 있다.

잔디 위에 기대 앉아 있었다.

"뭐야? 여기는 어디지? 나는 어디로 날려 온 거야?"

잔디 맞은편에 시계탑 같은 건물이 보였다. 키타고교와는 비교하는 것도 바보스러울 정도로 현대풍의 건물도 보였다. 그리고 걸어가는 학생들의 무리는 고등학생 이상으로 세련되어 보였다. 이곳은 어느 대학의 풍경이다. 바람이 따뜻했다. 봄인가….

순간적인 상황 판단치고는 잘한 편일 거다. 하지만 왜? 내가 이런 곳에?

즉시 고민하기 시작한 내게,

"왜 그래, 콘?"

너무 귀에 익어 그 주인을 알아내기에 어려울 일은 평생 없을 여자의 목소리가 들려왔다.

주저앉은 채 고개를 든 나는,

"하루…."

말을 채 맺지 못했다. 눈을 비비는 것조차 잊어버렸다.

어딘지 모르게 어른스러운 하루히가 그곳에 있었다. 내 기억보다 머리가 약간 길었고, 몸에 걸친 것은 봄답게 부드러운 색조의 복장이었다. 어깨에 걸친 카디건이 아주 잘 어울렸다. 아니, 어른스러워 보이는 정도가 아니었다. 내가 아는 하루히는 이제 막 고2가 된 여자애라고.

그런데 이 하루히는 그 뒤로 몇 년이 지난 모습이라고밖에 보이지 않을 만큼, 으음, 그러니까 뭐냐. 설명은 잘 못 하겠지만…, 그래, 하나에서 열까지 모두 성장한 모습이었다.

"뭐 하는 거야. 얘…."

그런 하루히가 농담을 받아주는 듯한 미소를 지었다. 머리가 어찔했다.

"그런 옛날 교복을 입고 있다니, 도대체 무슨 생각이니? ⋯. 어? 너, 어째 좀 젊어⋯, 어?"

말을 하던 하루히는 누군가가 부르는 소리에 뒤를 돌아보았고,

"어?"

다시 내 시야가 어두워지기 시작했다.

그런 하루히에게 누군가가 말을 걸고 있었다. 하루히는 놀란 모습으로 그 녀석에게 "어째서? 네가 거기에도⋯"라는 말로 반응했고 다시 나를 돌아보고서,

"어?"

놀란 표정을 지은 것 같다.

하지만 내 의식은 급속도로 흐려지려 하고 있었다. 잔디에 서 있는 하루히의 모습이 특수한 카메라 워크 연출처럼 멀어져갔다. 나는 움직이지 않았고, 하루히도 움직이지 않았고, 단지 거리만이 벌어진다. 양쪽 편에서 어둠이 몰려왔다. 이건 문이다. 원래의 장소로 나를 끌고 가려는 시간의 의지다.

시커먼 벽이 완전히 닫히는 순간, 하루히의 입가가 말을 자아내는 것만이 보였다.

쿈ㅡ, 또 봐.

스즈미야 하루히의 부드러운 미소가 그렇게 말하고 있었다.

다시 발밑이 무너지는 것 같은 낙하, 위아래의 감각이 사라진 부

유감이 내 평형감각을 뒤흔들었다.

아까 그건 꿈이나 환각 같은 거였나? 솔직히 이게 소위 말하는 시간 멀미라는 건 알고 있었다. 칠석에 관련된 사건에서 나는 몇 번이나 현재와 과거를 왕복했던 적이 있던 만큼, 백문이 불여일견이라는 고사성어가 진실이라는 건 몸과 정신에 강하게 박혀 있었다. 뭐, 몇 번을 해도 익숙해지지는 않기는 하지만 그때마다 내 반고리관은 상당히 약하다는 걸 뼈저리게 느꼈는데, 누구나 구불구불한 산길을 변변한 서스펜도 없는 차에 실려 이리저리 휘둘린다면 이런 느낌이 들 거다. 이미 내 위장은 뒤집히기 직전이다.

언제까지 이어지는 거지? 이 어둠 속의 추락은….

하지만 다음 전이점에 도착할 때까지 그리 긴 시간은 걸리지 않았다. 짧은 낙하의 종착점, 직후에 중력에 반하는 역제동이 걸린 것 같은, 앞으로 푹 고꾸라지는 브레이크 조작을 체감한 것 같은 기분이 들더니 그 다음에는 묘하게 탄력 있는 것에 온몸이 부딪쳤고 그 충격에 눈이 뜨였다.

"으아어?"

눈이 뜨였다는 건 비유적으로도, 현실적으로도 틀린 말이 아니었다. 그때까지는 뜬금없는 꿈속에 있었던 것 같은 비현실적인 느낌을 떨쳐내지 못했지만 지금은 완전히 깨어나 적절한 수면시간을 보낸 아침처럼 상쾌하고 선명하고 또렷하게 정신이 든 상태였다. 방금 꾼 꿈도 바로 생각이 날 정도로 말이다. 뭐, 그건 그렇고.

그런 내 명민한 사고능력으로도 현재 상황을 파악하는 데에는 3초 가량의 시간이 소요되었다.

"……? 여긴 어디지?"

내가 있던 곳은 어두운 방의 침대 위였다. 다만 내 방이 아니라는 것만은 금방 깨달았다. 다른 사람의 집 특유의, 익숙하지 않은 향기가 코를 자극하고 있었다. 그것도 무척 달콤한 향이었다. 동생 방에서 나는 냄새와 비슷했지만 달랐다. 내 인생 사상, 절대로 본 적도, 들어와본 적도 없는 방이 분명했다.

그럼 어디지? 나는 어디로 떨어진 거야?

"…뭐 하는 거야?"

애써 억누른 목소리가 바로 밑에서 들려왔다.

부자연스러울 정도로 작고 다소의 투지마저 느껴지는 목소리였는데, 귀에 익은 목소리라는 건 당연한 것이고 나는 거의 매일 이목소리를 듣고 있었다.

최대한 천천히 밑을 보았다.

하루히의 얼굴이 내 바로 앞에 있었다. 어두컴컴하기는 하지만 하루히가 생전 처음 보는 경악에 찬 표정을 짓고 있는 건 살짝 벌어진 커튼 사이로 들어오는 가로등 불빛만으로도 충분히 확인할 수 있었다.

게다가 나는 엎드린 자세로 침대 위에 반듯이 누워 있는 하루히를 이불 위에서 손발로 누르고 있는 상태… 인 것 같았다. 여기에 배심원이 될 제3자가 있었다면 즉시 만장일치로 유죄판결을 내리기를 절대 주저하지 않을 것이다. 변명의 여지라고는 모기 인분 한 톨 정도밖에 안 될 그런 상황….

"…여긴…."

겨우 깨달았다. 불찰이지만 나는 하루히의 집에도, 방에도 들어와본 적이 없으니 모르는 곳이라고 말하는 건 간단하다. 퍼뜩 깨달이라는 게 억지스런 소리일지 몰라도 실제로 이 자리에 하루히가 있었다. 소거법을 사용하면 답은 하나밖에 없다.

하루히의 방에 하루히의 침대였다. 게다가 한밤중인 것 같았다. 하루히는 잠옷 차림이었고, 놀라움을 뛰어넘었다는 듯이 눈을 크게 뜨고 있었다.

"쿈, 너 아무리 그래도…."

상황을 이해 못 하는 건 나도 마찬가지입니다, 하루히 씨. 어허, 이것 참, 아무리 그래도 떨어진 곳이 하루히의 방이자 침대 위라니, 상상을 초월한 사건이로군.

"야!"

하루히는 흥분한 목소리로,

"잠깐이라도 괜찮으니까 눈을 감…, 이불 뒤집어쓰고 가만히 있어!"

하루히는 천천히 몸을 일으키고 나를 밀치더니 내 머리에 이불을 뒤집어씌워 시야를 차단했다. 꾸물거리며 뭔가를 하는 기척이 느껴졌다.

그 틈에 나는 머리를 가린 이불에 틈을 만들어 방에 있는 물건들을 살폈다. 흑심에서 그런 게 아니야. 절실하게 확인해야 할 게 있어서 그런 거였단 말이다.

내가 찾는 물건은 침대 옆에 놓여 있었다.

대개 어느 누구의 침실에나 있을 디지털식 자명종이었다. 하루히도 에도 시대 인간은 아닐 테니 닭 대신 시계 정도는 머리맡에 놔둘 거라는 나의 예상은 맞았다.

다행히 날짜까지 표시되는 타입을 하루히는 애용하고 있었고,

바로 슬슬 태양이 불쑥 고개를 내밀려는 때의 숫자를 표시해주고 있었다.

그리고 날짜는 5월 모일을 가리키고 있었다.

어디 보자? 그럼 어떻게 된 거지? 그러니까 '신인'의 손바닥에서 파란빛에 휩싸였던 게 4월 중순 저녁이었으니까 이 하루히의 시계가 완전히 미친 게 아닌 한, 이게 뭐야, 지금은 조금 전까지 있었던 시간보다 한 달 정도 지난 미래잖아.

과거로 날아갔다 현재로 돌아온 경험은 몇 번이나 있지만 미래로 점프한 적은 처음인 게 된다. 미래로 가는 시간여행을 나한테 강요한 건 누구지? 아사히나 선배(대)인가? 아니면 '신인'의 아직 보지 못한 신비한 힘인가?

하루히는 아직도 꾸물거리고 있었다. 천이 스치는 소리로 보아 옷을 갈아입고 있는 거라고 추측할 수 있었지만 내 관심은 다른 곳에 있었다.

하루히의 방 벽에 걸린 무뚝뚝한 디자인의 달력에 눈이 갔다. 바로 이날, 오늘, 현재의 날짜다. 날이 막 새려는 오늘을 가리키는 검은 숫자에 바로 하루히가 직접 그렸는지 빨간 매직으로 꽃 그림이 그려져 있었다. 이중의 원 위를 꽃잎으로 둘러싼, 마치 유치원생의 그림을 칭찬하듯이 과장되고 커다란 표시가.

이날이 무슨 기념일인지 나는 잘 알고 있다. 왜냐하면 나도 달력 4월 페이지의 어느 날에 이것과 비슷한 짓을 해놨으니까.

역시 기억하고 있었구나. 내가 기억하고 있었으니 당연하겠지. 1년 전의 그날은 우리에게 1학년 입학식과 거의 동급으로 평생 잊을 수 없는 날이었다는 건 분명했다.

왜냐하면 이날은—.

그때 창에 자그마한 물체가 부딪치는 소리가 났다.

나와 하루히는 동시에 몸을 움찔거렸다. 하루히는 평상복으로 변신을 마친 뒤였고 내가 이불을 머리에서 내려도 뭐라고 하지 않았다. 그보다 창을 때린 인물에게 관심이 더 컸는지 창가로 저벅저벅 걸어갔다. 나도 그 옆에 나란히 섰다.

이때에 비로소 나는 하루히네 집이 일반주택이라는 것과 하루히의 방이 2층에 있다는 사실을 알았다. 왜 지금까지 몰랐는지 신기할 정도다.

커튼을 열고 밑을 보니 가로등 불빛을 받고 있는 하루히네 집 앞에 세 개의 그림자가 있었다. 저건 절대로 잘못 볼 리가 없지. 그건 아사히나 선배(소), 코이즈미, 나가토였다.

우리가 반응하자 코이즈미는 쯧쯧거리듯이 손을 벌렸고, 아사히나 선배는 가슴 앞에다 팔짱을 꼈다. 나가토는 평소대로 무뚝뚝하게 서 있었지만 나는 진심으로 안도했다.

하루히가 조용히 창문을 열었다. 바깥은 정적에 싸여 조금 전까지 있었던 폐쇄공간을 방불케 했다. 이런 주택가에서 시끄럽게 뛰어다니는 건 신문배달원 정도밖에 없을 거다.

미리 의논한 것도 아닌데 숨을 죽이고 나란히 선 나와 하루히에게 코이즈미가 경쾌하게 손을 흔들었다.

다른 한쪽 손에 코이즈미가 자그만 꾸러미를 갖고 있는 게 보인 것도 잠깐으로, 우리 부단장은 손에 든 꾸러미를 와인드업 모션으로 우리에게 던졌다. 완만한 곡선을 그린 그 물건은 나가토 덕분인지 완벽하게 내 손 안으로 스트라이크로 꽂혔다.

예쁘게 포장된 자그마한 상자의 리본에는 카드가 달려 있었고, 거기에 적힌 글자는 흐릿한 불빛 속에서도 다음과 같이 선명히 읽을 수 있었다.

『SOS단 결성 1주년 기념일. 단원 일동이 단장 각하께. 1년치의 감사를 담아』

단원 전원이 한 마디씩 적었는지 제각각의 문자였고, 그 안에는 쓴 기억이 없는 내 필적까지 섞여 있었다. 아니, 그보다.

…그래, 이제 날이 바뀐 오늘 이 날짜는 하루히가 SOS단의 결성을 선언한 지 딱 1년이 되는 날이다. 1년 전, 수업 중에 갑자기 하늘의 계시를 받은 하루히는 내 뒤통수를 책상에 내리꽂았고, 쉬는 시간이 되자마자 계단 중간턱으로 연행해 가더니 점심시간에 문예부실로 직행했고, 방과 후에는 문예부의 강탈을 선언, 나아가 이튿날에 가엾은 아사히나 선배를 납치해 왔다.

―이제부터 이 방이 우리 동호회실이야!

―SOS단! 세계를 오지게 들썩이게 만들기 위한 스즈미야 하루히의 단체.

키타고교 내에 우주 규모로 민폐를 끼치게 되는 미스터리어스 부원이 구성원을 차지하고 있는 비밀조직의 아지트가 발생한 순간이다.

그러냐, 코이즈미, 나가토, 아사히나 선배.

내가 여기에 있는 건 이걸 위해서라고 하기 위해서인 거지?

"하루히."

나는 선물 양식의 꾸러미를 들고 하루히에게 몸을 돌렸다.

"음⋯, 왜, 왜?"

모르는 척 가장하고는 있지만 하루히는 이미 상황을 알아차린 것 같았다. 내 얼굴과 상자를 힐끔거리며 연신 눈을 이리저리 굴린다. 줄 거라는 사실을 알고 있는 보물을 어떻게 받아야 좋을지 고민하는 보물 사냥꾼의 조수처럼 말이다.

이런 때에는 직구로 공격하는 게 제일이지. 나는 카드가 달린 보물상자를 하루히에게 내밀었다.

"1년 동안 단장 일을 맡느라 수고가 많았다. 앞으로도 잘 좀 부탁한다."

"바보야."

그렇게 말하며 하루히는 순순히 받아들었다. 카드에 적힌 글자를 읽고선 눈을 감고 힘껏 상자를 끌어안았다. 촉촉한 분위기가 흐르는구나 싶은 것도 잠시.

"콘, 너 어디로 들어왔어?"

아, 이거⋯. 현관으로 들어왔다고는 못 하겠지.

"그거야 창문으로지. 물받이 통을 타고 올라왔어. 문단속에 신경 쓰는 게 좋겠더라. 문이 안 잠긴 건 마침 다행이었지만 말이야."

어쩌면 이렇게 순간적으로 거짓말이 술술 나오는지 스스로도 감탄할 지경이다.

"아무리 그래도 이건 너무하잖아. 자칫 잘못했다간 타고 올라올 때 신고당했을 거야."

하루히는 웃음과 울음이 뒤섞인 표정을 짓다가 문득 내 발을 보았다.

"왜 학교 실내화를 신고 있는 거야. 당장 벗어. 지금 당장. 바닥이 더러워지잖아."

깜박했다. 나는 조금 전까지 키타고교에 있었던 터라 말이지. 그리고 너도 있었어. 하지만 뭐, 좋아. 아무래도 타임 슬립의 먹이가 된 건 나 혼자뿐인 것 같으니까.

시키는 대로 바로 신발을 벗는 나를 지켜보던 하루히는 창으로 다가가 진입로 앞에 서 있는 세 사람을 내려다보고 들으란 듯이 한숨을 내쉬었다.

"깜짝 이벤트를 하는 것도 시간을 좀 골라줬으면 좋았을 텐데. 사실은 조금 기대를 하고 있었다고. 뭔가 해주지 않을까 하고 말이야. 하지만 이런 심야에 억지로 일어나게 되다니 아무리 나라도 이건 상상하지 못한 일이라고."

"그렇지 않으면 깜짝 이벤트가 안 되잖아. 너를 놀라게 하려면 이 정도는 해야지."

임기응변이었지만 내 애드리브도 제법 설득력이 있는데. 이것도 다 하루히가 지금까지 터무니없는 일들을 저질러온 덕분이다. 우리가 웬만한 일을 해봤자 깜짝 이벤트로 넘어가게 되니 편하네.

하루히는 더욱 울음과 웃음이 뒤섞인 표정을 지으며 고개를 숙였다. 정말 창문을 잠갔는지 어땠는지는 아무래도 상관없다고 생각할 거다. 실제로 내가 여기에 있잖아.

"쿈."

하루히가 얼굴을 가까이 가져왔다. 입술이 귓가에서 속삭인다.

"현관까지 안내할 테니까 소리 내지 말고 따라와."

그 숨결이 간지러워 나도 모르게 소리를 낼 뻔했지만 가까스로

참았다.

식구들한테 들키지 않기 위해서인지 하루히는 살금살금 계단을 내려가 숙련된 금고털이범 같은 손놀림으로 자기 집 현관문을 열었다. 이제야 비로소 나는 밖에서 기다리고 있던 단원들과 대면했다. 신야의 주택가라 모두 아무 말이 없었지만 표정을 보면 알 수 있다. 지금의 내게는 아직 이해할 수 없는 일이지만, 모두 다 잘됐다는 것을.

실외용인 내가 애용하는 스니커는 나가토가 건네주었다. 평소와 똑같은 나가토였다. 열에 신음하는 것도 아니었고, 담담히 독서를 계속하는 보편적인 나가토의 감정이 불필요한 얼굴이었다.

아사히나 선배—당연히 (소)—는 걱정스럽게 나와 하루히를 살펴보았지만 내가 엄지를 치켜서 신호를 보내자 안도의 한숨을 내쉬더니 곧 미소를 지었다. 코이즈미는 마치 우연히 밤중에 편의점에 다녀오는 길이라도 되는 양 허물없는 모습이었다.

"밤늦게 실례가 많았습니다, 스즈미야 씨. 하지만 꼭 해야 한다는 강경한 의견을 열심히 펴는 분이 계셔서요."

왜 나를 보면서 말하는 거야.

그래, 이해한다. 나는 하루히를 향해 애써 여유를 부리며 말했다.

"너를 상대로 깜짝 파티를 하는 건데 잠자리를 습격하는 정도는 해야 놀라지 않겠어."

하지만 하루히는 내 말을 듣고 있는 건지 어떤지, 아사히나 선배와 나가토의 얼굴을 차례대로 둘러본 뒤,

"하지만… 고마워."

선물 꾸러미를 안고 보름달이 흐리게 보일 만큼 환한 미소를 지

었다. 평소에는 대형 행성 같은 빛을 발하는 미소가 마치 조용한 달 같아서 나는 조금…, 아니, 뭐랄까, 그게, 뭐라고 말도 못 하고 하루히를 계속 바라볼 수밖에 없었다.

어디선가 까마귀 울음소리가 들렸다. 이 분별 없는 까마귀 녀석, 너한테 음향효과를 의뢰한 기억은 없는데.

그게 신호였다는 듯이 하루히는 꾸러미에서 고개를 들었다.

"오늘은 벌써 시간이 늦었다. 다음에 동아리방에서 보자. 그런데 이거 안에는 뭐가 들었어?"

"그건 열었을 때의 즐거움이지요. 참고로 그걸 고른 건 여기에 계신 침실 침입자이십니다"라고 말하는 코이즈미.

"아, 무려 전부 다 자기가 하겠다고 주장을 하셔서요. 저희는 그냥 구경꾼 역할을 다했을 뿐이지요. 이분 혼자서 다 해도 되지 않았을까 싶을 정도네요."

코이즈미의 말은 내가 녀석의 발을 밟음으로써 겨우 멎었다.

하지만 그렇군. 선물을 고른 건 아무래도 과거의 나인 모양이다. 그 정도의 논리라면 이해하겠다.

하루히는 연신 뒤를 돌아보며 조용히 현관으로 돌아가면서,

"조심해서 돌아가. 특히 미쿠루와 유키는 책임지고 쿈과 코이즈미가 바래다주도록. 알았지? 이건 단장 명령이다."

의외로 상식적인 음량으로 말을 한 뒤 집으로 들어갔다.

저 녀석도 부모와 이웃 사람들은 제대로 배려할 줄 아는구나. 제법 귀여운 구석이 있었잖아.

하루히와 헤어진 뒤다. 나와 다른 세 명은 인적이 끊긴 밤길을 걸어가고 있었다. 오늘이 5월 중순이라는 건 알았다. 그리고 내가 동아리방에 불려가 후지와라와 쿠요우와 대결했고, 하루히와 함께 낙하했다가 '신인'의 손에 연착륙한 건 나한테는 겨우 얼마 전의 일인데 그로부터 한 달 가까운 시간이 흘렀다는 것도 이해가 됐고, 시간을 연 단위로 오갔던 나한테는 크게 놀랄 일도 아니었지만 한 가지 신선한 발견이 있었다.

그러니까 내게 이곳은 미래의 세계가 되는 거고 이건 아무래도 아직 체험해보지 못한 영역이잖아.

"그렇게 되는군요."

별것 아니라는 듯이 말하는 코이즈미가 약간 얄미웠다. 이 녀석이 묘하게 기분 좋아 보여서 그런 걸까.

"그렇다면 이제부터 나는 또다시 시간 이동을 해야 하는 거야?"

"네. 그렇게 해주지 않으시면 곤란하거든요."

"아, 저기 있잖아요―."

아사히나 선배가 살짝 손을 들었다. 역시 타임 슬립의 전문가(견습생)답게 현재 상황을 더듬거리며 설명해주었다.

그 말에 따르면.

그때, '신인'에게 구조된 직후, 나는 약 한 달 앞의 미래로 날아갔고 그게 지금이다.

따라서 다시 한번 원래 시간, 한 달 전쯤으로 역행해 가야 한다. 그리고 그걸 하는 건 아사히나 선배고 지금부터 할 거다….

나는 나가토를 보았다. 호두까기 인형 같은 눈이 나를 쳐다본다. 거기에서는 하루히의 간병을 받았던 나약한 모습은 조금도 느껴지지 않았다.

"시간 동결로 그 시간이 올 때까지 자면 안 되냐?"

"안 돼."

칼같이 대답하는 나가토였다.

"문제 해결에는 부적절."

무슨 소리야, 코이즈미?

"실은 지금 이 시간에는 당신이 한 명 더 있어요. 바로 이 시간에서 한 달 전으로 돌아온 당신이지요."

또 한 명의 나와 융합하는 건 이제 사양하겠어.

"그 케이스와는 다릅니다. 그건 원래 한 명이었던 인간이 분열해 두 명이 됐던 것뿐이지만, 시간 이동의 경우에는 정말로 동일인물이니까요. 당신이 이곳에 머무르게 되면 이중존재가 해소되지 않아요."

옆에서 아사히나 선배가 고개를 내밀었다.

"그리고 기정사항에 반대되기 때문에…, 돌아가지 않으면 곤란해요. 당신이 과거로 돌아가는 건 우리들에게는 이미 존재한 사실이에요—."

그렇군. 내가 원래 시간으로 돌아간 증거로 사실은 이 시간에도 내가 한 명 더 있는 거라 이거군. 이 시간에서 과거로 돌아온 '나', 그건 지금부터 내가 그렇게 되어야 할 '나'다. 그런데 한 달이라. 3년에 비하면 사소하네.

"이 시간대에 계신 당신도 함께 왔으면 좋았을 텐데 자신과 대면하는 건 싫다고 강하게 주장을 하셔서요. 할 수 없이 저희끼리만 온 겁니다."

뭐, 나라도 그렇게 할 거다.

"그리고 스즈미야 씨에게 주는 선물이 뭔지는 비밀로 하라는 말이 있었습니다. 그건 원래 시간으로 돌아간 뒤에 당신이 생각해주세요."

코이즈미는 장난스럽게 말했다.

"그리고 한 달 전의 저희에게 이날에 대해 알려주는 걸 잊지 말아주세요. 뭐, 그건 있을 수 없는 일이지만요."

"……."

나가토는 완전히 평소의 말도 없고 무표정한 아가씨로 돌아와 있군. 한시름 났다.

"자세한 설명은 과거의 제가 해드릴 겁니다. 실제로 했으니까요."

"그래, 제일 먼저 물어보겠어. 동아리방에서 하면 되냐?"

"아니요, 실은 다른 장소에서 회합을 가졌었어요. 그게 어딘지는, 글쎄요, 당신에게 맡기겠습니다만, 그리 어렵게 생각할 필요도 없을 겁니다."

나는 나가토에게로 시선을 돌렸다.

"……."

침묵으로 일관하는 사일런트 소녀는 말이 없었다. 그때 마지막으로 본 옥상의 세 형체. 그중 하나가 나가토였다는 건 부정할 수가 없다. 그리고 코이즈미가 말한 α루트의 나가토는 평소와 변화가 없었다. 더군다나 야스미의 부름에도 꼭 가야 한다는 말까지 했었다.

너는 모든 걸 알고 있었던 거냐? 야스미가 누구인지, 그곳에 '신인'이 출현한 이유도….

하지만 나가토는 침묵한 채 몸을 돌렸다. 그대로 손을 흔드는 코이즈미와 함께 걸어가 사라졌다.

코이즈미를 믿을까. 저 녀석 말에 따르면 나한테는 이미 설명을 했다고 하잖아. 한 달 전의 나한테 말이야.

나는 남은 두 사람 중 한쪽인 아사히나 선배에게 말했다.

"갈까요?"

"네."

아사히나 선배는 도움이 되어서 기쁘다는 얼굴이었다. 그럴지도 모르지. 평소에는 뭐가 뭔지 이해도 못 한 채 상사의 지령에 따르기만 하던 아사히나 선배가 처음으로 주체적으로 시간 이동의 주도권을 쥐려는 거니까 말이다.

하지만 그 전에.

"아사히나 선배."

"뭔가요?"

"아사히나 선배한테는 남자 형제가 있나요? 특히 남동생이 있는지 물어보고 싶은데요."

"우훗?"

아사히나 선배는 입술을 손가락에 대고 완벽한 윙크를 날리며 말했다.

"제 가족 구성에 대해서는 특급 금지 사항입니다."

네, 그렇겠지요.

이렇게 몇 번이나 하다 보면 싫어도 익숙해지게 되는 시간 이동의 무중력적이고 현기증이 나는 시간은 곧 끝났다. 한 달이라는 시간은 3년보다 짧아 이동시간도 짧게 끝난 걸까.

아무튼 다시 눈을 떴을 때 나는 내 방 침대 위에 있었다. 갑자기 나타난 것에 놀랐는지 내 베개에서 자고 있던 샤미센이 펄쩍 뛰며 굴러 떨어져 꼬리털을 곤두세우며 나를 노려보는 것을 보며 나는 머리를 한번 흔들었다. 당연히 아사히나 선배의 모습은 없었다.

일단 시간을 확인했다.

4월 모일 금요일 오후 8시 전후, 나는 내 방으로 귀환했다.

불과 두 시간 전, 문예부실에서 세계니 미래니 하는 것의 운명을 건 일대사에 휘말렸던 이야기를 진지하게 해봤자 믿어줄 사람은 그 자리에 있던 녀석들을 제외하면 사사키 정도밖에 없겠지. 다른 사람한테 떠들고 싶은 이야기도 아니니 별로 상관은 없지만 말이다.

나는 크게 기지개를 켜고 일상으로 회귀한 것을 축하하는 말을 중얼거렸다.

"그럼 목욕이나 하고 잘까."

주말 하루 정도는 느긋하게 머리를 쉬게 해주자.

에필로그

한 주가 새로 시작되었고, 세계는 평온을 되찾았다.

나가토는 아무 일도 없었다는 듯이 회복했고 학교에 왔다. 실제로 나가토가 열이 나 쓰러졌던 기억과 단원시험을 치르는 동안에도 동아리방에서 묵묵히 책을 읽던 기억이 뒤섞여 있었지만, 아무리 생각해도 그 두 가지가 전혀 모순되지 않는다는 기괴한 감각은 내 내면에서 지금도 지속되고 있었다.

내게 있어 두 가지 역사는 현실에 있던 것으로 어느 쪽이 진실이고 어느 쪽이 허구인 게 아닌 거다. 양쪽 다 똑같은 시간에서 정말로 있었던 일인 거다.

실제로 코이즈미가 말하는 α버전의 1주일을 기억해내려 하면 큰 어려움 없이 야스미와 아이들의 모습이 눈에 떠올랐고, β버전에서의 사사키와 나눴던 대화도 선명히 기억해낼 수 있었다. 그리고 이중기억 때문에 혼란스러워하는 일도 없었다. 한쪽을 떠올릴 때에는 그쪽에만 의식이 갔고 다른 쪽을 생각할 때에는 같은 시계열에서 있었던 다른 행동은 전혀 떠오르지 않았다.

조금 냉정해져 신경을 집중하면 두 개의 1주일을 관련지어 연상할 수 있는 정도다. 마치 이중나선 계단처럼 엇갈리는 구조다. 똑같이 계단을 올라가고 있는데 절대로 교차하지 않고, 그럼에도 불구하고 시작점과 골인 지점은 똑같은, 내가 경험한 것은 바로 그런 현상이었다.

그리고 이 분열한 시계열을 걸어온 것은 나 혼자만이 아니었다는 것도 분명했다.

여러 가지 일들이 있었던 1주일이 지나 새로운 월요일. 등교 시에 만나게 되는 언덕길 수행은 아무것도 변하지 않아, 시간은 이상해져도 공간적 거리는 딱히 변하지 않는다는 걸 실감하며 내 자리에 앉아 창 밖에서 불어오는 봄바람에 열을 식히고 있는데 수업 종이 울리기 직전에 교실로 자각 없는 소음의 총본산이 뛰어 들어왔다.

오늘의 스즈미야 하루히는 어딘지 모르게 불가사의한, 반은 웃고 반은 화가 난 것 같은, 참 재주도 좋은 표정을 유지한 채 내 뒷좌석에 자리를 잡았다.

그 얼굴을 보며 나는 필사적으로 "이 하루히는 앞으로 약 한 달 뒤에 이미 내가 만났던 하루히의 그 전의 모습이야"라는 복잡다단한 문법으로 이루어진 문장을 스스로에게 들려줘야 했다. 시제가 두드러지게 혼란스러운 문장이지만 이게 진실이니 어쩌겠는가. 이 시점의 하루히는 설마 내가 한밤중에 방에 침입해 이런저런 소란이 벌어질 거라고는 추호도 생각지 못하고 있을 거다.

…그런데 저런 묘한 표정을 짓는 이유는 뭘까.

"아아, 그건 말이지."

하루히는 책상에 팔꿈치를 짚고 손등에 턱을 올렸다.

"어제 일이야. 야스미가 우리 집에 왔거든."

…호오.

"그러더니 정말 미안하다는 듯이 입단을 사퇴하겠다고 그러지 뭐야."

…호오오?

"놀랐어. 그 애는 사실 아직 중학생이었다지 뭐야."

…아아, 그렇게 된 거냐.

"뭐라더라…, 자기는 사실 근처 중학교에 다니는 중학생으로 키타고교 졸업생이었던 언니 교복을 빌려 입고 몰래 들어온 거였대. SOS단에 어떻게든 들어오고 싶어서 방과 후에만 몰래 숨어들었다나봐. 그렇게 서두르지 않아도 곧 입학할 수 있을 텐데 도저히 참을 수가 없었다고 하더라고. 정말 장난꾸러기였다니까."

쉬는 시간에 1학년 교실을 둘러봐도 안 보일 만했군. 원래 키타고교생이 아니었으니 찾아낼 수가 없지. 그럼, 그럼.

하루히는 책상에 털썩 엎드려 창 밖을 멍하니 바라보았다. 그리고 이렇게 속삭였다.

"하지만 유키는 완전히 좋아졌고 단원시험은 그럭저럭 즐거웠고, 오늘은 날씨도 좋고 하니까 불평을 하면 벌 받을까? 모처럼 전도가 유망한 아이였는데 무자격 고등학생은 아무래도 어려울 거야."

야스미가 정말로 하루히를 만나러 갔는지는 모르겠다. 그런 사실은 없었을지도 모른다. 하지만 하루히가 그렇게 말하니까 그건 그런 거겠지.

"다음에는 내년에 정식으로 입학하는 거 아닐까? 그때 시험 면제로 입단시키면 되잖아."

"몇 학년인지를 깜박 잊고 못 물어봤어. 느낌을 봐선 2년 뒤거나

3년 뒤가 될지도 모를 것 같아."

쓸쓸하게 말하는가 싶더니 하루히는 갑자기 고개를 들어 내 코끝까지 얼굴을 갖다 댔다.

"그런데 너, 나한테 뭐 숨기는 거 없어? 주말에 누구를 만났다거니… 내가 모르는 곳에서 이상한 계획을 꾸미고 있다거나 말이야 …."

그 날카로운 감은 더더욱 성장한 것 같구나, 하루히. 실은 그 말이 맞긴 하다만.

"아무것도 없어. 토요일에는 반나절 내내 잤고, 일요일에는 샤미센 예방접종을 하러 간 게 전부다."

매서운 눈으로 나를 응시하던 하루히가 고르곤 같은 시선을 내게서 돌리는 데에는 몇 초 가량의 시간이 걸렸다.

"아, 그래. 그럼 됐고."

"야, 하루히."

충동적으로 이름을 부른 건 옆을 보는 하루히의 얼굴이 봄 햇살을 받아 어딘지 모르게 어른스러운 분위기를 자아내고 있어서였을까.

"왜?"

"그리 멀지 않은 미래에 타임머신이 개발되고, 그 몇 년 후의 네가 지금 이 시대에 올 수 있다 치고, 만약 지금의 너 자신을 만나게 된다면 그 미래의 너 자신이 무슨 말을 할지 상상이 되냐?"

"뭐어?"

하루히는 눈살을 찌푸리며 미심쩍다는 듯이 말했다.

"몇 년 후면 대학생이 된 뒤인가? 그리고 그런 내가 지금의 나 자신한테 와서…? 흐음? 아마 너는 하나도 변하지 않았구나 하고 지금의 내가 반대로 말해줄 것 같은데. 나는 2년이나 3년, 5년 정도로 내 신념이 바뀌지 않을 거라는 자신이 있거든. 그런데 왜 그런 걸 묻는 거야?"

"그냥 갑자기 생각이 나서. 미래의 나는 얼마나 성장했을까 궁금해져서."

"그럼 안심해라. 너는 분명히 쭉 그 모습 그대로일 테니까. 혹시 너 중학생인 자신에게 설교를 할 수 있을 만큼 정신적인 성장을 이뤘다고 말하고 싶은 거니?"

찍소리도 못 할 만큼 반론의 여지가 전혀 없구나.

하지만 하루히. 몇 년 뒤에 고등학교 2학년에 막 올라간 내가 시간을 뛰어넘어 미래의 너를 만나러 간다면 그때는 잘 부탁한다. 내가 봤던 그대로 그 부드러운 미소를 던져다오.

그리고 그 시간에 있는 내게도 말이야.

하루히는 계속해서 나를 말발로 꽉 누르려고 입을 열었지만 때마침 울린 수업종과, 그와 동시에 바람처럼 나타난 담임 오카베가 내구세주가 되어주었다. 생큐, 종소리. 그리고 열혈 오카베 선생님.

자.

분열했던 세계의 기억은 각자에게 모순이 발생하지 않도록 잘 융합되었다. 양쪽 모두 존재했지만 그게 이중기억이었다는 건 무의식 중에 정리되었고 어느 한쪽을 생각할 때에는 다른 한쪽이 떠오르지 않는 시스템을 이루었다.

실제로 하루히는 나가토가 쓰러진 기억도, 야스미에 대한 기억도 모두 간직하고 있고 말이다.

하지만 세계의 대다수에게는 코이즈미가 말한 α나 β나 거의 똑같기 때문에 겹쳐진 기억에 나름대로 차이가 발생한 건 SOS단 관계자 외에는 다니구치, 쿠니키다, 사사키, 타치바나 쿄코 정도일 거다.

그래서 신입단원은 제로로 자리를 잡았다. 이 일은 이대로 끝나게 될 거다.

참고로 말하자면, 아무래도 좋은 일에 관해서 이상하게 눈치가 빠른 하루히가 알아차린 것처럼, 사실 나는 일요일에 코이즈미와 나가토의 방문을 받았었다.

아니, 내가 부른 거다. 아무래도 어디 나갈 기력은 당분간 들지 않을 것 같아 집으로 찾아오게 했다. 그 시점에서 두 사람에게 물어보고 싶은 건 산더미만큼 많았거든.

예를 들어 내가 하루히를 안은 채 떨어져서 '신인'의 손바닥에 올라탔는가 싶었더니 갑자기 미래로 날아간 뒤의 일이라든가 하는 것들 말이다.

그 후로 동아리방에서 무슨 일이 일어났는지, 두 개의 세계는 어떻게 타협이 됐는지, 후지와라와 쿠요우와 타치바나는 어떻게 됐는지, 그리고 와타하시 야스미는 도대체 누구였는지.

한 달 후의 하루히를 제외한 SOS 단원들은 모든 것에 대해 다 안다는 얼굴이었으니까 지금 이 녀석들에게는 이미 자명한 일일 거다.

약속한 시간에 초인종이 울렸고, 마중 나간 나와 별 의미 없이 따라온 동생과 샤미센을 앞에 두고, 데이트 가느냐는 말이 절로 나올 법한 사복 차림의 코이즈미는 쓴웃음을 지었으며, 교복 차림의 나가토는 대리석으로 만든 조각상처럼 나를 쳐다보았다. 예의 서늘하고 시커먼 눈동자로.

코이즈미는 몰라도 나가토가 건강하다는 증거라도 되는 양 무표정한 얼굴로 서 있는 건 나를 너무나도 안도시키기에 충분한 광경이었다.

현관에서 신발을 벗는 두 사람의 발치에서 샤미센이 머리를 비비며 맴돌았다. 가끔 찾아오는 손님에게 애교를 부리는 거라기보다는 인연이 거의 없는 인간에게 과민하게 반응하며 자신의 냄새를 묻히려는 고양이족의 본능이 시키는 짓일 거다. 특히 나가토의 복사뼈에 머리를 부딪치며 가르륵가르륵대는 건 샤미센의 몸 안에 무슨무슨 생명체가 봉인된 건이 있기 때문일지도 몰랐다.

한편 동생은,

"유키랑 코이즈미, 어서 와."

용광로 같은 미소를 지으며 두 사람에게 달라붙었다. 확실히 말해 방해가 됐기 때문에 나는 동생에게 부엌으로 가라고 명령해 겨우 쫓아낸 뒤 두 사람을 내 방으로 안내했다.

어느새 나가토가 샤미센을 안아들고 있었기 때문에 어쩔 수 없이 두 사람과 한 마리는 내 방에 단기 체재하게 되었다. 고양이가 들어도 곤란한 이야기는 없으니까 뭐.

"어디에서부터 이야기할까요?"

코이즈미는 침대에 앉아 긴 다리를 꼬았다.

"아니, 그 전에 당신의 이야기를 듣고 싶군요. 당신과 스즈미야 씨는 저희들 앞에서 홀연히 사라졌습니다. 스즈미야 씨는 어디 있는지 금방 알았습니다만…."

그 녀석은 어디로 날아갔어?

"본인 집에 계셨어요. α도, β도 모두 평범하게 귀가를 했거든요. 그대로였죠. 약긴 위화감을 느꼈는지는 모르겠시만 딱히 큰 문제는 없네요."

나가토는 바닥에 털썩 주저앉아 말없이 샤미센을 무릎에 얹고서 그 배를 쓰다듬어주었다. 고르륵고르륵 목을 울리는 샤미센. 꽤나 잘 따르네.

그 모든 일이 뒤섞인 폐쇄공간에서의 후일담에 관한 정보 중에서도 내가 가장 알고 싶은 것 중 하나가 있었다.

"나가토."

"……."

나가토는 고양이를 천천히 마사지하던 손길을 멈추지 않고 나를 쳐다보았다.

"이제 열은 내린 거야?"

그저 고개를 숙인 나가토는 샤미센의 발바닥을 꼭꼭 눌렀다.

"천개영역과의… 뭐라더라, 고도의 커뮤니케이션인지 뭔지는 잘 된 거냐?"

"일시적으로 중단되었다."

발랑 뒤집어져 있는 샤미센의 목을 쓰다듬는다.

"필요한 정보를 최소한이긴 하지만 수령했다고 정보 통합 사념체 및 천개영역 쌍방은 판단했다. 나를 매개로 한 정보전달은 비효율적이고, 정확성이 결여된다고 인식한 것 같다. 따라서 나는 그 임무에서 풀려났고 새로이 주어진 명령은 스즈미야 하루히에 추가로 스오우 쿠요우의 동정을 감시 보고하는 임무에 임하는 것이다."

현안이었던 나가토의 회복은 천개영역이 일시적으로 간섭을 중단했기 때문인가. 어쨌든 이전의 상태로 돌아와줘서 다행이구나.

"그렇지도 않다."

전혀 아쉽지 않다는 듯이 나가토는 말했다.

"상호이해 국면은 제2단계로 이행할 예정이다. 제1단계의 임무를 띤 내가 커뮤니케이션 워크에 부적합하다고 판단됐을 뿐이다. 후임 인터페이스가 어느 개체인지는 듣지 못했지만 나보다는 잘 해낼 것이다."

처음부터 키미도리 선배한테 시키면 됐을 걸 말야.

"잠깐만."

하지만 그렇다는 건 쿠요우는 아직 이 세계에 있는 거지?

나가토는 샤미센의 꼬리를 꾹꾹 잡아당기며 말했다.

"사라지지는 않았다. 아직 사립 코우요우엔 여대 부속고등학교에 재적 중이다. 그녀의 존재 목적과 개체 자체의 자율의식을 이해하기에는 아직 시간이 걸릴 것이다."

"후지와라는?"

이번에는 코이즈미가 대답했다.

"그는 아마 두 번 다시 나타나지 못할 겁니다. 아니, 우리들의 현재, 즉 그에게 있어 과거가 되는 이 시점으로 오지는 못 한다고 말하는 게 맞으려나요. 아무래도 그가 있던 미래와의 시간선은 끊긴 것 같아요. 아사히나 씨가 4년 이전으로 가지 못하는 것처럼 스즈미야 씨가 새로운 차원단층을 만들었다—고 나중에 아사히나 씨

(대)가 설명해주셨죠."

그럴 여유가 있었어?

"당신과 스즈미야 씨가 소실한 직후, '신인'도 붕괴를 시작했어요. 저한테는 익숙한 광경이었지만요. 그리고 완전히 무너진 것과 동시에 폐쇄공간도 풀렸습니다. 스즈미아 씨의 것도, 사사키 씨의 것도 모두요. 평온한 세계가 돌아온 거죠. 그때 동아리방에 남아 있던 것은 저와 어른 버전의 아사히나 씨, 그리고 타치바나 쿄코뿐이었습니다. 후지와라 씨와 스오우 쿠요우의 모습은 어디에도 없었어요."

와타하시 야스미도 말이냐.

"아사히나 씨(대)와는 무슨 이야기를 했지?"

"조금요. 그녀는 후지와라 씨를 상당히 가여워하는 것 같더라고요. 이건 제가 느낀 인상이라 그냥 그런 척을 한 건지도 모르죠. 하지만 후지와라 씨의 행동은 반쯤은 충동적이었던 거고, 그 또한 그가 속한 시간선을 지키기 위해 이용당한 건지도 모른다고는 했지만요. 자세히 이해하기에는 정보가 너무 부족해서 저로서는 뭐라 말할 수 없습니다만."

후지와라가 하루히를 죽이고 사사키를 신으로 내세운다고 해봤자 무엇이 바뀌었을까. 아사히나 선배(대)의 미래가 곤란해졌을까.

"하지만 아사히나 씨는."

코이즈미는 파닥파닥 흔들리는 샤미센의 꼬리를 보며 말했다.

"이 시공평면에서 자신들의 미래까지의 시공연속체를 완전히 바꿔 쓴다 해도 어차피 하나로 수렴될 텐데—라고 본심으로 보이는 말을 흘렸거든요."

흐음. 그리고?

"저한테 슬픈 미소를 보이고는 방을 나갔습니다. 바로 뒤를 쫓아 갔지만 그때에는 이미 모습을 찾아볼 수 없었죠. 미래로 돌아간 걸까요?"

어디까지 믿어야 좋을지 모르겠다. 코이즈미의 말도, 아사히나 선배(대)의 말도.

"타치바나 쿄코는?"

"세계가 융합한 뒤에 멍하니 있더군요. 한참 머리를 감싸 쥐고 아아, 으으 하더니 진정이 된 뒤에도 어깨를 축 늘어뜨린 게 그야말로 실망한 모습이었어요."

그야 그렇겠지.

"풀이 죽은 채 돌아갔어요. 그녀에게는 짐이 너무 무거웠나봅니다."

여기에서 코이즈미는 자신의 휴대전화를 꺼냈다.

"그냥 헤어지는 것도 뭐해서 일단 번호와 메일 주소를 교환하기는 했습니다만."

그 정신없는 틈에 약삭빠르게 그런 짓을 한 거냐, 이 바람둥이 녀석.

"바로 메일이 오더군요. 내용은…."

타치바나 쿄코는 여러 가지 일들이 있어 손을 떼기로 했다고 했다. 미래인과 우주인을 상대로 대등하게 맞설 수 없을 것 같다고 통감했다며. 하지만 할 수 있는 걸 차근차근 생각해보고 싶다는 희망적인 관측은 아직까지 갖고 있는 것 같았다.

코이즈미는 휴대전화를 소리 내어 닫았다.

"안심하세요. 또 나타나봤자 저희가 적절히 손을 쓸 겁니다."

그렇게 기쁘다는 듯이 말하지 마라, 너.

"메일 추신에 잠시 은둔하겠다고 씌어 있었어요. 동료들도 지하로 잠수한다고 하더군요. 앞으로 그녀는 사사키 씨의 단순한 사이 좋은 친구인 채 그런 가상으로 숙 살아주면 좋겠는데 과연 어떨지요."

사사키가 타치바나 쿄코의 감언이설에 넘어갈 일은 앞으로 절대 없을 거라 확신할 수 있다.

나와 코이즈미가 대화를 나누는 동안 나가토는 샤미센 전용 마사지사라도 된 양 고양이의 털결에만 신경을 쓰고 있었다. 우리의 이야기에는 전혀 관심도 없는 건지, 아니면 무슨무슨 생명체를 머릿속에 이식한 고양이의 생태가 더 신경이 쓰이는 건지.

"콘, 유키ー."

벌컥 문을 열며 동생이 뛰어 들어왔다.

"유키, 같이 놀자. 자, 샤미센도 같이. 아래에 고양이 장난감이 엄청 많아. 놀자, 놀자ー."

"……."

샤미센을 안아든 나가토는 조용히 일어나 흥분해 폴짝거리는 동생에게 이끌리듯이 비틀비틀 방에서 나갔다. 분위기를 파악해준 것일 수도 있고 후일담보다는 단지 고양이와 어린애와 함께 노는 것을 우선시하려고 생각해서 그런지도 모른다.

덕분에 코이즈미와 툭 터놓고 이야기를 할 수 있게 되어 조금은 감사하고 싶다.

"그때 사사키의 폐쇄공간이 있었던 건 이해가 됐다. 그 녀석 것은 상시적인 것이라고 했으니까. 하지만 하루히의 폐쇄공간까지 발생한 이유는 뭐지?"

담색 계열의 밝은 세계와 회색 공간이 혼재했던 광경은 생각만 해도 혼란스러워질 지경이다.

"의문의 여지는 아무것도 없죠. 스즈미야 씨가 의도적으로 일으킨 겁니다. 저를 그 장소로 유인하기 위해, 그리고 '신인'을 발생시키기 위해서요."

그건 이상하잖아. 하루히는 그때 학교 밖에 있었고 우리가 어떻게 됐는지는 의식하지 못하고 있었을 텐데.

"분명히 의식해주고 있었다고 생각하면 어떨까요?"

코이즈미는 심술궂은 학원 강사처럼 웃었다. 정답이 눈앞에 있는데 간단한 공식 때문에 악전고투하는 학생을 보는 것 같은 눈이었다.

"그곳에는 저희들 외의 존재가 있었다는 걸 잊으셨습니까? 정말 갑자기 난입해 들어온 것이나 마찬가지인 인간이죠. 우주인도, 미래인도, 초능력자도 아닌, 처음부터 정체불명이었음에도 어느새 그 위치를 확고히 한, 그리고 당신과 저를 동아리방으로 부른 사람입니다. 그래요, α의 시공에 있던 저희들요."

와타하시 야스미… 말이냐.

그 녀석은 대체 정체가 뭐야?

그 질문에 코이즈미는 순순히 대답을 제시했다.

"그녀의 정체는 스즈미야 씨예요. 스즈미야 씨가 만들어낸 또 하나의 자신입니다."

지금에야 생각하면 그런 것 같았긴 했다만 자세히 물어보도록 하

마. 너는 언제 그걸 알아챘냐?

"처음부터 그렇다고 가르쳐주시지 않았습니까. 알기 쉽게요. 공책하고 펜 좀 빌려주시겠어요?"

내가 말한 물건을 건네주자 수려한 손이 슬슬 움직여 새하얀 백지에 샤프를 놀려서 제일 먼저 '와타하시 야스미'라고 썼다.

"단순하고 간단한 애너그램(주23)이에요. 힌트 없이도 풀 수 있는 수준이니까 단서는 제공하지 않겠습니다. 이건 읽으면 그대로 뻔히 해답을 찾을 수 있을 거예요."

장황한 설명은 그 정도면 됐으니까 계속 얘기해봐.

"한자로 泰水라고 쓰고 야스미라고 읽는 건 눈속임입니다. 이건 그대로 야스미즈라고 발음하면 되는 거예요(주24). 히라나가로 하면 '와타하시 야스미즈'. 여기에서부터 알파벳으로 바꿔 써보겠습니다."

—watahashi yasumizu.

"이 문자열을 애너그램 변환하면…."

—watashiha suzumiya.

—나는 스즈미야.

코이즈미는 샤프를 툭 던졌다.

"스즈미야 씨는 무의식중에 힘을 행사한 겁니다. 예방선을 치기 위해서요. 그래서 세계를 분기시켰죠. 하나는 원래 존재해야 했던 세계. 다른 하나는 존재하지 않았던 세계. 그녀는 아무 자각도 하지 못했음에도 불구하고 어떤 위기의식을 느꼈던 거예요. 이 세계는 스즈미야 씨의 보호를 받고 있습니다. 만약 스즈미야 씨가 세계를

주23) 애너그램: anagram. 단어나 문장을 구성하고 있는 문자의 순서를 바꾸어 다른 단어나 문장을 만드는 놀이.
주24) 泰水는 한자 그대로 읽으면 '야스미즈'로, 전편에서 쿈은 야스미의 이름을 보고 처음에는 야스미즈라고 읽었다.

분열시키지 않았다면 당신은 적 세력의 뜻대로 놀아났을지도 모르죠. 결국 그녀는 당신과 나가토 씨를 지키려 한 겁니다."

말이 안 나온다는 건 바로 이걸 말하는 것일 터다.

"그게 언제 시작했느냐는 추측하는 수밖에 없겠지만 봄방학 마지막 날부터 새 학기 첫날 새벽 무렵이 유력합니다. 그 시점에서 스즈미야 씨는 앞으로 일어날 사태를 예측하고 있었어요. 물론 무의식 중에 말입니다. 이건 엄청나게 경이로운 일이에요. 자각이 없는 예언이라고도 할 수 있겠죠."

내가 기억하는 한 세계가 공통되었던 건 내가 목욕에 들어갔던 시점까지다.

동생이 가져온 수화기를 귀에 댄 순간에 분기했다고밖에 생각되지 않았다.

사사키가 걸어온 세계와 야스미가 걸어온 세계로.

"당신과 나가토 씨에게 좋지 못한 미래가 기다리고 있다고 스즈미야 씨는 예지한 거겠죠. 그래서 사전에 포석을 깐 겁니다. 그게 제가 말하는 α루트로, 자신의 분신이 등장하는 겁니다. 그녀는 자신이 가진 힘을 모르는 게 아니라 어쩌면 알 수 있음에도 불구하고 알고 싶지 않다고 생각하는지도 몰라요."

코이즈미의 표정은 어딘지 모르게 공포를 느끼고 있는 것처럼 보였다.

"와타하시 야스미는 스즈미야 씨의 무의식이 실체화한 모습입니다. 말 그대로 의식의 범주에 없어 자신의 행위를 알아차리지 못하는 상태를 무의식이라 부르죠. 그렇기 때문에 와타하시 야스미가 소멸한 게 아니라 본체에 통합되었다 해도 스즈미야 씨 본인은 그걸 모르죠. 눈을 뜬 순간에 사라지는 꿈과 같은 거예요. 어쩌면 정말로 꿈이었을지도 모르겠네요. 우리는 스즈미야 씨가 만든 몽환과도 같은 세계에 있었던 겁니다. 만에 하나의 가능성이 현실이 될 수도 있었던 비실재의 세계예요."

새삼 실감이 드네. ⊥ 녀석은 뭐든지 다 가능한 거냐. 하루히란 녀석은.

"정말 놀라운 일이죠. 저는 스즈미야 씨를 신으로 보는 논조에는 회의적이었습니다만, 생각을 바꿀 필요가 있을지도 모르겠어요."

그 녀석을 떠받들 마음은 안 든다만.

"저는 스즈미야 씨가 서서히 힘을 축소시키고 있다고 생각했는데 완전히 예상에서 빗나간 건지도 모르겠습니다. 그녀는 진화하고 있어요. 감정적인 능력의 발로를 제어하고 의식적으로 조종하려 한다는 가능성이 나왔습니다. 이지적인 '신인'의 행동이 그걸 말해주고 있어요. 자각이 없는 건 지금까지와 마찬가지지만요. 그렇기 때문에 더욱 대단한 겁니다. 키보드를 마구잡이로 두드려서 일정량 이상의 의미를 가진 문장을 만드는 건 확률적으로 일어날 수는 있지만 실제로는 제로 퍼센트라고 할 수 있죠. 하지만 의도를 갖고 행하는 건 간단하죠? 그걸 의식하지 않고 해치우는 겁니다. 확률 통계를 완전히 무시할 수 있어요. 이미 신을 초월한 거죠."

그렇다면 이젠 손쓸 길이 없겠네.

"추측이에요. 스즈미야 씨의 심리 분석은 저 같은 사람이 하기에는 과분한 작업입니다. 그녀가 신과 유사한 존재라고 한다면 더욱 그렇죠. 신화를 한번 보십시오. 신들의 의지나 행동은 언제나 변덕스럽고 이해할 수 없죠. 때로는 불합리한 일도 있고요. 하지만 인간들에 대한 온정이 전혀 없다고는 할 수 없습니다. 가끔 보여주는 그런 인간미에서 알 수 있는 건 하나, 신화의 신은 인간이 만들어낸 것이라는 점입니다. 그렇다면 신에게 있어 신은 대체 어디에 있고 어떤 모습을 하고 있을까요."

그거야말로 속수무책이다만, 그렇다면 그걸로 좋지 뭐.

그런데 아사히나 선배(대)와 후지와라의 관련성은 어떻게 되는 거지? 아니, 미래인의 시간논리 말이야.

"시계열이 분기한 건 우리들이 직접 체험해서 안 사실이죠. 이게 시공간의 덮어쓰기라면 저도 당신도 깨닫지 못했을 겁니다. 만 몇 천 번이나 반복됐던 작년 여름처럼요. 분기한 두 가지 루트의 기억이 있다는 게 역설적인 설명이 되는 겁니다."

그래서.

"저희가 체험한 분기는 스즈미야 씨의 힘에 의해 발생한 인위적인 시공 개변이에요. 하지만 아사히나 씨와 후지와라 아무개 씨의 미래가 어땠는지는 모르죠. 애초에 같은 세대였는지, 다른 세계의 인물이었는지, 혹은 누가 거짓말을 한 건지, 더 나아가 말하자면 양쪽 모두 거짓 증언을 했을 가능성도 있습니다."

미래인이 본심을 말하지 않는 건 금지 사항인가 하는 것 때문만은 아닌 것 같군.

"정말 그렇습니다. 이건 제 감이지만 작위적이든, 자연현상이든 미래는 다양하게 분기하는 게 아닐까요? 하지만 그 분기 루트의 동시진행은 어디까지나 유한하고, 언젠가는 다시 하나로 합류하는 게 아닐까…. 그렇게 분열과 통합을 반복하며 나아가는, 그게 우리가 인지하는 시간이 아닐까, 그렇게 여겨지네요. 그림으로 표현하자면."

다시 펜을 든 코이즈미는 공책에 낙서를 하듯 선을 긋기 시작했다.

"앞에서 말한 대로 저희가 원래 경과할 것은 β루트뿐이었을 겁니다. 거기에 스즈미야 씨가 강제로 개입해서 α루트를 만들어냈고, 그로 인해 저희의 지금이 있는 거죠. α의 당신과 저, 그리고 와타하시 야스미가 없다면 어떻게 됐을지 모르겠네요."

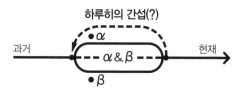

"한편 아사히나 씨와 후지와라 씨의 미래가 개별적인 거라면 이런 거겠죠. 어떤 계기로 분기했다가 다시 통합한다는 가정하의 이야기입니다만."

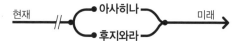

"그중에는 통합되지 않고 분기한 채 섞이지 않는 미래도 있을지도 모르죠. 아사히나 씨는 자신의 세계의 미래가 좁아지는 걸 막기 위해 과거로 온 것인지도 모릅니다. 자신들의 미래로 시간의 흐름을 유도하기 위해서요."

이런, 이런. 내 머리로는 못 따라가겠다. 나가토라면 다른 의견을 말할까…. 그런 생각을 하는 사이에 전혀 다른 게 떠올랐다.

"이야기가 좀 달라지는데, 너와 모리 씨는……, 그리고 아라카와 씨는 어떤 관계냐? 나는 틀림없이 모리 씨가 네 상사일 거라고 생각했는데."

코이즈미는 흥미롭다는 얼굴로 나를 들여다보았다.

"왜 그렇게 생각하셨죠? 저희 '기관'에 무슨 의문이 드는 점이라도 있으신가요?"

"모리 씨는 너를 반말로 불렀어. 그럼 너는 우리들이 없는 곳에서는 모리 씨를 뭐라고 부르지?"

살짝 허를 찔렸다는 표정을 짓긴 했지만 코이즈미는 곧 익살맞은 스마일 모드가 되었다.

"저희는 한 가지 목적을 가진 동지거든요. 그래서 회사조직 같은 계급은 존재하지 않습니다. 누가 높다거나 잘난 게 아니라 완전한 동급이에요. 동료에 상하관계는 없지요. 모리 씨는 모리 씨예요. 그녀도 저를 본인이 편한 대로 부르는 것뿐입니다."

흐으음.

뭐, 그런 걸로 쳐두지. 딱히 알고 싶었던 것도 아니고 쓸데없이 탐색하는 건 촌스러운 짓이니까.

"아, 그리고 또 하나. 이건 사소한 거긴 하지만 일단 알려드리도록 하죠. 야스미 씨가 가져와서 동아리방에 장식해둔 꽃에 대해서입니다. 사진을 적당한 곳에 보내 조사한 결과, 완전한 신종이라는 걸 알았습니다. 라틴 어로 학명을 붙일 수도 있을 만한 물건이에요. 그녀는 약속을 지킨 거죠. 입단시험에 있던, 뭔가 재미있는 것을 가져오라는 지령을 충실히요. 스즈미야 씨의 분신이면서도 어쩌면 본인보다 귀여웠던 소녀였는지도 모르겠어요. …아차, 이건 실언이었나요. 아무튼 언젠가 또 만나고 싶네요."

쑥스러워 하는 듯한 쓴웃음을 지으며 코이즈미가 자리에서 일어났고 휴일의 사소한 회합은 이렇게 끝났다.

아아, 참고로 둘이 계단을 내려가자 거실에 있던 나가토와 동생은 샤미센을 제쳐놓고서 동물장기에 열중하고 있었다는 말을 덧붙여두겠다.

나중에 들은 바에 따르면 동생은 우주인을 상대로 연전연승을 했다고 한다. 그게 정말일까.

지금도 생각한다.

─만약 그때.

내가 사사키를 선택했다면 어떻게 됐을까. 하루히에게서 사사키로 갈아타고 가짜 SOS단을 결성한다.

코이즈미를 대신해 타치바나 쿄코, 나가토의 대용으로 스오우 쿠요우, 아사히나 선배를 버리고 후지와라와 손을 잡고 중앙에 사사키를 세웠다면.

나는 죽었을지도 모른다. 다름 아닌 아사쿠라의 손에. 삼세 번이라는 말이 있잖아. 키미도리 선배는 말리지 않았을 거다. 그 결과 나가토가 어떻게 움직였을지는 모르겠다. 나가토는 진심으로 사념체에 반기를 들었을지도… 라는 건 내 자의식 과잉일까.

하지만 그렇게는 되지 않았다. 될 수도 없었지.

나는 이미 SOS단에 푹 빠져 있다. 이곳을 빠져나간다는 건 바닥 없는 늪의 가장 깊은 곳에서 산소통 없이 떠오르는 것만큼 어려운 일이라고.

그러니까 나는 여울에 있다. 파도가 출렁이는 얕은 바닷가에서 동료들과 질리지도 않고 수평선을 바라보고 있는 거다.

이젠 불특정한 누군가한테 찾아갈 마음도 안 들어. 나는 이렇게 있고 싶다. 내가 그렇게 생각하는 거다. 다른 누구의 의견도 필요 없다. 하루히와 아사히나 선배와 코이즈미와 나가토. 모두의 의견이 내 의견이고, 내 의견은 모두에게 공통되는 생각이 분명할 거다.

그러니까 이대로 가자. 갈 수 있는 곳까지 쭉. 바닥에 깔린 선로 따위는 얼마든지 탈선해주겠어. 시공 전의 선로를 우리 손으로 부설하면서까지.

그래, 시간이 끝나는 곳까지.

그 월요일의 방과 후에는 갑자기 변덕이 들었는지, 아니면 무슨 생각하는 바라도 있는지 수업이 끝나자마자 동아리 활동 휴식을 선언하더니 단장님께서는 바로 집으로 돌아가버리셨고, 마침 잘됐다는 듯이 우리 단원들 중 아사히나 선배와 코이즈미도 동아리방에 들르지 않고 각자 집으로 돌아갔다.

개인적으로도 조금 더 생각하고 싶은 게 있었기 때문에 그럴 여유가 생긴 것에는 감사하도록 하자.

나가토만은 문예부 부장으로서의 의무감인지 남아서 독서 삼매경에 젖어 있었지만, 마공간이 되어버린 그 구역에 자칫 발을 디딜

가입 희망자가 찾아오지 않기를 기도할 뿐이다. 뭐, 그건 나가토가 정보 조작으로 잘 처리해주려나.

학교를 마치고 역 앞 주차상에서 자전거를 끌어낸 나는 집으로 가는 길을 지나 다른 방향으로 진로를 잡고 자전거를 몰았다.

목적지는 SOS 단원이라면 '예의 장소'로 통하는, 그 역 앞 공원이다. 생각해보면 이번 사건은 그곳에서 사사키와 쿠요우, 타치바나 쿄코와 마치 우연처럼 마주쳤던 것에서부터 시작되었다.

물론 나는 누구와도 아무 약속도 하지 않았다. 단지 그곳에 가면 만날 수 있을 것 같다는 생각을 했을 뿐이었다. 홀짝 도박처럼 확률은 반반일 거라 생각했는데 내 생각은 이미 다 읽혔던 모양이다.

"헤이."

사사키가 공원 앞에 서서 손을 흔들고 있었다.

"여기에 오면 만날 수 있을 것 같았어. 비과학적이지만 감으로 행동하는 것도 때로는 나쁘지 않은 것 같네. 뭐, 예감이나 예지몽 같은 건 모두 억지해석이지만 말이야."

나는 자전거를 대충 불법주차해놓고 사사키에게 걸어갔다.

온화하며 사람을 놀리는 듯한 미소를 지은 채 사사키는 나를 근처 나무 벤치로 이끌었다.

역에서 쏟아져 나오는 하굣길의 학생들과 역으로 향하는 잡다한 사람들이 강의 담수어처럼 지나가는 것을 바라보며 우리는 잠시 동안 말없이 앉아 있었다.

먼저 말을 꺼낸 건 사사키였다.

"저번에는 고생이 많았어. 그렇다고는 해도 나는 아무 일에도 관여하지 못했지만 말야. 그런데 교문 앞에서 갑자기 방치 플레이를 당했을 때에는 정말 당황스럽더라. 그게 소문으로 들은 폐쇄공간이란 건가?"

그 뒤에 너는 어떻게 됐냐?

"할 것도 없고 내가 그 자리에 머물러 있는 것도 방해가 될 것 같아 바로 물러났지. 너는 그런 급경사의 언덕길을 매일처럼 왕복했구나. 솔직히 감탄했다."

그리 대단한 것도 아냐. 익숙해지면 도시의 지하가를 걷는 것보다는 편하다고.

"자세한 이야기는 타치바나한테서 들었어."

사사키는 덜렁거리는 자신의 신발을 보며 말했다.

"후지와라는 가엾지만 뭐, 잘된 거 아닌가. 나한테도 말이야. 덕분에 내가 신이니 뭐니 하는 망언으로부터도 해방될 것 같아."

사사키가 본심을 말하고 있다는 건 그 말투로 알 수 있었다. 이쪽도 그저 멋이나 장난으로 사사키와 중학시절을 함께 보낸 건 아니니까 말이다. 하지만 단 하나.

"물어보고 싶은 게 있다."

"뭘까? 네가 나한테 질문을 하는 게 공부에 관련된 거 말고 있었나? 중학교 때에는 늘 그랬다고 기억하는데."

"네가 우리 집에 왔을 때 후지와라 쪽 일 말고 다른 이유가 하나 더 있다고 했잖아. 그게 뭐냐?"

사사키는 눈을 최대한도로 크게 뜨며 나를 바라보았다.

"아아, 그거. 잘 기억하고 있었구나. 그냥 슬쩍 말해본 거라서 까

맣게 잊어주길 기대했는데 네 기억력을 우습게 봤나봐."

후훗, 한숨과도 같은 웃음소리를 흘린 뒤 사사키는 하늘을 올려다보았다.

"2주 전쯤의 이야기야. 나 고백받았어."

그 순간, 모든 말을 봉인당한 나는 완전히 침묵할 것을 강요받았다. 마치 내 머릿속에서 일본어의 모든 단어가 공중으로 흩어진 것처럼 아무 말도 할 수가 없었다.

사사키는 계속해서 이렇게 말했다.

"같은 학교 남자애야. 나한테 고백을 하다니 참 취향도 별난 애가 다 있네 싶어서 감동도 하고 기가 막히기도 했지. 나도 바로 대답할 만큼의 여유가 없었어. 기습을 당한 거나 마찬가지였으니까. 그래서 지금도 보류해두고 있다."

생각해보면 하루히와 사사키는 어딘지 모르게 닮았다. 입만 열지 않으면 평범한 애들보다 더 이성의 눈을 끄는 외모도 그렇지만 가만히 서 있으면 더욱 눈이 그 뒤를 좇게 된다는 의미에서.

"그러니까 나는 연애상담을 하러 갔던 거야. 내가 그런 메신저 RNA(주25)에도 못 미치는 하나만으로 찾아갔을 거라 생각했어? 뭐, 동생을 만난 건 요행이었지만 말이야."

그거야…. 도움이 안 돼서 미안하다.

"괜찮아. 그 상황에서 상담거리를 꺼내봤자 곤란하기만 했을 거 아냐? 그리고 역시 내 문제라면 직접 해결해야 한다고 그 직전에 생각을 고쳐먹었지. 너한테 괜한 잡음을 들려주는 건 상책이 아니었을 거고."

다시 침묵이 찾아왔다. 이야기를 들었으니 내가 어떤 농담이든

주25) 메신저 RNA: 세포 내에 있는 리보핵산(RNA)의 일종. 핵 안에 있는 디엔에이(DNA)의 유전 정보를 세포질 안의 리보솜에 전달한다.

뭐든 반응을 보여줄 차례겠지만 생각이 안 나는 걸 어쩌란 말인가. 한심하게도 나는 아직 어휘력을 연마할 필요가 있을 것 같다. 나가토 사서의 추천서라도 읽어볼까.

부드러운 젤리 속에 있는 것 같은 정체감을 깬 건 또다시 사사키였고, 그것은 충격적인 새로운 사실이었다.

"스즈미야와 같은 초등학교를 다녔거든. 반은 죽 달랐지만 그런 내가 봐도 그녀의 모습은 언제나 두드러져 보였어. 마치 태양 같은 사람이었지. 다른 반에 있어도 그 빛을 느낄 수 있을 만큼 말이야."

그런 트릭이 아직도 있었냐. 설마 하루히와 사사키가 나보다 먼저 만났을 줄이야.

"같은 반이 될 수 있다면 참 좋겠다고 생각했어. 그렇게는 되지 않았지만. 그래서 중학교가 다르다는 걸 알았을 때에는 복잡한 심정이 들더라. 쓸쓸하기도 하고 마음이 놓이기도 하고―. 온도를 잃었다… 고 말하면 맞을까? 이해하겠지, ?"

그래, 대충은.

"집안 사정 때문에 나는 초등학교를 졸업하는 것과 동시에 성이 바뀌었어. 그래서 스즈미야는 사사키라는 이름을 듣고 바로 생각이 안 났을 거야. 내 얼굴도 많이 바뀌었고. 스즈미야를 동경해서 길게 길렀던 머리도 잘랐고 말이야. 하지만 다행이었어. 새삼 이제 와서 알아봐봤자 나는 주눅만 들었을 테니까. 그러니까 비밀로 해줘. 이 고백도 사실은 굉장히 부끄럽다고."

나는 조용히 숨을 내쉬었다.

내가 알지 못하는 곳에서 인간관계라는 건 다양하게 교차하고 있다는 걸 새삼 실감한 기분이었다. 생각해보면 당연한 일이지. 이 세상은 사람들로 넘쳐나고 있고 그 각각이 여기저기에서 수많은 인간과 만나고, 헤어지고, 또 재회도 한다. 그렇게 셀 수 없을 만큼 많은 드라마가 발생하고 있는 거다.

결국 나는 나와 그 주변의 인간관계밖에 알 수 없다. 모르는 곳에서 어떤 사건이나 연애가 일어난다 해도 알 길이 없는 걸 사실이라 인식하는 건 절대로 불가능하다.

"그렇지도 않아, 쿈."

사사키는 명랑한 웃음을 되찾았다.

"보도된 사건만이 진실이 되는 건가? 그래, 확실히 우리는 사람으로서 알 수 있는 이외의 지식을 얻을 수는 없지. 우주 끝에 뭐가 있는지, 우주 밖에 뭐가 있는지, 도대체 우주란 무엇인지, 내게 있어 진상은 아직까지 손이 닿지 않는 심연의 바닥에 있어. 하지만 인식하지 못한다고 해서 그런 것들의 해답이 존재하지 않는 건 아닐 거야. 나는 이렇게 생각한다. 만약 인류가 종으로서 종언을 고하게 된다 해도 인식할 수 없는 진실을 간단히 관측할 수 있는 생명체가 있다면 그야말로 우리가 신이라 부르기에 족한 존재가 아닐까 하고 말이야."

우주 규모로 확대해봤자 더욱 이해가 안 되거든.

"우리 인간에게는 상상력이 주어져 있어. 이것이야말로 인간이 자연계에서 자랑하는 최대의 무기라고. 신과 같은 존재에 대항할 수 있는 단 하나의 작은 화살처럼 말이야."

큭큭큭, 소리를 낸 사사키는 말을 이었다.

"쿈, 네가 바란다면 언제든지 스즈미야의 대역을 맡아줄게—라고 말은 하지만 나는 네가 바늘구멍만큼도 바라지 않을 거라는 건 알고 있어. 아니, 그 반대인가. 내 바람을 네가 알고 있다고 해야겠지. 어쨌든 그 가능성은 이제는 숫자로는 표현할 수 없을 거야. 제로라고 하는 것도 우습지. 완벽한 무다."

정말 너는 늘 올바른 소리밖에 안 하는구나.

"그리고 결국 나는 아무것도 안 했잖아. 역시 신은 맞지 않는 거야."

안 해도 될 짓만 하려 드는 녀석이 쓸데없이 많은 요즘 세상에 매사를 똑바로 이해하고서 아무것도 안 하겠다는 판단을 내린다는 게 얼마나 대단한 미덕인지 사사키도 잘 알고 있을 거다.

"응, 나는 알기 쉬운 적은 되고 싶지 않았어. 나는 내게 그만큼 높은 가치를 매기지는 않았지만, 경솔히 싼값에 떠맡을 만큼 가난하지는 않거든. 삼류 사기꾼은 좀 더 수준이 다른 내면을 가진 인재가 연기해야만 그 맛을 살릴 수 있는 법이라고. 액터 앤드 액트리스, 나는 무대에 오를 수 있을 것 같지가 않군. 좋게도 나쁘게도 연기를 할 수가 없어."

내 주위에서 연극의 소양이 있을 법한 건 코이즈미 정도다. 나한테는 무리야.

틀림없이 각본가가 쓴 시나리오에도 불평을 늘어놓을 자신이 있다.

"그건 내가 나일 뿐이고 네가 너일 뿐이었다는, 그런 이야기야. 스즈미야 흉내는 아무도 낼 수 없어. 분명히 그녀 자신도 의식적으로는 할 수 없을걸. 그곳에 의사가 개입할 여지는 없다고. 아무리 위대한 지혜를 가진 누구라도 불가능해."

수수께끼라면 충분하다고, 사사키. 이 철학 담화 같은 대화는 언제까지 계속되는 거냐?

"이런, 실례했네. 이제 끝낼게."

사사키는 갑자기 진지한 표정을 지었다.

"너는 착실히 유쾌한 인맥을 구축해 그곳에서 기쁨을 찾아내고 있는 것 같은데, 이번에 절실히 느꼈어. 나는 학업에 전념하고 싶어. 정말 중학교 때처럼 반에서 어울리지 않는 나를 즐길 여유가 없다고. 나의 이 말투조차 딱히 큰 주목을 받지 않아. 몇 년 전까지 남학교였고 지금도 여학생이 적긴 하지만 나 자신은 몰라도 주위에서는 그리 재미있어 해주지 않더라고. 가볍게 무시해서 벽에 부딪치는 게 고작이야. 그러니까 콘. 나는 네가 마음에 들었어. 괜히 나를 탐색하지도 않고 있는 그대로 받아들여줬던 사람은 지금까지도, 앞으로도 너 한 명뿐이었지. 너와 책상을 마주하고 급식을 먹던 시간은 무엇보다 귀중했다. 뭔가 말하고 싶을 텐데 생각을 깊이 해보고선 아무 말도 하지 않는다. 그러면서도 일정한 거리를 유지하고 그런 부분까지 배려를 해주면서도 나중에도 자연스레 대해주는 남자라면 이 세상에서 유일하게 너뿐이지."

또다시 쿡쿡거리며 웃는다.

"아이 참. 꼭 무슨 고백이라도 하는 것 같네. 오해를 사는 건 내 본의가 아닌데."

아무도 오해하지 않거든. 그런 이상한 생각을 하는 녀석은 머리가 어떻게 된 거다. 쿠니키다의 두뇌는 공부에 너무 특화되어 기괴하게 인지하게 된 거야.

"그래. 마지못해 외운 건 필요 없게 된 순간에 잊어버리는 법이지. 나는 고등학교 입시에 필요한 지식과 기술을 모두 잊어버렸다

고. 아마 지금 내 머릿속에 있는 기억도 3년 후에는 잊어버리게 될 거야."

사사키는 명랑하게 말했다.

"그래도 괜찮아. 새로운 다른 걸 외우면 되니까. 그때에는 내가 기억하고 싶은 것만을 말이야."

개운해졌다는 듯이 사사키는 힘차게 벤치에서 일어났다.

"그럼 나는 학원에 가야 해서 이만. 이야기를 할 수 있어서 기뻤어, 콘."

그대로 걸어가기 시작한 사사키는 뒤도 돌아보지 않고 역 개찰구로 향했다.

늘씬하고 가녀린 뒷모습을 향해 나는 있는 힘껏 소리쳤다.

"그럼 친구, 동창회에서 또 보자."

내 목소리가 들렸는지 어쩐지 사사키는 손을 들지도 않았다. 몇 년 뒤에 재회한다 해도 첫마디를 "헤이, 친구"라고 정한 듯한, 그런 뒷모습이었다.

이렇게 해서 나도 사사키와 반대 방향으로 걸어가기 시작했다. 서두르는 게 좋을 것 같기도 하고, 일부러 늦게 가도 될 것 같은, 애매모호한 기분이 드는데, 과연 한 달이란 건 어떤 정해진 일에 결판을 낼 시간으로는 긴 걸까, 짧은 걸까. 뭐, 그거야 결정해야 할 일에 따라 다르겠지.

아무튼 내가 걸어가는 방향에서는 하루히에게 줄 선물을 무엇으로 할지 고민해야 하는 날들이 기다리고 있었다.

이거라고 생각하는 게 있다면 꼭 메시지나 편지를 보내주길 바란다. 지금이라면 큰 참고가 될, 뛰어난 의견을 찾아낼 수 있을 것 같거든.

그리고 이튿날, 화요일.

내가 1년간 올랐어도 여전히 끔찍하다는 감정을 억누르지 못하는 언덕길을 묵묵히, 그리고 담담히 걸어가고 있는데,

"여! 쿄로스케!"

등을 바퀴벌레라도 때려잡는 듯한 기세로 얻어맞고서 과장이 아니라 확 고꾸라졌다.

뒤를 돌아본 내 얼굴 가까이에는 라미네이트 가공된 레어카드처럼 밝게 빛나는 대선배의 전등 장식 같은 미소가 있었다.

"츠루야 선배. 아, 안녕하세요."

"안녕, 쿈. 오늘은 날씨가 참 맑네."

나는 하늘을 보고 구름이 낀 걸 확인한 뒤 다시 츠루야 선배를 보았다. 껄껄대며 웃은 츠루야 선배는,

"날씨 말고 너 말야. 너. 시원스런 얼굴인데! 마치 1주일쯤 꾸물대며 생각하던 고민거리가 지난 주말에 깨끗이 풀린 것 같은 얼굴이잖아."

마치 일련의 전말을 어디에선가 보고 있었다는 듯이 말했다.

감이 좋은 걸로는 어떤 의미에서 하루히 이상인 이 사람이니 내 얼굴에서 필요 이상의 정보를 읽어냈다 해도 전혀 신기할 일은 아니었고, 그걸 신기하게 느낄 수 없게 된 내 스스로에게 놀라며 말했

다.

"물어보고 싶은 게 있는데요, 츠루야 선배."

"그게 뭘까—?"

나란히 보조를 맞추었다.

"제가 어떤 녀석인 것 같아요? 츠루야 선배가 봤을 때의 의견만 이라도 좋은데요."

"뭐어? 뭐야, 왜 그래? 내 감상은 도움이 안 되는데."

"솔직한 마음을 듣고 싶어. 코이즈미와 나가토한테서는 정직한 감상은커녕 의미를 알 수 없는 헛소리나 개념적인 대답밖에 못 듣 거든요."

츠루야 선배는 푸하하 하고 웃었다.

"미쿠루한테 물어봐도 안 되겠지. 그 애는 달콤한 말밖에 안 할 테니까 말야."

그렇게 말한 뒤 츠루야 선배는 갑자기 내 얼굴을 들여다보았다.

"응. 콘은 말이지, 그래. 마이너들이 좋아할 타입이야. 딱히 말을 걸기 편한 건 아니지만 무슨 말을 하면 적확하게 답을 해주는 거지. 재미있는 이야기에 낄낄대고 웃지도 않는 대신 시시한 이야기에 기 분 나쁜 얼굴을 하지도 않잖아. 그러면서도 제대로 대답을 해주는 사람은 사실은 그리 많지 않아. 네가 바로 그거야!"

좀 더 칭찬다운 미사여구는 없습니까.

"음, 너는 그럭저럭 괜찮은 남자잖아."

역시 츠루야 선배의 안력은 군사용 랜드샛(주26)만큼 정확하다. 더 말해주세요.

"하지만 그 정도는 아니고."

주26) 랜드샛: landsat. 미국 나사(NASA)에서 발사한 지구 자원 탐사 위성.

흥분되던 마음은 구멍이 뚫린 열기구처럼 급속도로 쪼그라들었다.

츠루야 선배는 또다시 껄껄 웃었다.

"하지만 너라면 길을 빗나가지는 않을 거야. 그 부분은 신뢰하고 있지. 미쿠루한테 못된 장난도 안 칠 것 같고. 이 고등학교에 있는 동안은 아주 평범하고 평범한 생활을 하게 될 거야."

SOS단의 활동이 도저히 평범하다고 생각되지는 않는데요.

"글쎄, 과연 그럴까."

츠루야 선배의 두 눈이 번뜩였다.

"네가 볼 땐 이미 평범해진 거 아냐? 하루냥이 있고, 미쿠루가 있고, 나가토가 있고 코이즈미도 있어. 뭐 더 원하는 거 있니?"

필요 없어요 하고 바로 대답할 수 있다. 당분간은 신입단원도 지긋지긋하다고요.

"냐하하하. 그렇겠지."

스텝을 밟는 듯한 걸음으로 츠루야 선배는 나를 앞질러갔다. 하지만 곧 뒤돌아보더니,

"월말 꽃놀이 대회, 기억하고 있어야 한다. 여러 가지로 행사를 기획해놨으니까 안 오면 내가 벚꽃 가지고 갈 거야."

그리고 마지막으로,

"우리 집에 맡겨둔 그 이상한 장난감, 필요할 때가 오면 말해줘. 그럼 안녕!"

경쾌한 목소리로 그렇게 말하고는 윙크를 한 차례 남기고서 힘차게 언덕길을 걸어가는 선배의 모습에서는 철저하게 인생을 즐기며 놀겠다는 기개가 엿보였다.

못 당하겠다니까, 츠루야 선배. 아마 평생 나는 그녀에게 필적할 수 없을 거다. 하지만 그런 열등감은 왠지 모르게 훈훈한 기쁨을 내 가슴에 안겨주었다.

츠루야 선배의 모습이 작아지는구나 싶더니 이번에는 또 다른 지인이 내 어깨를 두드렸다. 뒤를 돌아보니 한 반이라는 기이한 인연을 가진 동급생, 타니구치와 쿠니키다가 나란히 서 있었다.

"여어."

다시 부활한 능글거리는 얼굴의 타니구치를 봐선 스오우 쿠요우와의 일은 드디어 떨쳐낸 모양이다. 그 우발적인 해후 이후로 어딘지 모르게 내 눈을 슬금슬금 피하던 것 같더니 회복하는 것 하나만큼은 참 빠르구나, 인기남 타니구치.

"여어, 콘. 그럼 말인데 여자 소개시켜다오."

갑자기 무슨 소리야? 바보냐.

"쿠니키다한테 들었는데 사사키라는 애가 꽤 괜찮은 것 같던데. 그 애라도 괜찮으니까. 어차피 너하고는 이제 인연 없을 거 아냐. 스즈미야를 내팽개치고 다른 여자한테로 갈 만큼 기력도 없을 거고. 응, 응?"

시끄러워. 알겠냐, 타니구치. 갖고 싶은 건 스스로 쟁취해라. 그리고 우주 개벽으로부터 지금까지의 시간을 모두 쏟아 생각해봐도 결론은 하나야. 너한테 사사키는 안 맞는다. 그야말로 쿠요우 이상으로 끔찍하게 차일 거라는 걸 보증서로 써주마. 네 이마에 쓰면 되냐?

타니구치는 서투른 연극적 제스처로 불만을 표현했다.

"오오, 내 주위에는 하나같이 변변한 여자는커녕 남자조차도 없는 것 같구나. 만약 내가 최고의 미소녀 아이돌 그룹과 알게 된다 해도 콘, 너한테는 소개 안 시켜줄 거니까 잘 기억해둬. 그리고 지금 한 말을 떠올리며 질질 짜라."

그래. 얼마든지 울어주마. 다만 웃다가 울게 되는 거겠지만 말이야.

"마음대로 떠들라고. 너도 스즈미야 시중만 들며 고등학교 3년을 보내다 졸업식 날에 대체 나의 이 인생 단 한번뿐인 청춘의 날들은 뭐였나 하고 혀를 차게 될 거다. 그때 후회해봤자 이미 늦어."

충고 참 황송하구나. 충분히 조심하마. 하지만 나는 현재진행형으로 청춘이란 녀석을 만끽하는 중이거든. 너는 너대로 구가하든지 마음대로 해라. 단 묘한 우주인하고는 두 번 다시 사귀진 말아줘. 내가 성가셔지니까.

타니구치의 바보 같은 이야기를 더 이상 못 듣고 있겠는지 옆에서 쿠니키다가 끼어들었다. 이 녀석치고는 비교적 진지한 얼굴이다.

"저기, 콘. 보통 비슷한 감성을 가진 사람들끼리는 반발하는 경우가 많아. 굳이 말하자면 정반대인 쪽이 궁합이 좋다고. 자연계가 증명해주고 있잖아? 자석의 N극과 S극이나 전하의 +와 −처럼 말이다."

그래, 걸어가면서 이야기하기에는 조금 중후하잖아. 물리 수업 예습이냐.

"그렇네. 여기에서부터는 물리 이야기가 되겠는데, 분자나 원자에서 나아가 미크로의 세계로 들어가게 된다면 그런 전자기력보다 더 가까운 힘의 존재가 밝혀지게 돼. 수소 이외의 원자핵은 복수의 양자와 중성자로 구성되어 있지. 중성자는 전하적으로 제로니까 양자와 양자는 전자기력으로도, 물론 인력으로도 붙어 있는 게 아니라는 걸 알 수 있지. 그럼 왜 서로 반발해야 하는 양자들이 반발하지 않고 사이좋게 원자핵 안에 들어 있는 걸까."

몰라.

"유카와 히데키라는 이름 정도는 알고 있지? 일본인 최초의 노벨상 수상자야. 그가 예측한 건 양자와 양자를 묶어주는 보다 작은 입자가 존재한다는 거지. 그 입자는 양자 사이에서 상호작용을 해서 자력과 만유인력과는 비교도 할 수 없을 만큼 강력한 힘을 갖고 있을 게 분명하다는 가설이었어. 나중에 그 이론은 사실이라는 게 판명됐어. 그래서 유카와 박사는 노벨상을 받았고 쿼크와 하드론 등의 소립자로 이어지는 길을 발굴한 거야."

그 유카와 히데키 선생님의 전기담이 지금 이 상황과 무슨 관계가 있는 건데?

"쿈, 나한테는 너와 스즈미야는 비슷한 사람으로밖에 안 보이거든. 둘 다 +, 아니면 같은 극인 거지. 그 속성은 원래대로라면 반발하는 거라 생각했고, 나는 금방 관계성이 와해될 거라고 봤어. 너무나도 똑같으니까 말이야. 그 인상은 지금도 흔들리지 않아. 같은 속성이기 때문에 서로 반발하는 건 당연한 흐름이라고. 하지만 너와 스즈미야는 이제 웬만한 일로는 떼어놓을 수 없는 곳까지 와 있어. 여기에서 유카와 박사가 제창하고 나중에 발견된 핵력이 등장하는 거지. 튕겨날 것 같은 여러 개의 양자를 붙잡아두는 강력한 힘이 너희들 사이에 있는 걸로밖에 보이지 않는다 이거야. 물론 그건 지금까지 발견된 네 가지 힘 중 어디에도 속하지는 않아. 강한 힘, 약한 힘, 전자기력, 중력, 우리들이 아는 그런 자연계의 힘과는 상관없는 게 아닐까."

그럼 뭐라는 거야.

"그거야 나도 모르지. 어쩌면 새로운 힘, 제5원소일지도 모르고. 아니, 이건 몽상(夢想) 과학적인 발견이었나. 어디까지나 인간적인 결합으로 생각한다면 쿈과 스즈미야의 결합은 다른 사람들의 존재가 큰 게 아닐까 싶어. 코이즈미나 아사히나 선배, 나가토가 그 역할을 맡아주고 있는 게 아닐까, 뭐 나는 무책임하게 그렇게 생각하는 거지. SOS단이란 건 이제는 하나의 원자핵 같은 구조를 이루고 있는 것 같거든. 커다란 물질이라면 달라붙거나 떨어지거나 하지만이 정도로 작아지게 되면 일련탁생(주27), 단단히 결합해 아무것도 떨어지려 하지 않을 만큼 안정되어 있지. 그 안정 밸런스를 무너뜨리려면 각각의 요소에 상호작용하는 물질을 부딪치는 수밖에 없는데 그런 인간이 거의 있을 것 같지도 않고 말이야. 그럴 수 있을 것 같은 츠루야 선배는 아마 알면서도 아무것도 안 하기로 선택한 것 같더라."

그 정도라면야 나도 눈치챘지.

"정말 영리하고 현명한 사람이야, 츠루야 선배는. 내가 이 고등학교에 온 이유는 단 하나, 그녀가 키타고교 학생이었기 때문이거든."

…그랬구나. 지금 밝혀지는 작은 충격적인 사실이다.

"부끄럽지만 말이야. 너한테만 말하는 거다."

주27) 일련탁생: 一蓮托生. 어떤 일이 선악이나 결과에 대한 예견에 관계없이 끝까지 행동과 운명을 함께함을 비유적으로 이르는 말.

쿠니키다는 타니구치를 곁눈질로 보고는, 경박한 반 친구가 등교하는 신입생 여자애들 무리를 눈으로 물색하는 것을 확인한 뒤 목소리를 낮춰 말했다.

"타니구치한테는 비밀로 해줘. 내가 아는 한 츠루야 선배는 진짜 천재야. 소금이라도 가까이에 있고 싶었지. 너와 스즈미야 덕분에 잘 아는 사이가 될 수 있었던 건 정말 감사하고 있다. 덕분에 츠루야 선배의 끝을 알 수 없는 그릇을 조금이나마 알 수 있게 되었으니까 말이야. 다만 조금 좌절도 했다. 천재를 알려면 자신도 천재여야 한다는 걸 잘 이해하게 됐어."

그런 잘 이해도 안 가는 걸 이해할 수 있는 너도 대단하다.

"그렇지도 않아. 나는 천재와는 거리가 먼, 기껏해야 수재 수준을 못 벗어나니까. 저 높은 곳에 오르려면 혹독한 자기 수련을 하는 수밖에 없는데 지금의 그녀를 따라잡기까지 얼마나 많은 노력이 필요할지 생각하면 현기증이 날 지경이야. 뭐, 포기할 생각은 없지만 말이지. 몇 년이 걸려도 나는 그녀와 같은 곳으로 갈 거야. 그때에는 츠루야 선배는 더 높은 곳으로 가겠지만 그렇다면 이번에는 그곳을 목표로 삼으면 되는 거지. 아킬레스와 거북이처럼 말이야. 음, 나는 지금 굉장히 기분이 상쾌해. 목표로 하는 인간이 지금도 정체하지 않고 계속 앞으로 나아가고 있잖아. 따라잡기 위해서 노력을 해야겠다고 생각하니 그만큼 가슴이 설렌다. 이런 내 심정이 이상한 것 같냐?"

이상할 게 뭐가 있냐. 훌륭한 향상심을 가진 사람이야, 너는. 참고로 이렇게 말이 많은 녀석이라는 건 처음 알았다. 가까이에 있어도 참 알기 어려운 건가봐, 인간이란 건.

코이즈미조차 규격외로 무시하기로 정해놓은 츠루야 선배를 그렇게까지 파고들려 하는 사람은 키타고교의 전교생뿐만 아니라 지구상의 전 인류를 둘러봐도 없을 거다. 너라면 괜찮은 수준까지 갈 수 있지 않을까. 츠루야 선배도 선배 나름대로 쓸데없이 머리가 좋은 사람을 좋아하는 것 같으니까 말이다. 나 같은 건 기껏해야 나이 차이 많이 나는 동생이나 조카로밖에 안 보는 것 같더라고.

교실에 도착하자 하루히는 이미 자리에 앉아서 매서운 눈으로 나를 올려다보았다.

"오늘부터 평상시처럼 하는 거야. 방과 후에는 동아리방으로 직행할 것."

네, 네.

나는 가방에 책상에 내려놓고 뒤를 돌아보았다.

"야, 하루히."

"왜?"

"너는 왜 키타고교에 왔냐?"

갑작스러운 질문이라 생각했는지 하루히는 오아시스 물가에서 물소 떼와 마주친 악어 같은 눈으로 몇 초 가량 나를 응시하더니.

"그냥. 사립으로 갈 수도 있었는데 왠지 이 학교에 오면 재미있는 동아리가 하나 정도는 있을 것 같았거든."

헤에.

"뭐야, 그 능글거리는 얼굴은. 아니, 네가 무슨 말을 하고 싶은지는 알고 있어. 결국 그런 게 없었으니까 내 감은 도움이 안 된다고 생각하는 거지?"

그렇지도 않아. 하지만 네가 생각하는 재미있는 동아리란 건 기존의 것이 아니었던 거잖아? 그야말로 당당하게 이곳이 그 동아리 활동의 본거지라는 간판을 내건, 이해하기 쉬운 것들로만 가득한 조직은 네 눈에 찰 보물상자가 아니었던 거야.

"그렇지. 언뜻 보면 별거 아닐 것 같은 동아리지만 사실은 은밀히 결성된 하나의 조직이 이 학교에도 있지 않을까 하는 기대를 갖고 있었어. 뭐, 전혀 없었지만 말이야. 아, 비밀은 히라가나로 발음해야 한다. 한자로 비밀(秘密) 말고, 비ㆍ밀이야."

어린애처럼 발음하는 하루히의 얼굴과 입술을 보며 나는 고개를 끄덕였다.

소원은 이뤄졌어, 하루히. 네가 만들어낸 비밀조직은 이 고등학교에 뿌리를 내렸고 웬만한 일로는 흔들릴 것 같지도 않아. 어떤 미래인이나 지구외 생명체가 훼방을 놓는 것 정도로는 꿈쩍도 하지 않을 정도로 말이지.

하루히는 나를 매섭게 노려보다가 책상 위에 꼬고 있던 팔 위에 엎드리더니 크게 한숨을 쉬고 시를 한 수 읊었다.

"이번 여행은 공물도 제대로 바치지 못했사오니 타무케야마의 비단 같은 단풍을 공물 대신 바치옵니다. 부디 그 마음을 받아주시옵소서."

의미는 둘째치고 봄노래가 아니라는 것은 알았다.

그 방과 후.

"안녕."

동아리방 문을 연 나를 청소당번이라 교실에 두고 온 하루히를 제외한 모든 인원이 맞이해주었다.

이미 메이드복을 입은 아사히나 선배, 구석에서 독서에 종사하고 있는 나가토, 정위치에서 중국 장기판을 주시하고 있는 코이즈미의 세 사람이다.

나가토는 고개도 들지 않았고, 코이즈미는 시선만으로 인사를 했지만 이게 웬일이람, 아사히나 선배는 내게 등을 돌린 채 창가에 서 있었다.

가만히 보니,

"하아…."

야스미가 가져온 꽃의 물을 갈며 한숨을 쉬고 계셨다.

그리고서 겨우 뒤를 돌아본 아사히나 선배는,

"괴, 굉장히 귀여운 사람이었는데…. 아쉬워요. 제게 선배라면서 깍듯이 대해주었는데…."

그 말을 듣고서 깨달았다. 그러고 보니 나는 아사히나 선배를 제대로 선배로 대한 적이 없었다. 외모가 아무래도 연하로밖에 안 보이는 것도 있어 선배로 대하기가 어딘지 모르게 꺼려졌던 것이다. 하지만 뭐 괜찮지 않을까. 아사히나 선배는 아사히나 선배대로 말이다. 진짜 나이도 모르고 말이지.

"중학생이었대요…. 어쩐지 동생 같다 싶었어요."

일단 아사히나 선배에게도 야스미에 대한 건 하루히가 설명한 대로 인상이 잡혀 있나보다.

"좀 더 이야기를 해보고 싶었는데에."

창 밖을 보고 눈물을 글썽이는 메이드 차림의 상급생을 보며 문 득 생각했다.

이 현재의 아사히나 선배를 어떻게 하면 어른판 아사히나 선배도 어떻게 될 수 있지 않을까. 아사히나 선배(소)는 현재 거의 아무것 노 모른다. 내가 여러 번 마주쳤던 아사히나 선배(대)와 후지와라에 대해 모두 다 알려준다면 미래에 영향을 미칠 가능성이 생기게 된 다. 적어도 아사히나 선배(대)의 행동은 다소나마 변하게 되지 않을 까…?

그런 계산을 하는 내게 아사히나 선배가 도도도 다가와,

"이게 방에 떨어져 있었어요."

내민 것을 받아들고 보니 눈에 익은 머리 장식이었다. 자세히 관 찰할 것도 없이 야스미가 꽂고 다니던 스마일 마크의 머리 장식이 다.

의도적으로 놓고 간 걸까, 아니면 그냥 잊어버린 걸까.

아사히나 선배는 야스미가 두고 간 난의 꽃잎을 손가락으로 쓰다 듬으며,

"이제는 못 만나려나. 내년에는 나도….."

말을 하다 입을 다물었다. 그것이 의미하는 바는 나도 알고 있었 다.

현재 3학년인 아사히나 선배는 그대로 두면 1년 후에는 졸업을 한다. 더 이상 이곳에는 없는 것이다. 그렇다면 미래인과 관련된 사 건은 남은 1년 사이에 끝이 나게 되는 건가? 그래서 아사히나 선배 는 같은 학년이 아니라 한 학년 위였던 걸까.

그딴 걸 내가 어떻게 아냐.

뭐가 됐든 무슨 상관이야. 장래에 대해서는 미래인이 어떻게든 알아서 하면 될 거 아냐. 나는 이 시대의 인간으로 과거와도, 미래와도 아무 상관이 없다고. 지금 할 수 있는 거라면 얼마든지 해주겠지만 10년이나 20년 뒤의 일은 그때의 나한테 달린 거지. 뭐 하고 싶은 말이 있으면 미래의 나한테 해주면 되는 거다. 내가 이런 말 하긴 뭐하지만 지금과 그리 변하진 않았을 거야. 그 시대의 나도 역시 해야 할 일은 하고 안 해도 될 것 같은 일은 안 하겠지. 그게 정답이었느냐는 더 미래의 내가 판단해줄 거다. 그게 인생이라는 거잖아. 고등학생 주제에 생각할 일은 아닐지도 모르지만 말이다.

내가 생각해도 참 달관한 기분을 그렇게 맛보면서 싱글거리고 있는데,

"늦어서 미안!"

하루히가 뛰어 들어왔다. 나쁜 예감밖에 안 드는, 예의 그 미소를 지으며.

아무리 생각해도 청소하는 도중에 쓸데없는 생각을 떠올렸다고밖에 상상이 안 되는, 한여름의 해바라기도 고개를 돌릴 법한 명도와 열량을 가진 미소였다.

반사적으로 방어 자세를 취하는 나를 무시하고 단장 책상으로 다가가던 하루히는 도중에 걸음을 멈추고 내 손을 들여다보았다.

"어?"

머리핀을 가로채더니 뚫어져라 살펴보길 몇 초,

"아아, 이거. 내가 옛날에 달고 다니던 거네. 생각났다. 어디에서 봤다 싶었네. 초등학교 때였을 거야. 중학교 들어올 때 잊어버렸는데 그 애도 이걸 갖고 있었구나."

감개무량하다는 듯이 말하며 그 장식을 움켜쥐고 내 앞을 지나갔다. 그 뒷모습이 내가 환시했던 미래의 하루히와 겹쳐졌다.

그때 하루히에게 말을 건 건 누구였을까.

그 녀석이 뒤를 돌아보았다. 그 앞에 있던 건 내가 아는 사람이었을까, 아니면 전혀 모르는 제3자였을까.

그렇다면 그다지 즐거운 상상은 아닌데—그런 생각을 하는 나 자신을 깨닫고 나는 깜짝 놀라는 척도 잊고 납득했다. 그것만큼은 인정하지 않을 수가 없겠다.

하지만 미래는 불안정한 것 같다. 후지와라와 아사히나 선배(대)의 대화를 통해 막연히 떠오른 새로운 정보를 나는 잊지 않았다. 역사 개변인지 세계 분기인지는 나도 모르겠지만 미래라는 것은 갈라졌다가 붙었다가 변화하고 그러는 건가보다.

나는 내가 본, 아주 잠깐 볼 수 있었던 그 광경을 앞으로도 죽 기억할 것이다. 그리고 그곳에 있길 바랄 거다.

그걸 위해서라면 아직 해야 할 일이 많을 것 같다. 하루히의 강제 과외에 어울리기도 해야 하고 말이지. 고등학교 생활은 아직 2년 가량 남아 있다. 그동안엔 나가토와 아사쿠라와 키미도리 선배의 두목과 쿠요우와 천개영역이라는 우주조직 일파가 아무 짓도 안 할 거라는 생각은 들지 않았다. 아니면 타치바나와는 다른 묘한 조직 같은 게 라스트 보스 전의 중간 보스처럼 우르르 튀어나오지 않으리란 보장도 없다.

뭐, 어떻게든 될 거야.

다행히 나는 혼자가 아니다. 나가토도, 코이즈미도, 그리고 my 아사히나 선배도 있다. 바보 타니구치와 묘하게 냉정한 쿠니키다.

그리고 천의무봉(주28)한 츠루야 선배도 있다. 지금까지 질리도록 뛰어다녔던 덕분에 나는 내게 있어 열쇠라 할 수 있는 동료와 적지 않은 참된 친구를 얻었다. 사사키도 그렇다. 그 녀석도 이대로 퇴장해 안녕을 할 거라고는 절대 생각할 수 없다고. 조금 감상적인 이별을 연기했다고 내가 속을 것 같냐. 또 고비가 찾아올 때마다 얽히게 될 거다. 왜냐하면 내가 끌어들일 마음으로 가득 차 있거든.

하지만 지금 내게는 그런 일어날지 어떨지 알고 싶지도 않은 미래의 사건 같은 것보다 거를 수 없는 일이 있었다. SOS단 결성 1주년 기념식 및 단장을 상대로 한 서프라이즈 계획이 바로 그것이다. 몇 주나 남은 일이니까 벌써부터 서두를 건 없지만 그 전에 츠루야 선배네 집에서 겹벚꽃 감상회도 해야 하고 하루히가 신입단원을 깨끗이 포기했는지도 알 수 없는 일이니 앞으로 한 달 동안 아직 여러 가지 일들이 있을 것 같다.

하지만 우리 다섯 명이 모이면 뭐든지 할 수 있어.

어떤 상대가 오더라도 말이야.

그런데 그런 건 그리 큰 문제가 아니다.

내게 부과된 최대의 현안사항. 그건 단장에게 바칠 선물을 무엇으로 하느냐, 혹은 무엇으로 했느냐, 바로 그것이었다. 이게 도통 아무것도 생각이 나지 않아 골치를 썩고 있었다. 부디 의견과 가르침을 기대하고 있겠다.

이런 기나긴 독백을 내가 주저리주저리 늘어놓는 사이에 하루히는 머리 장식을 단장 책상서랍에 넣고선 바람처럼 몸을 돌려 화이트보드로 걸어갔다.

말없이 펜을 집어든 하루히는 일기가성(주29)으로 다음과 같은 문

주28) 천의무봉: 天衣無縫 천사의 옷은 꿰맨 흔적이 없다는 뜻으로, 일부러 꾸민 데 없이 자연스럽고 아름다우면서 완전함을 이르는 말. 또는 완전무결하여 흠이 없음을 이르는 말.
주29) 일기가성: 一期呵成 일을 단숨에 해치우거나 시나 문장을 단숨에 지어내는 것을 의미하는 사자성어.

장을 쓴 뒤 다시 몸을 돌렸고, 그때에는 보는 사람의 망막이 다 타 버릴 정도로 의기양양한 미소를 뿜어댔다.

"쿈, 읽어봐."

단장의 명령이라 할 수 없이 나는 조용히 따랐다.

"신년도 제2회 SOS단 단체 미팅… 이라니. 야, 오늘 미팅 한다는 얘기는 나는 처음 들었는데."

"다른 애들한테는 이미 말해놨으니까 아무 문제 없어. 너한테는 말 안 했나? 그럼 미안하다. 잊었나봐. 하지만 지금 말했으니까 됐 잖아."

나는 바닥에 씁쓸한 벌레라도 기어 다니지 않나 찾기 시작했다. 있으면 어금니로 힘껏 깨물어 그 즙을 맛볼 생각이었는데 다행인지 불행인지 그런 곤충은 어디에도 기어 다니지 않았고, 나는 바라지 도 않는 엽기음식을 섭취하지 않아도 괜찮았다.

"그래, 너는 대체 무슨 회의를 하려는 거냐?"

하루히는 주먹으로 보드를 한 대 쾅 치더니.

"뻔한 거 아냐. 우리는 츠루야의 꽃놀이 파티에 초대받았다고. 공 짜로 먹고 마실 수는 없는 노릇이고, 무엇보다 SOS단으로서의 서 비스 정신과 내 긍지가 허락하지 않아. 그러니까 쿈, 코이즈미, 미 쿠루, 유키."

코이즈미는 능글거리며, 나가토는 무상하다 싶을 정도로 무표정 한 얼굴로, 아사히나 선배는 입을 두 손으로 가리며 각각 나를 바라 보고 있었다.

불길한 예감이 하행 에스컬레이터에서 굴러 떨어지는 듯한 기세 로 몰려오고 있었다.

"다 함께 여흥을 할 거야. 참석자들로부터 우레와 같은 박수를 받을 수 있는 끝내주는 공연을!"

"야, 잠깐만. 츠루야 집안의 대규모 꽃놀이잖아? 지역 명사나 높으신 분들도 많이 오는 것 같던데."

"관객의 질이 무슨 상관이야? 알겠니? 웃음은 만국공통이라고. 정치가 몇 명과 기업 임원들을 즐겁게 만들지 못한다면 그게 무슨 쇼야. 남녀노소, 인종과 국적마저도 다 무시하고 그 자리에 있는 모두를 웃게 만드는 거야. 예능의 본질은 바로 그래야 해!"

멋대로 흥분하는 건 좋다만 대체 그건 어느 유사어 사전에 신규 등록된 농담이냐? 브리태니커에 안 실렸다는 건 내기를 해도 좋다. 그리고 내 유리 심장에 벌써부터 금이 가고 있는데 말이지.

"여흥, 하는 거다! 아니, 이건 메인 이벤트라고 해도 좋아. SOS단 프로듀스의 포복절도, 지금까지 한번도 보지 못했던 참신한 엔터테인먼트로 인류 평화를 가져올 일대 프로젝트!"

하루히는 황소자리의 산개성단을 통째로 압축한 것 같은 미소를 지으며—

홍해의 바닷물을 단숨에 들이켤 듯이 입을 크게 벌리고—

소리 높이 선언했다.

"그것을 위한 사전 작전회의를 지금부터 시작하겠습니다!"

— 다음 권에 계속 —

작가 후기

심려를 끼쳐드렸습니다. 타니가와 나가루입니다.

전작 이후로 상당히 긴 공백이 생긴 것을 먼저 깊이 사과드립니다.

「분열」에서 직접적으로 이어지는 작품이었는데 왜 이렇게까지 늦어지게 되었는지 하는 시간 경과적 사실에 대해서는 진심으로 뭐라 사과의 말씀조차 드릴 수가 없을 지경입니다.

작품 제조과정에 관여하시는 수많은 분들, 특히 일러스트를 맡아주시는 이토 노이지 씨 및 출판사 여러분들께는 언어도단이 될 만큼 많은 폐를 끼쳤기에 큰 소리로 외치도록 하겠습니다.

죄송했습니다———.

그리고 무엇보다 모자란 졸작의 속편을 버리지 않고 기다려주셨을지도 모르는 독자 여러분들에게 백억의 사과와 천억의 감사를, 최대출력의 뇌내 전파 발신기를 이용해 전 방위로 송신하도록 하겠습니다.

수신해주신 분들께는 '작은 행운'이 찾아갈 겁니다… 라고 근거도 없이 말해봅니다.

그리고 작가를 대신해 사과를 하게 된 하루히에게도 석고대죄입니다. 보디블로 정도로 용서해준다면 좋겠는데요.

또한 이번 작품인 「스즈미야 하루히의 경악·전후편」은 전작인 「분열」의 완전한 속편입니다.

매우 황송하지만 만약 「분열」 내용은 벌써 잊은 지 오래야, 이렇게 말씀하시는 분들이 계시다면 정말 죄송하지만 대강이라도 좋으니 다시 한번 보신 뒤에 본 작품을 읽어주신다면 기쁘겠습니다.

아, 귀찮을 것 같으니 안 하셔도 되지만요. 그렇게 해주신다면 제가 개인적으로 환희에 빠지다 못해 흐느껴 울 일이니, 정말로 강요하는 게 아니라는 것은 명시해두도록 하겠습니다.

그럼 왜 이렇게 늦어지게 됐느냐 하면, 솔직히 딱히 이유는 없습니다. 정말 없기 때문에 곤란하답니다.

그냥 갑자기 아무 의미도 없이 아무것도 할 수 없어졌다고밖에 할 말이 없어요.

솔직히 생활 전반에도 지장이 갈 정도였지만 그렇다 해도 무슨 원인이 있을 거라고 적잖은 사람들로부터 질문을 받았습니다만 저 자신이 전혀 모르고 있으니, 스스로도 이해가 안 되는 걸 남에게 설명하기란 더욱 어려운 일이라 할 수 있을 겁니다.

이젠 무슨 말을 해도 변명밖에 안 되지요.

예를 들어 그때까지 애용하던 컴퓨터가 아무 예고도 없이 블루 스크린을 연발해 쓰던 문장이 종종 사라졌다거나, 기묘한 악몽을 자주 꾸는 바람에 잠자리가 정말 최악이었다든가, 디지털 TV인 줄도 모르고 줄곧 아날로그로 봤던 사실을 깨달았다거나―.

보세요, 역시 변명밖에 안 되죠. 인간이란 변명의 이유를 찾는 데에는 부족함이 없는 법이죠. 더 재미있는 변명이라면 이야기의 소재로라도 삼을 수 있겠지만요.

단적으로 추측하건대 지금까지 살아온 인생에서 '나태함'을 뼈대로 살아온 제 특성이 우연히 최대 한계점까지 진행되고 말았기 때문이라는 게 가장 개연성이 있는 원인일지도 모르겠습니다.

생각해보면 제 반생은 돌이켜봐도 결단코 칭찬할 만한 역사가 딱히 없었습니다.

떠올리는 것도 부끄러워 몸부림치다 못해 쓰러질 만한 바보 같은 기억뿐이에요.

용케도 콘크리트 벽에 돌진해 두개골을 산산조각 내고 싶은 충동을 억눌렀구나 하고, 그 부분은 제가 생각해도 감탄하고 있습니다. 그런 용기가 없었기 때문이긴 합니다만.

이렇게 귀만 더럽히는 변명은 이쯤 해두고, 조금 갑작스럽지만 여기에서부터는 추억담을 꺼내보도록 하겠습니다.

지금으로부터 보면 현 시점에서 몇 년 전쯤, 다행히 소설가로 데뷔를 하게 되었습니다. 언제가 정확한 데뷔 월인지는 아직까지도 애매모호하지만 일반적으로도, 심정적으로도 대개 2003년 6월 10일이었다고 치는 게 그럭저럭 정확한 날짜일 겁니다.

그때에는 카도카와 스니커 문고 편집부와 전격문고 편집부의 여러분들께 엄청난 폐를 끼쳤고, 이건 지금도 마음의 짐인 일로 평생 잊을 수 없을 겁니다. 지금도 문득 생각이 나면 당장 콘크리트 벽을 향한 돌진 욕구에 사로잡히게 됩니다.

그 덕분일까요, 그 당시에 저는 완전히 제 소설이 발매된다는 실감이 심히 희박해서 「스즈미야 하루히의 우울」과 「학교를 나가자! ①」이 세상에 나올 무렵에는 이미 여기저기에서 피할 수 없는 사태에 빠져 있었고, 실은 그런 상태가 제법 즐겁기도 했습니다. 아마 제 인생에서 가장 근면한 시간대였던 것 같습니다.

이런 제가 가진 수용능력 간당간당 아슬아슬을 충분히 맛본 결과, 직후에 「스즈미야 하루히의 소실」의 착상과 그 후에 솟구치는 충동을 흘려 넘기는 것처럼 일기가성으로 집필이 이어졌던 것 같으니 역시 할 수 있을지는 모르겠지만 고민될 때는 전부 다 하자는 입장은 크게 틀리지 않았을 거라 믿고 있습니다.

그 「소실」 말입니다만, 극장판 애니메이션은 보셨나요?

제작에 관여하신 모든 스태프 여러분, 특히 쿄토 애니메이션 여러분들께도 언어로 표현하기 어려운 노력과 폐를 여러 가지로 끼쳤습니다.

두개골 무게가 1톤은 되겠다 싶을 만큼 숙여집니다.

「우울」로부터 수년에 걸친 졸작의 영상화에 관해서는 더 이상 감사하다는 말로는 미적지근하다는 느낌만 들 뿐입니다.

정말 감사했습니다. 이렇게까지 행복한 영상화는 이 세상 어디에도 없을 겁니다. 한심한 원작자라 거듭 죄송한 마음이 산과 같습니다.

이렇게 의지박약에 호박에 침주기에 호박에 말뚝 박기 같은 저이지만, 독자 여러분들께서는 부디 제 소설을 조금이라도 즐겨주셨다면 기쁘겠습니다.

앞으로도 이상한 글을 쓰는 괴상한 녀석으로 살아가고 싶으니 부디 버리지 말아주시기를 바라며 선천적으로 어딘가 결여된 성격을 어떻게든 하고 싶다는 생각을 하면서 일단 후기의 펜을 내려놓을까

합니다.

　그럼 또 언젠가 어딘가 이런저런 어떤 걸로 만나도록 하죠.

　그럼 이만!

　　　　　　　　　　　　　타니가와 나가루

개정판 스즈미야 하루히의 경악(후)

2022년 6월 8일 초판 1쇄 인쇄
2022년 6월 15일 초판 1쇄 발행

저자 · Nagaru Tanigawa
일러스트 · Noizi Ito
역자 · 이덕주
발행인 · 황민호
콘텐츠4사업본부장 · 박정훈
콘텐츠4사업본부장 · 김순란 강경양 한지은 김사라
마케팅 · 조안나 이유진 이나경
국제업무 · 이주은 김준혜
제작 · 심상운 최택순 성시원
한국판 디자인 · 디자인 우리
발행처 · 대원씨아이(주)

서울 특별시 용산구 한강로3가 40-456
편집부 : 02-2071-2104 FAX : 02-794-2105
영업부 : 02-2071-2061 FAX : 02-794-7771
1992년 5월 11일 등록 3-563호

http://www.dwci.co.kr/

원제 SUZUMIYA HARUHI NO KYOGAKU
© Nagaru Tanigawa, Noizi Ito 2011
First published in Japan in 2011 by KADOKAWA CORPORATION, Tokyo.
Korean translation rights arranged with KADOKAWA CORPORATION, Tokyo.

ISBN 979-11-6894-668-2
ISBN 979-11-6894-657-6 (세트)